# Chapitre 1

Il n'en avait jamais parlé à personne. Cette étrange relation, si tant est qu'on puisse la qualifier ainsi, s'était poursuivie pendant des années, des décennies même, et pourtant Wexford n'en avait jamais soufflé mot. Il était sûr qu'on ne le croirait pas. Impossible en effet de prouver ses soupçons au sujet du meurtrier ni le harcèlement, les regards et les sourires entendus – tous ces signes que Targo lui avait adressés en sachant pertinemment qu'il ne pourrait rien faire.

Cette situation avait duré des années, puis tout s'était arrêté. Du moins semblait-il. Targo s'était volatilisé. Peut-être était-il retourné à Birmingham, ou peut-être s'était-il installé à Coventry. Quoi qu'il en soit, une éternité s'était écoulée depuis sa dernière apparition à Kingsmarkham, aussi Wexford en avait-il conclu que c'était fini. Cette pensée avait suscité en lui du regret, et non du soulagement, car si Targo avait bel et bien disparu – et surtout, s'il ne recommençait pas –, il n'était plus question de le traîner devant la justice… Le temps passant, il s'était néanmoins résigné à ne plus le revoir, à ne plus jamais poser les yeux sur cette silhouette trapue aux épaules larges et aux jambes solides, avec ses cheveux blonds et drus, ses traits grossiers et ses prunelles bleu vif, et cette marque qu'il fallait toujours dissimuler. Wexford n'avait aperçu qu'une fois Targo sans l'écharpe qu'il portait toujours autour du cou, une grosse écharpe en laine l'hiver, plus légère l'été – un foulard en coton ou en soie ayant peut-être appartenu à l'une de ses femmes –, servant à dissimuler la marque de naissance violacée sur le côté de son cou, qui s'étalait jusqu'à sa joue et redescendait vers son torse. Il l'avait vu une fois, une seule, sans écharpe, mais jamais sans un chien.

Eric Targo. Son aîné de sept ou huit ans, marié à plusieurs reprises, chauffeur de camionnette, promoteur immobilier, amoureux des animaux, meurtrier… Coïncidence ou hasard, et Wexford penchait plutôt pour la seconde hypothèse, il songeait justement à Targo ce jour-là pour la première fois depuis des semaines – s'interrogeant sur ce qu'il était devenu, réfléchissant à la rumeur selon laquelle il serait revenu vivre dans la région et décidant finalement de n'y accorder aucun crédit, déplorant de n'avoir pas pu trouver de preuve contre lui –, quand l'objet de ses pensées se matérialisa soudain devant lui, à environ une centaine de mètres. Malgré la distance, et même si la tignasse de Targo était désormais presque entièrement blanche, Wexford le reconnut sans l'ombre d'un doute. Il avait toujours cette façon bien particulière de marcher le dos très droit, comme beaucoup d'hommes petits, et il arborait une écharpe autour du cou. Il était chargé d'un ordinateur. Ou plus précisément, d'une sacoche d'ordinateur.

Wexford, qui conduisait, s'arrêta le long du trottoir dans Glebe Road et coupa le moteur. Targo, descendu d'une camionnette blanche, venait d'entrer dans une maison située du côté où lui-même s'était garé. Pas de chien, cette fois ? Wexford se demanda s'il tenait à ce que Targo le voie. Mais peut-être n'était-ce pas le propos. Depuis combien de temps ne s'étaient-ils pas croisés ? Dix ans ? Plus ? Ces questions en tête, il sortit de voiture et se dirigea vers l'endroit où Targo avait disparu. Il s'agissait d'un pavillon coincé entre un immeuble construit à la va-vite et une rangée de petites boutiques, parmi lesquelles une agence immobilière, un bar à ongles, un marchand de journaux et un magasin appelé Webb & Cobb (un nom que Wexford trouvait amusant – « *Cobweb*, la toile d'araignée »), désormais fermé et condamné par des planches, qui vendait autrefois des poteries et des ustensiles de cuisine. Wexford le savait car Mike Burden habitait cette rue quand il était encore marié à sa première femme ; au 36, se rappela-t-il. Targo, lui, était entré au 34. La porte de l'ancienne maison de Burden était maintenant peinte en violet, et les nouveaux occupants avaient pavé la petite cour devant afin d'en faire un parking à motos – un changement dont s'était plaint Burden, comme s'il avait son mot à dire concernant les décisions prises par les propriétaires actuels pour aménager leur bien. Ce souvenir fit sourire Wexford.

Il n'y avait aucun signe de Targo nulle part. Wexford s'approcha de la camionnette pour jeter un coup d'œil par la vitre côté conducteur. Elle était entrouverte d'environ sept ou huit centimètres afin d'assurer le bien-être d'un chien de taille moyenne, blanc et fauve à poils longs, avec des oreilles duveteuses – un épagneul tibétain, supposa Wexford –, assis sur le siège passager. L'animal tourna la tête vers lui et laissa échapper un jappement bref, peu sonore, dénué d'agressivité. Wexford repartit vers sa voiture, puis la déplaça pour la garer juste en face de la camionnette blanche, entre une Honda et une Vauxhall. Ainsi, il pouvait observer le 34 tout à loisir. Combien de temps Targo resterait-il à l'intérieur ? Et pourquoi avait-il apporté un ordinateur, ou du moins une sacoche ? En tout cas, Wexford avait du mal à imaginer qu'un homme comme lui puisse avoir des amis dans ce quartier. La dernière fois qu'il l'avait rencontré, le propriétaire du chien marron et blanc gagnait bien sa vie, il était même riche, alors que Glebe Road avait toujours été une rue modeste où plusieurs familles d'immigrants s'étaient établies, et que Burden avait quittée dès qu'il en avait eu la possibilité.

Pour tromper l'attente, il releva le numéro d'immatriculation de la camionnette. Il faisait ce jour-là un temps typiquement anglais : pas un souffle d'air, ciel d'un blanc uniforme… C'était par une telle journée, à la même époque de l'année – la fin de l'été –, qu'il avait autrefois visité le chenil de Targo et vu le serpent. Son interlocuteur portait alors autour du cou un foulard en soie noir, vert et jaune, qui recouvrait presque entièrement la marque de naissance, et le reptile qu'il avait enroulé par-dessus avait une peau dans des tons semblables, avec cependant des dessins plus élaborés. Hasard ou choix délibéré ? De la part de Targo, Wexford s'attendait à tout. La première fois qu'il l'avait aperçu, des années plus tôt, quand ils étaient encore jeunes tous les deux, Targo arborait une écharpe en laine marron. C'était l'hiver, il faisait froid. Le chien qui l'accompagnait alors était un épagneul. Comment s'appelait-il, déjà ? Wexford fouilla sa mémoire en vain. Il gardait un souvenir plus net de leur seconde rencontre qui, pour lui, avait un caractère exceptionnel dans la mesure où Targo s'était montré quelques instants la gorge nue. Il lui avait ouvert la porte et l'avait laissé patienter dans le vestibule pendant qu'il allait attraper un foulard de femme accroché à une patère, puis le passait autour de son cou. Durant ce bref laps de temps, Wexford avait eu l'occasion d'examiner le nævus brun-violet qui évoquait la carte d'un continent inconnu, avec des péninsules se prolongeant vers la poitrine, des caps s'étirant jusqu'au menton et même jusqu'à la joue, des reliefs semblables à des vallées et à des massifs montagneux, et ensuite Targo l'avait dissimulé…

Ce dernier s'encadra soudain sur le seuil du 34, où il s'attarda un moment pour parler à un jeune Indo-Pakistanais – l'occupant, ou l'un des occupants, du pavillon. Vêtu d'un jean et d'une chemise d'un blanc éblouissant, le jeune homme dépassait son interlocuteur d'une bonne tête, et Wexford le trouva très beau avec sa peau légèrement ambrée et ses cheveux de jais. Quant à Targo, il avait peut-être vieilli mais il conservait la silhouette de sa jeunesse : son T-shirt révélait son torse musclé et son jean noir mettait en valeur son ventre plat. Il avait laissé la sacoche d'ordinateur à l'intérieur, et, pendant qu'il était dans la maison, il avait enlevé son foulard bleu et blanc. Parce qu'il faisait chaud, très certainement, et – si incroyable que cela puisse paraître – parce qu'il n'en avait plus besoin comme écran : la marque de naissance avait disparu.

L'espace d'un instant, Wexford en vint à se demander s'il ne s'était pas trompé de personne. L'homme avait des cheveux blancs, et non blonds, et de loin il était impossible de voir s'il avait les yeux bleus. Sans le nævus violacé qui l'avait toujours distingué, comment savoir ? L'incertitude ne subsista cependant pas longtemps dans l'esprit de Wexford ; c'était bien Eric

Targo, dont il reconnut sans peine le corps trapu et musclé, la démarche insolente et le maintien plein d'assurance quand il s'engagea dans l'allée en compagnie du jeune homme. Puis celui-ci lui tendit la main, et, après une légère hésitation, Targo la serra. Les Indo-Pakistanais échangeaient volontiers une poignée de main quand ils se rencontraient, avait remarqué Wexford, mais ils le faisaient toujours entre hommes ; apparemment, la pratique ne concernait pas les femmes. Il se rappela avoir entendu dire que les résidents du 34 possédaient aussi le magasin voisin – l'ancien Webb & Cobb, qui ne devait plus valoir grand-chose. Selon toute vraisemblance, ils louaient les appartements au-dessus.

Targo se dirigea vers la camionnette, ouvrit la portière côté conducteur et grimpa à l'intérieur. Wexford le vit caresser la tête du chien, puis l'entourer de son bras pour le serrer brièvement contre lui. S'il avait encore eu des doutes, cette scène aurait suffi à les dissiper. Un souvenir lui revint, surgi d'un passé éloigné ; celui de la première Mme Targo, alors divorcée, disant de son ex-mari : « Il a toujours préféré les animaux aux humains. En fait, il a une sainte horreur des humains, c'est tout le problème. »

Quand la camionnette démarra, Wexford jugea plus prudent de ne pas la suivre ; il n'était pas sûr de pouvoir filer un véhicule sans se faire repérer. De toute façon, ce serait assez facile pour lui de découvrir où Targo habitait aujourd'hui, même s'il ne voyait pas trop comment utiliser cette information… Il demeura songeur encore quelques instants, un peu étonné que cette rencontre inopinée avec Targo l'ait rendu aussi conscient de ses propres défaillances physiques. Pourtant, quand il l'avait vu pour la première fois, lui-même était encore tout jeune policier – jeune, svelte et élancé –, alors que Targo était courtaud, trop musclé et affligé de cette horrible marque.

Marque qu'il s'était fait enlever à un moment ou à un autre. Aujourd'hui, c'était possible grâce à la technique du laser, Wexford l'avait lu dans un article sur les nouveaux traitements appliqués aux malformations de ce genre. Après tout, Targo avait gagné suffisamment d'argent pour pouvoir se permettre d'en dépenser une partie afin d'améliorer son apparence, comme d'autres décident de changer la forme de leur nez ou d'augmenter la taille de leurs seins. Un détail intriguait cependant Wexford : en ce jour d'été, pourquoi Targo portait-il quand même un foulard lorsqu'il était entré au 34 ? Se sentait-il vulnérable sans cet accessoire qui l'avait accompagné presque toute sa vie ?

Il en était là de ses réflexions quand il vit une adolescente descendre du trottoir entre sa voiture et la Honda pour traverser la rue. Âgée d'une quinzaine d'années, elle arborait la jupe bleu marine, le chemisier blanc et le blazer qui constituaient l'uniforme du lycée de Kingsmarkham, ainsi que le *hijab* – en l'occurrence, un simple foulard également bleu marine qui, s'il n'était guère flatteur, n'altérait en rien sa beauté. Ses yeux brun foncé, surmontés de sourcils au tracé délicat, le survolèrent rapidement, puis elle marcha vers la maison que Targo venait de quitter, retira une clé de son cartable et entra. Elle était trop vieille pour être la fille du beau jeune homme, songea Wexford. Sa sœur, alors ? Peut-être.

Cinq minutes plus tard, il arrêtait sa voiture devant son propre garage. Au lieu de se diriger vers la porte d'entrée, il contourna la maison afin d'aller jeter un coup d'œil au jardin – un vaste espace que Dora avait fait de son mieux pour entretenir depuis que leur jardinier les avait quittés, trois mois plus tôt. Mais c'était une bataille perdue d'avance : ces trois mois représentaient l'époque de l'année où la végétation réclamait le plus d'attention ; il aurait fallu tondre la pelouse, désherber les massifs, couper les fleurs fanées, tailler les arbustes... Dora s'était retrouvée dépassée par l'ampleur de la tâche. Tu pourrais peut-être faire un effort ce week-end, se dit-il, avant d'ajouter aussitôt *in petto* : Ah non, impossible. On va devoir embaucher un nouveau jardinier, et vite. Il jeta un ultime coup d'œil à la pelouse échevelée, aux roses brunies perdant leurs pétales, aux orties qui foisonnaient parmi les dahlias, et enfin il pénétra dans la cuisine par la porte de derrière. Dora, au salon, lisait le journal régional.

— Il nous faut un jardinier, annonça-t-il.

Sa femme leva les yeux, sourit et répliqua en s'amusant à l'imiter :

— Bonsoir, ma chérie, quel plaisir de se retrouver chez soi ! Comment vas-tu ?

Il l'embrassa.

— D'accord, j'aurais dû commencer par là. N'empêche, il nous faut quand même un jardinier. Bon, je vais nous chercher à boire.

Dans la cuisine, il sortit la bouteille de sauvignon du frigo pour en servir un verre à sa femme, puis la bouteille de merlot du placard pour s'en servir un. Il renonça à apporter une coupelle de cacahuètes ou de chips, sachant que Dora ne manquerait pas de la lui ôter des mains sitôt qu'elle l'apercevrait. Tout en songeant une nouvelle fois au corps musclé de Targo, il emporta le vin dans le salon.

— Que penses-tu des musulmanes qui portent le *hijab* ? demanda-t-il à brûle-pourpoint.

— Le voile, tu veux dire ? Si elles en ont envie, pourquoi pas ? Du moment que c'est leur choix, que ce n'est pas une contrainte imposée par un père ou un frère, je ne vois pas où est le problème.

— Je ne trouve pas ça seyant, mais bon, j'imagine que c'est le but.

— Si tu étais musulman, tu raisonnerais différemment. Oh, à propos, Jenny est venue me parler d'une de ses élèves, une jeune musulmane de seize ans. Apparemment, elle estime que tu devrais être au courant.

— De quoi ?

Si Wexford aimait beaucoup la femme de Burden, dont il appréciait la vivacité d'esprit et la passion pour son métier d'enseignante, il craignait aussi sa tendance à vouloir l'impliquer dans des histoires qui lui faisaient perdre son temps et ne menaient en général à rien.

— Qu'est-ce qui ne va pas, ce coup-ci ? marmonna-t-il.

— Cette jeune fille – elle s'appelle Tamima quelque chose… Tamima Rahman, il me semble – habite avec sa famille dans Glebe Road, juste à côté de l'ancienne maison de Mike et Jen…

— Ah oui ? C'est drôle, je l'ai vue aujourd'hui même.

— Comment peux-tu savoir que c'était elle, Reg ?

— J'en suis presque sûr, à moins qu'il n'y ait deux adolescentes musulmanes habitant juste à côté de l'ancienne maison de Mike et fréquentant le lycée de Kingsmarkham. Qu'est-ce qui préoccupe Jenny ?

— D'après elle, Tamima a réussi brillamment son GCSE[1], elle a eu d'excellentes notes dans sept ou huit matières, et il y a toutes les chances pour qu'elle puisse intégrer un lycée d'enseignement avancé. Pourtant, elle paraît malheureuse, mal dans sa peau, soucieuse… Son petit ami est musulman lui aussi, donc ça ne devrait pas poser de problème, mais Jenny pense que tout vient de là, justement. Elle aimerait que tu rencontres la famille pour essayer d'en apprendre plus sur la situation. Si j'ai bien compris, Mike ne veut pas s'en mêler.

— Il a raison, répliqua Wexford. Il est plus doué que moi pour dire non aux gens qui veulent lui faire perdre son temps… Maintenant, si on s'occupait de trouver un jardinier ? Je prépare une petite annonce à passer dans le *Courier* ?

1. Examen du secondaire que les élèves passent à seize ans dans les pays anglo-saxons. (*N.d.T.*)

# Chapitre 2

Il ne parvenait pas à chasser Targo de son esprit. Ne sachant trop comment exploiter lui-même les possibilités d'un ordinateur, Wexford envisagea de demander à l'agent Coleman ou au sergent Goldsmith de faire des recherches sur l'individu en question pour découvrir son adresse, son statut marital et ses moyens de subsistance. Il n'avait bien sûr aucune véritable raison de vouloir rassembler ces informations, juste des soupçons, des intuitions, des pressentiments qui s'étaient renforcés au fil des années. Pour finir, il sollicita l'aide d'un de ses petits-fils qui, comme tous les enfants brillants, lui fournit des réponses en quelques minutes seulement. Eric William Targo était désormais marié à Mavis Jean Targo, née Sebright, et le couple vivait à Wymondham Lodge, l'ancien presbytère de Stringfield.

Wexford connaissait la plupart des grosses propriétés des environs de Kingsmarkham, dont celle-ci faisait partie. Elle n'abritait plus de pasteur depuis des années. Le révérend James Neame, responsable de la paroisse de Stringfield, desservait désormais quatre églises, dont aucune ne rassemblait plus de dix fidèles à l'office du dimanche matin – office lui-même célébré par un prédicateur laïque si le père Neame prêchait ailleurs. Il habitait une petite maison de brique rouge située entre l'unique boutique du village (aujourd'hui fermée) et la salle paroissiale. Plusieurs familles avaient occupé le presbytère depuis que le dernier pasteur l'avait quitté définitivement, mais il n'avait hérité son nom actuel qu'au début des années 1990, quand un riche Londonien l'avait racheté, puis rénové de fond en comble. Lorsque Targo en avait fait l'acquisition, moins d'un an plus tôt, la demeure baptisée Wymondham Logde pouvait s'enorgueillir d'un vaste parc avec jardins paysagés, de deux garages, de trois salles de bains et d'une chambre d'amis.

Le lendemain, un dimanche, Wexford décida de se rendre à Stringfield pour – quoi au juste ? repérer les lieux ? S'il se doutait bien que ses chances d'apercevoir Targo précisément au moment où il passait près de la propriété étaient minces, il savait néanmoins qu'il ne tiendrait pas en place avant d'avoir fait une tentative. Sur le trajet, il se demanda combien d'animaux – et de quelles espèces – le nouveau propriétaire de Wymondham Lodge avait réunis dans le parc ceint de vieux murs de pierre. Le soleil brillait ce jour-là, l'air était doux et légèrement brumeux. Les feuilles ne tomberaient pas avant des semaines, mais certaines commençaient déjà à brunir et à se racornir. Partout la végétation offrait un aspect brouillon typique de la fin de l'été : longues herbes jaunissantes, plantes montées en graine, prunes d'automne qui pourrissaient au pied des arbres... Après avoir traversé le pont qui enjambait la Brede, Wexford atteignit Stringfield une dizaine de minutes plus tard. Il n'y avait pas beaucoup de circulation. Le cœur du village lui-même présentait son habituelle apparence négligée, presque abandonnée, avec son église dont le clocher nécessitait des réparations urgentes, ses pierres tombales inclinées, ses pancartes « À vendre » plantées dans le jardin de plusieurs des cottages autrefois si recherchés. En suivant la direction de Wymondham Lodge, Wexford se retrouva sur une route étroite où il était impossible à deux voitures de se croiser. Elle s'élargissait cependant légèrement aux abords du domaine.

Comme le terrain s'élevait en pente douce derrière les murs, Wexford eut un bon aperçu du parc où broutait un couple de lamas. Il effectuait un demi-tour lorsqu'il remarqua également un chevreuil miniature semblable à Bambi. Il se gara sur le bas-côté herbeux en pensant qu'il ne serait pas autrement surpris de découvrir un léopard ou un éléphant dans les parages. Il n'y avait cependant rien de tel, apparemment, même si la présence de hauts grillages dans la propriété, pareils à ceux qui entourent les courts de tennis, ne manqua pas de piquer sa curiosité – d'autant qu'il lui sembla percevoir un rugissement, mais ce n'était sans doute qu'un tour de son imagination. Quand il s'approcha de la maison elle-même, il se sentit déçu. Aucun signe de Targo et de sa femme, évidemment ; ç'aurait été trop beau… En revanche, la camionnette blanche qu'il avait vue dans Glebe Road était là, garée dans l'allée de gravier à côté d'une Mercedes gris métallisé. Le vieux presbytère avait fière allure, comme toutes les demeures dont les propriétaires sont suffisamment riches pour les entretenir en permanence : les joints entre les briques avaient été refaits, les encadrements de fenêtres avaient récemment été repeints en blanc, et le toit d'ardoise luisait sous le soleil, impeccable, débarrassé de toute mousse envahissante. Le plus profond silence régnait alentour, ce qui n'avait au fond rien d'étonnant ; à quoi s'attendre dans cet endroit isolé, sinon au cri de quelque animal ?

Peu désireux de s'attarder sous les fenêtres de Wymondham Lodge, Wexford accéléra sur la petite route. En cet instant, c'était à l'ancienne habitation de Targo qu'il pensait – pas la propriété de Myringham avec le chenil, ni le vieux cottage légué par Mme Targo mère dans Glebe Road, où son fils avait organisé ses opérations de harcèlement, mais la maisonnette de Jewel Road, à Stowerton, elle-même guère plus grande qu'un cottage, où tout avait commencé. Targo, alors très jeune, y vivait avec sa femme enceinte, leur petit garçon, et bien sûr un chien, un épagneul.

Ils habitaient au 32 et les Carroll au 16. Wexford revoyait parfaitement la rue bordée de maisons mitoyennes toutes semblables, comportant chacune deux minuscules salons, une cuisine et deux chambres à l'étage. Seules quelques-unes possédaient une salle de bains. Derrière, les jardins formaient de petits rectangles avec un portail au fond qui ouvrait sur une allée où les résidents entreposaient leurs poubelles et accueillaient les livreurs. À l'époque, tout le monde se faisait livrer du charbon.

Elsie Carroll avait été découverte morte dans sa chambre un soir où son mari était parti à son club de whist. Jouait-on encore au whist aujourd'hui ? se demanda Wexford. Lui-même, alors tout jeune policier, avait accompagné ses collègues sur les lieux ; il se sentait à la fois excité et intimidé. Il n'avait aperçu le corps qu'au moment où on l'emportait, recouvert d'un drap, après que le légiste l'eut examiné. Et c'était plus tard seulement, en quittant la maison sur ordre de

Ventura quand George Carroll, le mari, était enfin rentré, qu'il avait croisé Targo en train de promener son chien. À minuit, par une nuit froide et humide. C'était la première fois – la toute première fois – qu'il voyait l'homme qui vivait aujourd'hui dans un cadre privilégié derrière ces murs de pierre.

Bien sûr qu'il portait une écharpe ce soir-là. Une grosse veste étanche, des bottes en caoutchouc et une écharpe autour du cou – un modèle en laine, à carreaux clairs sur fond brun. Il avait tourné la tête vers Wexford, puis accroché son regard. À aucun moment il ne l'avait quitté des yeux alors que l'épagneul, en laisse, levait la patte contre un arbre. Wexford avait jugé absurde, presque sinistre, cette façon de le dévisager aussi longuement, avec une telle insistance. Il avait fini par esquisser un geste impatient avant de se diriger vers la voiture qui le ramènerait chez lui. Sur une impulsion, il avait jeté un dernier coup d'œil pardessus son épaule, et, constatant que l'inconnu l'observait toujours, il s'était dit soudain : C'est lui, c'est le meurtrier. Quelle que soit son identité, c'est cet homme qui a tué Elsie Carroll. Et juste après : Non, c'est ridicule. Ne t'avise pas de colporter des absurdités pareilles. Ni même d'y penser.

Émergeant de ses souvenirs alors qu'il reprenait la route de Kingsmarkham, Wexford songea : Je n'en ai jamais parlé à personne, mais maintenant je dois le faire. Je vais mettre Mike au courant. Après le déjeuner dominical avec Dora, Sylvia et les enfants, je m'occuperai de rédiger une petite annonce à passer dans le *Courier* pour sauver le jardin du désastre, et ensuite je téléphonerai à Mike pour l'inviter à sortir prendre un verre. Targo est de retour, je l'ai vu, le moment est venu de révéler mon secret – et qui est mieux placé que Mike pour recevoir ce genre de confidences ?

— Si c'est au sujet de la petite Rahman, je préfère décliner, déclara Mike Burden.

— Qui ? demanda distraitement Wexford.

Concentré sur Targo, il avait presque oublié cette histoire.

— La lycéenne que Jenny pense victime d'une machination. Sa famille habite juste à côté de mon ancienne maison.

— Non, non, Mike, ça n'a rien à voir. Croyez-moi, il s'agit d'une affaire bien différente. Je n'ai jamais rien dit à personne, alors que ça dure depuis bien plus longtemps que je ne le souhaiterais, et aujourd'hui j'ai l'impression que ça va recommencer. Alors, est-ce suffisant pour vous appâter ?

— Vous voulez m'en parler, c'est ça ?

— Oui, si vous êtes d'accord pour m'écouter.

Ils convinrent de se retrouver à l'Olive & Dove, dans l'arrière-salle dont ils avaient fait leur repaire attitré au fil des années. Bien sûr, d'autres la fréquentaient aussi, comme en témoignaient le plafond jauni par la nicotine et l'odeur persistante d'un bon million de cigarettes. Bientôt, une loi interdirait de fumer dans les lieux publics, les murs et le plafond seraient rénovés, de nouveaux rideaux seraient accrochés devant les vitres embuées et les cendriers disparaîtraient, mais en cette fin des années 1990 rien ne laissait présager un tel changement. Par la fenêtre, on voyait surtout des jeunes attablés sur la terrasse, sous des parasols de couleur vive, car la soirée était aussi douce que l'avait été la journée. Leurs aînés, eux, préféraient se rassembler dans la salle principale. Une décennie plus tard, tous ces clients et leurs descendants seraient obligés de se presser dehors, qu'il pleuve, qu'il neige ou qu'il vente, s'ils avaient envie d'une cigarette.

Wexford commanda son habituel verre de vin rouge et son ami une pression. Si Burden ne buvait pas beaucoup, il avait en revanche un appétit féroce, et Wexford était prêt à parier qu'avant de sortir l'inspecteur s'était régalé d'un dîner composé de deux plats, accompagné de pain et de pommes de terre auxquels lui-même avait dû renoncer. Malgré tout, il conservait une silhouette svelte pleine de prestance, ce que Wexford trouvait injuste. Pourquoi un homme de l'âge de Burden n'avait-il pas un début de bedaine et pouvait-il toujours porter des jeans sans avoir l'air ridicule ?

Après avoir déclaré qu'il ne viendrait pas ce soir-là si la conversation tournait autour de Tamima Rahman, Burden aborda d'emblée le sujet :

— Je ne voudrais pas me montrer déloyal, mais j'ai l'impression que les personnes comme Jenny, déterminées à lutter à tout prix contre le racisme, en arrivent à soupçonner des cas de mauvais traitements imaginaires dans toutes les communautés noires ou indo-pakistanaises. Sans compter – j'en suis persuadé, et d'ailleurs je lui ai fait part de mon opinion – que si Tamima était une adolescente blanche ayant l'air un peu déprimée et, mettons, distraite au point de ne plus pouvoir se concentrer, Jenny n'aurait probablement pas réagi. Bon, voilà, c'est dit, je me suis montré déloyal.

— À mon avis, votre raisonnement va plutôt à l'encontre du politiquement correct que de la loyauté,

Mike, observa Wexford. Quant à cette gamine, je sais seulement ce que Dora m'a répété après sa discussion avec Jenny.

— Il n'y a rien d'autre à savoir, pour autant que je puisse en juger. (Burden goûta sa boisson et se fendit d'un petit hochement de tête approbateur.) Alors, qu'est-ce que vous vouliez me raconter ?

— Ça va prendre du temps, l'avertit Wexford, songeur. Je ne terminerai pas mon récit ce soir, c'est certain. (Il marqua une pause.) Vous devez bien comprendre que je n'en ai jamais parlé à personne, que j'ai gardé cette histoire pour moi en pensant ne jamais la partager avec quiconque. *Primo*, parce que l'individu concerné était parti ; ce n'était pas la première fois, il avait disparu à plusieurs reprises, mais il n'était jamais resté absent aussi longtemps. Du coup, j'ai supposé – non, en fait, j'ai décidé – que la page était définitivement tournée. Or il est revenu, je l'ai aperçu aujourd'hui même.

— Vous avez dit *primo*. Et *secundo* ?

— *Secundo*, parce que je ne voyais pas qui pourrait me croire, répondit Wexford sans détour.

— Et moi, vous allez réussir à me convaincre ?

— J'en doute. En attendant, je sais que vous m'écouterez et que vous ne répéterez rien.

— Si c'est ce que vous voulez, pas de problème.

L'histoire que Wexford s'apprêtait à raconter débutait à l'époque où, jeune homme, il avait décidé de quitter le cocon familial. Il s'entendait bien avec ses parents, cela dit, la cohabitation ne posait pas de problèmes particuliers, et pourtant il s'était senti obligé de s'en aller, et ce pour deux raisons : ce n'était pas digne d'un « adulte » d'habiter encore chez son père et sa mère à vingt et un ans, et de plus il était fiancé. Ces précisions, cependant, il ne les donnerait pas à Burden ; il passerait sous silence la révolution sexuelle imminente mais encore à venir, ainsi que le refus de ses parents de laisser Alison dormir chez eux. Même quand il s'était trouvé une chambre en location, juste équipée d'une plaque de cuisson – les toilettes étaient au bout du couloir –, il n'était pas question pour lui de recevoir Alison la nuit. D'abord parce qu'elle était attendue chez ses propres parents à vingt-trois heures au plus tard, ensuite parce que la logeuse n'aurait pas toléré sa présence et aurait eu tôt fait de la chasser, et sans doute aussi de le mettre dehors. Il y aurait eu des ragots. En ce temps-là, les filles avaient une réputation à préserver, elles savaient encore ce que signifiait le mot, et si d'aventure elles l'oubliaient, leurs pères se chargeaient de leur rappeler ce qu'elles risquaient en la perdant.

Il avait cependant le droit de voir Alison le soir, car sa logeuse, Mme Brunton, était de ces personnes persuadées que les rapports sexuels ont lieu seulement après vingt-deux heures. Or à son âge, il pensait vraisemblablement au sexe comme la plupart des hommes – à savoir toutes les six minutes, d'après les articles qu'on commençait à lire dans les magazines. Alison et lui se connaissaient depuis qu'ils avaient seize ans, et il aimait la bagatelle, mais pas autant qu'il l'aurait cru. Sans doute n'en avait-il pas encore découvert toutes les subtilités, sinon pourquoi en aurait-on fait autant de cas ?

Quoi qu'il en soit, il préférait ne pas trop s'appesantir sur la question. Il était *fiancé*, et sur ce point il avait des idées un peu vieux jeu. Oh, bien sûr, le temps où l'on traînait en justice les hommes ayant trahi leur promesse était révolu… N'empêche, il aurait trouvé déshonorant de rompre son engagement quand, de son côté, Alison semblait disposée à tenir le sien. Elle se disait amoureuse, alors il essayait de ne pas trop réfléchir et de se concentrer plutôt sur son travail.

Et c'était de ce travail qu'il allait parler à Burden. Celui-ci le regardait d'un air interrogateur tout en piochant allègrement des cacahuètes auxquelles Wexford n'avait pas le droit de toucher.

— J'étais chargé pour l'essentiel de prendre la déposition de personnes qui avaient recelé des biens volés, connaissaient quelqu'un qui en avait recelé ou s'étaient introduites chez des particuliers pour dérober un billet de cinq livres dans un portefeuille, commença-t-il. Et je m'occupais aussi des interrogatoires au porte-à-porte. Oh, et une fois – un changement de routine pour le moins excitant ! –, j'ai assuré mon tour de garde à côté d'un lit d'hôpital sur lequel gisait un homme poignardé dans la rue. Un événement très rare à Kingsmarkham à l'époque… Et puis, Elsie Carroll a été assassinée.

« C'était le premier meurtre commis dans le Mid-Sussex depuis deux ans, et encore, dans le cas du précédent il s'agissait en fait d'un homicide involontaire. Là, en revanche, c'était bien un meurtre. La victime avait été découverte par une voisine. Celle-ci, Mme Dawn Morrow, avait attendu en vain qu'Elsie Carroll vienne la voir pour prendre un café et bavarder.

« À l'époque, jamais deux femmes ne se seraient donné rendez-vous pour boire un verre, que ce soit du vin, de la bière ou une liqueur. De toute façon, personne ne buvait de vin en ce temps-là, à part les Français et la clientèle des restaurants huppés. Dawn Morrow avait deux enfants, de trois ans et un an, son mari s'était absenté pour aller voir sa mère le mardi soir, et elle ne pouvait pas sortir de chez elle, sauf peut-être juste le temps de faire un saut chez la voisine. Elsie Carroll était invitée à dix-neuf heures trente, et comme elle ne s'était toujours pas présentée à vingt heures, Mme Morrow était allée voir ce qui se passait, en "laissant les enfants seuls quelques minutes", comme elle l'a précisé par la suite. Les deux couples avaient le téléphone, mais à cette époque il leur aurait paru insensé, totalement extravagant et même presque immoral de donner un coup de fil aux occupants de la maison d'à côté.

À ce stade du récit, Burden demanda :

— Où était-ce, déjà ?

— Je ne vous l'ai pas dit ? Dans Jewel Road, à Stowerton.

— Oh, je connais. La ville est pleine de jolis cottages avec des portes d'entrée de couleurs différentes, très prisés des gens qui travaillent à Londres.

— Pas dans cette rue. Elle était bordée – elle l'est toujours, d'ailleurs – de pavillons mitoyens. Certains résidents avaient installé des lumières dehors, sur le perron ou sur les murs autour de chez eux. Mais pas les Carroll. Les jardins à l'arrière étaient petits, et tous comportaient un portail au fond ouvrant sur l'allée empruntée surtout par les éboueurs et les livreurs. Ces portails n'étaient pas fermés à clé, les portes de derrière non plus. Et pour cause : il n'y avait jamais de problèmes, personne ne craignait la visite d'intrus.

« Bref, ce soir-là, Dawn Morrow a sonné chez les Carroll, et, n'obtenant pas de réponse, elle est retournée chez elle pour passer par-derrière et entrer chez les voisins par leur jardin. La porte de derrière comportait un panneau vitré laissant voir de la lumière dans la cuisine, et bien entendu elle n'était pas verrouillée. Mme Morrow l'a ouverte en criant "Ohé !" et "Elsie ? Où es-tu ?". Comme elle n'entendait aucun bruit, elle a quitté la cuisine pour s'engager dans le couloir que tous les résidents du quartier appelaient alors "le passage". Il était également éclairé.

« Pour ma part, je n'avais encore jamais mis les pieds dans ces pavillons, tous agencés de manière identique, mais je peux vous assurer que dès le lendemain soir je connaissais celui-là sur le bout des doigts. Au rez-de-chaussée, il y avait deux petits salons que les propriétaires suivants ont réunis en une seule grande pièce. À l'étage se trouvaient deux chambres, une salle de bains et un minuscule débarras qui pouvait également servir de nursery. Les Carroll n'avaient pas d'enfants, aussi Dawn Morrow n'a-t-elle pas pris de précautions particulières pour éviter de faire du bruit, et elle a continué d'appeler Elsie en montant l'escalier. Il était alors vingt heures passées de quelques minutes.

Wexford s'interrompit pour boire un peu de vin.

— Le lendemain, enchaîna-t-il, lorsque l'agent Miller, Cliff Miller, a interrogé Dawn Morrow, j'assistais à l'entretien car je savais qu'il me faudrait moi-même recueillir les dépositions suivantes, et j'avais besoin d'apprendre les ficelles du métier. Mme Morrow a déclaré qu'elle était entrée dans la chambre des Carroll parce que le plafonnier était allumé. Au début, elle n'a rien vu. Le lit paraissait ne pas avoir été fait de la journée, les oreillers traînaient par terre et l'édredon avait à moitié glissé sur le sol. Cela ne ressemblait pas du tout à Elsie de laisser un tel désordre. Intriguée,

Dawn Morrow s'est avancée, et c'est à ce moment-là qu'elle a découvert sa voisine étendue sur le sol, entre le lit et la fenêtre. « Sur le coup, j'ai cru qu'elle s'était évanouie, nous a-t-elle raconté. Je me suis penchée vers elle pour l'examiner de plus près, mais je ne l'ai pas touchée. J'avais déjà compris que c'était grave, même si je ne savais pas encore qu'elle était morte. Elle était à plat ventre, le visage contre le tapis, de sorte que je ne pouvais pas bien le voir. »

« C'est plus ou moins ce qu'elle a dit, Mike. Je ne me rappelle pas les termes exacts qu'elle a employés. Et je vous rapporte les faits bruts, en laissant de côté ce qu'elle a dû ressentir – choc, stupeur, frayeur… Elle s'est précipitée chez les Johnson, qui habitaient au 18, et ils l'ont accompagnée chez les Carroll. Mme Johnson avait été infirmière avant son mariage, elle a demandé à son mari et à Mme Morrow de sortir de la chambre pendant qu'elle prenait le pouls d'Elsie Carroll. Quelques instants plus tard, elle les a rejoints dans le couloir en déclarant que la malheureuse était morte et qu'il fallait prévenir la police, ce que M. Johnson a aussitôt fait.

Elsie Carroll avait été étranglée avec la ceinture de son peignoir, abandonnée sur le lit. C'était en tout cas l'avis du légiste, le Dr Crocker, que Wexford n'avait jamais rencontré avant cette affaire et qui devait devenir son ami. Crocker, arrivé sur les lieux dans la demi-heure, avait déclaré que la mort remontait à une heure maximum, peut-être moins. À ce stade, le sergent Jim Ventura était arrivé lui aussi, en compagnie de l'agent Miller, de l'agent Pendle et de Wexford lui-même. L'inspecteur principal Fulford s'était présenté un peu plus tard. Dans cette petite ville tranquille, un meurtre constituait un événement exceptionnel, hors du commun.

— Il n'y avait pas de techniciens de scène de crime à l'époque, précisa Wexford. C'est l'agent Pendle – il se prénommait Dennis – et moi qui avons inspecté la maison et relevé les empreintes, en portant une attention toute particulière à la chambre. Oh, l'ADN avait été découvert, bien sûr, mais Watson, Crick et Wilkins n'avaient pas encore reçu le prix Nobel, et il s'écoulerait un bon moment avant que leurs travaux puissent être exploités par la médecine légale… De toute façon, ce n'est pas fiable à cent pour cent, n'est-ce pas ? En ce qui concernait les empreintes, c'était différent, on connaissait la technique depuis déjà longtemps. Bref, pendant qu'on examinait la chambre, une jolie petite pièce qu'Elsie Carroll avait tapissée de papier peint rose pâle orné d'un motif de feuilles argentées, Ventura et Fulford attendaient au rez-de-chaussée le retour du mari, George Carroll.

« L'une des premières choses que Ventura avait faites, c'était s'entretenir avec Harold et Margaret Johnson. Il était vingt heures quarante, je m'en souviens. Harold Johnson lui avait appris que George Carroll fréquentait assidûment le club de whist de Stowerton, dont les membres se réunissaient dans la salle paroissiale de l'église Saint Mary, et qu'il devait encore y être. Cette salle se trouvant à environ un kilomètre et demi de chez lui, George Carroll y était allé à vélo, comme d'habitude. Margaret Johnson avait ajouté qu'il rentrait généralement vers vingt et une heures trente, rarement après vingt-deux heures. Ventura a envoyé Cliff Miller à Saint Mary en lui demandant de prévenir George Carroll et de le ramener au plus vite.

— Ça se passerait différemment aujourd'hui, hein ? intervint Burden. L'église serait certainement équipée d'une ligne téléphonique, tous les joueurs de whist auraient un mobile…

— Et Elsie Carroll aurait verrouillé la porte de derrière ainsi que le portail du jardin. Sans compter qu'il y aurait plus de lumière dans les rues.

— On pourrait presque dire, contrairement à ce qu'on entend toujours, que le monde est plus sûr de nos jours ?

— Possible, oui.

— Et maintenant, vous allez m'annoncer que vous n'avez pas réussi à mettre la main sur George Carroll, c'est ça ?

— Ne soyez pas si impatient, Mike ! En fait, il est arrivé, mais plus tard. Vous voulez un autre verre ?

— Je vais les chercher.

Lorsque Burden rapporta les boissons, il trouva Wexford en train de parcourir le chapitre sur l'affaire Carroll qu'il avait photocopié, en prévision de ce rendez-vous, dans l'ouvrage de W.J. Chambers, *Les Grandes Affaires criminelles non résolues : de nouvelles pistes ?*

— Vous n'auriez jamais cru que je pourrais me souvenir d'autant de détails, hein, Mike ? lança-t-il.

Burden éclata de rire.

— Oh, je sais que vous avez une excellente mémoire.

— Écoutez, je vous ai infligé ce long préambule parce que c'est nécessaire, mais en fait, ce que je veux vraiment, c'est vous parler de l'homme que je soupçonne d'avoir commis ce crime. Non, « soupçonner » n’est pas le mot ; je sais qu’il a tué Elsie Carroll, tout comme je sais qu’il a fait au moins une autre victime. Il s’appelle Eric Targo, j’y arrive… (Il marqua une pause avant de demander d’une voix teintée d’humilité :) Ça ne vous ennuie pas que je continue ?

— Au contraire, Reg ! Allez-y, je suis tout ouïe.

# Chapitre 3

— N'ayant pas trouvé le mari à son club de whist, Cliff Miller est revenu dans Jewel Road, où nous étions toujours – à savoir Fulford, Ventura et moi, enchaîna Wexford. Entre-temps, lc corps d'Elsie Carroll avait été emporté. Pour ce qui était des relevés et des photos, les collègues avaient fait leur possible ; aujourd'hui, bien sûr, les critères ne sont plus les mêmes, mais l'un dans l'autre je dirais que nos hommes n'avaient rien négligé. Le périmètre de la chambre, considérée comme une scène de crime, avait été sécurisé. C'est alors qu'Harold Johnson a « lâché une bombe », pour reprendre l'expression que Ventura a employée. Le voisin des Carroll a demandé s'il pouvait lui parler, sans doute parce qu'il le trouvait moins intimidant que l'inspecteur principal Fulford, j'imagine. Fulford, c'était plutôt le genre militaire de la vieille école, une sorte de colonel Blimp, impétueux et grandiloquent.

« Harold Johnson et sa femme avaient passé ce début de soirée chez eux, devant la télé. Ils comptaient parmi les rares familles de Jewel Road à posséder un téléviseur, et ils en étaient tellement enchantés qu'à les entendre, ils se collaient devant tous les soirs. C'est drôle, quand j'y repense, il y avait toutes sortes de règles à respecter en ce temps-là lorsqu'on voulait regarder la télé : s'asseoir à une distance au moins égale à trois fois la diagonale de l'écran, ne pas rester dans le noir… et des tas d'autres contraintes qui se sont révélées totalement inutiles par la suite. N'empêche, les Johnson tenaient à faire les choses bien, aussi Margaret n'avait-elle allumé qu'une lampe dans le salon, pour créer ce qu'elle appelait "une ambiance tamisée". Pour autant, ils n'avaient pas encore tiré les rideaux, et je me rappelle avoir songé à l'époque qu'ils souhaitaient les laisser ouverts le plus longtemps possible afin que les éventuels passants puissent voir les lueurs du tube cathodique et les identifier comme telles – ce que les Johnson eux-mêmes n'auraient sans doute jamais admis, évidemment… Ah oui, j'ai oublié de préciser qu'ils faisaient également partie des quelques foyers de Jewel Road à avoir réuni leurs deux salons, de sorte que la pièce comportait désormais des fenêtres donnant à la fois sur la rue et sur le jardin.

« Bref, Harold Johnson a raconté à Ventura qu'il devait être un peu plus de dix-neuf heures quand il s'était levé pour aller tirer les rideaux – il n'était pas tout à fait certain de l'heure, mais il en avait quand même une assez bonne idée parce que l'émission que sa femme et lui voulaient regarder avait commencé. Il avait d'abord fermé les rideaux du côté rue avant de se diriger vers le fond de la pièce, où les portes-fenêtres étaient encadrées par de longs pans de tissu. Lorsqu'il les avait saisis, celui de droite avait accroché quelque chose – le dossier d'une chaise, il me semble –, et au moment où Harold allait le dégager, il avait machinalement jeté un coup d'œil dehors et aperçu la silhouette d'un homme qui sortait du 16 et marchait vers le portail du jardin. Sur le coup, il avait pensé à George Carroll qui allait chercher son vélo rangé dans la remise près du portail. Après réflexion, cependant, il n'en était plus si sûr.

« Il pensait que l'homme en question était plutôt petit, dans les un mètre soixante-cinq, alors que George Carroll mesurait bien un mètre soixante-dix. Quoi qu'il en soit, la nuit était tombée, et Harold Johnson a déclaré qu'il ne pourrait jurer de rien. Pour ce qui était de l'heure, il était plus affirmatif : quelques minutes après dix-neuf heures. Sur ce point, Elsie Carroll ne pouvait bien entendu pas nous apporter de confirmation, mais Dawn Morrow, la voisine, a raconté à Ventura le lendemain que George Carroll quittait en général la maison une dizaine de minutes avant dix-neuf heures.

— Et ce soir-là, à quelle heure est-il finalement rentré ? s'enquit Burden.

— Beaucoup plus tard : à vingt-deux heures quarante-cinq. J'ai eu l'impression que la mort de sa femme lui causait un choc terrible… Cela dit, comme Pendle l'a observé par la suite, qu'il l'ait tuée ou pas, le simple fait de découvrir sa maison illuminée et grouillant de flics pouvait expliquer sa réaction. Quand Fulford lui a demandé s'il voulait voir le corps de son épouse, George Carroll a refusé avant de fondre en larmes. Fulford ne s'est pas laissé attendrir pour autant ; il a décrété qu'il avait des questions à lui poser et qu'il devait le faire sur-le-champ, que c'était inévitable. Ventura et lui se sont chargés de l'interrogatoire pendant que Pendle et moi rentrions chez nous.

« Si ça vous intéresse, Mike, jetez un coup d'œil au passage sur le témoignage de George Carroll dans le livre de Chambers ; je vous ai photocopié le chapitre. Ce qu'il faut surtout en retenir, c'est que le mari a affirmé avoir passé la soirée avec une femme, une certaine Tina Malcolm. Il s'est lui-même présenté comme son "amant", ce qui lui a valu d'emblée l'hostilité de Fulford. Notre inspecteur principal était extrêmement collet monté et puritain – encore plus que vous, c'est dire…

— Merci beaucoup !

Wexford éclata de rire.

— D'après Carroll, cette Tina Malcolm pourrait confirmer qu'il se trouvait avec elle de dix-neuf heures trente à vingt-deux heures, poursuivit Wexford. Il a ajouté qu'il était soulagé de pouvoir enfin « laisser la vérité éclater au grand jour », maintenant que sa femme était au courant. Puis il s'est rappelé que sa femme était morte et il a de nouveau éclaté en sanglots.

— Bon sang ! s'exclama Burden. Ça devait être pesant, non ?

— Oh oui ! Au fond, j'étais content de sortir, de respirer un peu d'air frais. La voiture dans laquelle nous étions venus, Pendle et moi, était garée devant la maison. Pendle a pris le volant – il habitait tout près de chez moi, dans Kingsmarkham High Street –, et j'ai fait le tour pour aller ouvrir la portière côté passager. Il n'y avait pas de télécommande…

— Hé, j'étais déjà né, je vous signale ! Je me rappelle même les images du premier homme sur la lune…

— D'accord, d'accord, désolé, répliqua Wexford. Remarquez, je ne vois pas trop pourquoi je devrais m'excuser de vous avoir rajeuni… Enfin, pour en revenir à ce soir-là, Pendle a été obligé de se pencher vers le siège passager pour soulever le petit bitoniau – j'ignore comment ça s'appelait – qui verrouillait la portière, et au même instant j'ai remarqué un homme immobile devant le 16. Il tenait un chien en laisse et il patientait pendant que l'animal levait la patte contre un arbre. C'était Targo, Eric Targo, sauf que je ne connaissais pas encore son nom. Je pensais qu'il allait vite baisser les yeux, d'autant que son chien était en train de souiller le trottoir… Eh bien, il ne l'a pas fait ; au contraire, il a planté son regard droit dans le mien. Vous allez penser que j'exagère, mais non, je vous assure ! Vous savez, quand certains auteurs parlent de ces yeux capables de vous sonder jusqu'au plus profond de l'âme… (À en juger par son expression perplexe, Burden n'avait pas les mêmes lectures.) Bon, peu importe, c'est en tout cas ce que j'ai ressenti. Targo m'a dévisagé longuement – il s'était arrêté sous un réverbère –, puis il a hoché la tête. Oh, très légèrement, en un mouvement à peine perceptible, et c'est au moment où il se détournait que j'ai découvert la marque de naissance. Il avait une écharpe autour du cou – il en portait toujours une à l'époque –, mais elle avait glissé lorsqu'il avait bougé la tête. Au début, j'ai cru qu'il s'agissait d'une ombre, d'un jeu de lumière, et ensuite je l'ai distinguée plus nettement ; elle s'étalait sur son cou, pareille à la constellation du Cancer – d'ailleurs, elle avait la forme d'un crabe avec des pinces ou d'une île avec des promontoires… (Wexford haussa les épaules.) Au choix.

À ce stade du récit, alors qu'ils étaient seuls dans l'arrière-salle depuis une heure et demie, trois personnes entrèrent – une femme et deux hommes. Quoique petite, la pièce contenait trois autres tables, et comme par hasard les nouveaux arrivants jetèrent leur dévolu sur celle qui était la plus proche des policiers.

— Si on allait chez moi ? suggéra Burden à voix basse. Vous pourriez continuer tranquillement votre histoire là-bas…

Il habitait plus près du pub que Wexford. Le problème, songea ce dernier, c'était que Jenny serait à la maison pour garder leur jeune fils… En l'occurrence, elle ne chercha pas à engager la conversation avec lui, sinon pour demander :

— Je pourrai passer vous voir plus tard, Reg ? Au poste, je veux dire.

Wexford lui indiqua un jour et une heure, par courtoisie plus que par réelle envie d'entendre ce qu'elle avait à lui raconter ; au fond, il le savait déjà. Puis son ami et lui s'installèrent dans la petite pièce que les Burden appelaient le « bureau », même si, comme chez bon nombre de gens, il s'agissait moins d'un lieu de travail que d'un refuge permettant de regarder une émission de télé différente de celle qui passait au salon. Burden s'éclipsa ensuite quelques minutes, le temps d'aller chercher des boissons et des biscuits à apéritif auxquels son invité ne pourrait pas toucher.

Resté seul, Wexford se replongea dans le souvenir de cette nuit mémorable, des années plus tôt. Il n'avait jamais oublié le regard de Targo, ni la lumière du réverbère éclairant sa chevelure épaisse, ses traits grossiers et l'écharpe qui ne dissimulait pas tout à fait la tache sombre dans son cou. Pas plus qu'il n'avait oublié le léger hochement de tête qui avait ponctué ce moment, comme pour dire : « On se connaît, maintenant. On est liés. » À supposer, bien sûr, qu'un simple geste puisse exprimer autant de choses.

Le lendemain, c'était son jour de congé. Il aurait préféré retourner travailler, car il ne voulait pas manquer les étapes suivantes de la procédure, mais pour rien au monde il ne l'aurait avoué à Ventura, de peur de paraître plus présomptueux que consciencieux ; après tout, il était encore nouveau dans le service et trop bas dans la hiérarchie pour se faire remarquer de la sorte. Alors il avait passé la journée avec Alison, dont le père leur avait prêté sa voiture pour partir en promenade, et la soirée tout seul dans sa propre chambre. À cette époque, il consacrait une bonne partie de son temps libre à la seule activité comparable dans son esprit à la fréquentation de l'université : lire, lire, et encore lire. Ce soir-là, il avait mis au programme *The Squire's Tale* de Chaucer. Une fois l'ouvrage refermé, il était resté longtemps éveillé, tourmenté par une question de plus en plus préoccupante : comment pourrait-il épouser une femme dont il n'était pas amoureux et qui, il en venait à le craindre, ne lui inspirerait bientôt même plus de tendresse ?

Le retour de son ami le tira de ses souvenirs. Burden rapportait une bouteille d'eau pétillante et un verre de vin rouge – le dernier que s'autoriserait Wexford pour la journée. Lui-même se servit de l'eau, puis piocha une poignée d'amandes salées dans l'assortiment de coupelles remplies de fruits secs et de soufflés au fromage.

— Bon, vous vous êtes arrêté au moment où Targo et vous étiez en train de vous dévisager, dit Burden d'un ton qui, sans être désagréable, n'en était pas moins teinté de scepticisme.

Wexford choisit de l'ignorer.

— Le surlendemain, commença-t-il, durant ce que Fulford appelait sa « réunion d'affectation des tâches pour la journée », Ventura m'a demandé d'aller avec lui interroger Tina Malcolm, la petite amie ou « maîtresse » de George Carroll. À la morgue, le légiste devait pratiquer l'autopsie de la victime. Ventura et moi nous sommes donc rendus dans Powys Road. Cette femme, Tina Malcolm, vivait dans un deux-pièces-cuisine. Il n'y avait pas de salle de bains – comme dans bon nombre d'habitations –, juste une baignoire dans la cuisine recouverte d'une planche pour en faire une table. Ce n'était pas miteux, juste ordinaire. Le plus étonnant, peut-être, c'est que Tina Malcolm dormait dans un lit à une place alors que sa chambre était plutôt grande.

— Prenez des cacahuètes, suggéra Burden.

— Non, ce ne serait pas raisonnable…

Wexford poussa un soupir presque inaudible.

— Tina Malcolm, qui devait avoir dans les trente-cinq ans, était une blonde décolorée et maquillée à outrance. Les femmes se fardaient beaucoup plus en ce temps-là, il me semble ; la majorité ne serait jamais sortie le visage nu – ou en tout cas sans rouge à lèvres. Et elles portaient des talons si hauts qu'on en arrivait à se demander comment elles pouvaient marcher ; vous me direz, c'est pareil aujourd'hui… Bref, Tina Malcolm savait que nous devions venir, et je pense qu'elle avait soigné son apparence en prévision de notre visite – pas parce que nous étions des policiers, avant tout parce que nous étions des hommes.

« Elle nous a emmenés dans son salon et nous a offert un thé que Ventura a refusé. On s'imagine toujours que les Latins sont chaleureux et expansifs, mais lui était particulièrement taciturne, maussade et pète-sec. Or accepter ce thé aurait sans doute permis de mettre notre interlocutrice plus à l'aise ; elle était très nerveuse, voyez-vous, ce qui était plutôt logique compte tenu des circonstances.

— Comment ça ? s'étonna Burden. Vous insinuez qu'elle était impliquée dans la mort d'Elsie Carroll ?

— Non, pas du tout. La suite de notre entretien s'est révélée tout à fait extraordinaire, Mike. C'était la première fois que je me trouvais confronté à une situation de ce genre, et surtout, c'était la première fois que Ventura lui-même en faisait l'expérience. Il me l'a d'ailleurs confié dans la voiture après coup, alors que la plupart du temps il ne daignait pas adresser la parole aux sous-fifres de mon acabit.

Burden éclata de rire.

— Allez-y, racontez-moi ! Je suis littéralement suspendu à vos lèvres…

— Eh bien, figurez-vous qu'elle n'était pas au courant du meurtre – du moins à l'en croire. Il est vrai que le monde n'était pas submergé par les informations comme aujourd'hui. La radio existait déjà, évidemment, et la télé aussi, mais il y avait seulement deux chaînes et pas de programme le matin. Quant aux journaux, il fallait qu'ils soient livrés avant neuf heures pour être d'une quelconque utilité. Bref, il était neuf heures et demie quand nous sommes arrivés chez Tina Malcolm, et il n'y avait pas de quotidien en vue. Lorsque Ventura lui a demandé sans préambule si elle avait entendu parler du meurtre de Mme Carroll, elle l'a regardé avec des yeux ronds comme des soucoupes, en chuchotant qu'elle ignorait tout du drame. Ses mains se sont mises à trembler.

« Ventura m'a soudain jeté un coup d'œil insistant, me signifiant ainsi que j'étais censé dire quelque chose ; alors, j'ai voulu savoir si M. George Carroll était un de ses amis. Elle a hoché la tête, puis répondu “oui” d’une toute petite voix, et Ventura lui a ordonné de parler plus fort. Personne n’utilisait le terme “relation” dans le sens de “liaison” à l’époque, et il l’a interrogée sur la nature de ses rapports avec M. Carroll. Cette fois, elle a affirmé haut et clair : “C’est juste un bon ami. Nous ne faisons rien de mal, et d’ailleurs nous ne nous voyons jamais le soir.” Autrement dit, il n’y avait rien de sexuel entre eux. Aucun de nous ne lui avait précisé à quel moment le crime avait été commis. Ventura lui a demandé quand elle avait vu George Carroll pour la dernière fois, et elle a répondu qu’elle n’en était pas sûre, mais que ça ne devait pas remonter à très longtemps. “L’avez-vous vu avant-hier soir ?” a insisté Ventura. Elle s’est redressée en prenant un air choqué, et je me suis soudain rendu compte que sous ses dehors timides elle cachait un esprit vif. Ventura a ignoré sa réaction et poursuivi l’interrogatoire : “L’avez-vous vu entre dix-neuf heures trente et vingt et une heures trente avant-hier soir, mademoiselle Malcolm ?”

« Elle a secoué la tête très calmement. “Veuillez répondre à la question, je vous prie”, l’a pressée Ventura. Avec un léger sourire, elle a déclaré : “Je vous ai déjà dit que je ne voyais presque jamais M. Carroll le soir. Ce n’était pas la nature de notre relation. La réponse est non.” Son indignation commençait tout juste à devenir perceptible. Sur un autre coup d’œil de Ventura, je suis encore intervenu : “En êtes-vous bien sûre, mademoiselle Malcolm ?” J’ai eu droit cette fois à un hochement de tête suivi par un haussement d’épaules impatient.

« Et Ventura l’a crue. Il n’en revenait pas de ce qu’il a appelé l’“incroyable audace” de George Carroll, qui avait essayé de s'assurer un alibi en se servant d'une innocente dont il pensait la loyauté acquise. Pour ma part, je considérais que c'était l'exemple classique d'une femme heureuse d'avoir une liaison avec un homme marié quand tout va bien, mais qui ouvre le parapluie dès que le vent tourne. Je n'ai cependant rien dit ; je savais que ce serait inutile. En attendant, Ventura était trop bon policier pour ne pas chercher une confirmation de ces déclarations, et il m'a chargé d'aller frapper à toutes les portes de l'immeuble pour demander si quelqu'un avait aperçu George Carroll la nuit en question. Dans les trois quarts des appartements, c'est une femme qui m'a ouvert ; il n'y avait qu'un homme chez lui à cette heure-là. D'après les renseignements que j'ai pu recueillir, personne n'avait vu ni George Carroll ni aucun autre homme entrer chez Tina Malcolm. Ou peut-être que personne n'avait envie de m'en parler…

« Aujourd'hui, vous comprenez, les gens aspirent à se mettre en avant, ils adorent ça. Mais autrefois, c'était différent : ces fameuses quinze minutes de gloire – ou est-ce quinze secondes ? –, ils n'en voulaient surtout pas. Ce qui importait pour eux, c'était de rester discret, de ne pas se faire remarquer. "Ne pas se mêler des affaires des autres" était encore l'un des principes d'éducation en vigueur.

« Pour en revenir à notre enquête, c'est le lendemain que nous sommes allés trouver les habitants de Jewel Road, et que j'ai rencontré Kathleen Targo et son fils. Eric Targo était au travail, comme presque tous les hommes. Pour la plupart, les femmes restaient à la maison. Ventura m'a laissé entendre que nous retournerions interroger le soir même certains de ces hommes absents.

Il n'a pas été question de relevés d'empreintes ; aucun indice ne nous permettait de soupçonner quiconque, sauf peut-être George Carroll. De nos jours j'imagine qu'on prendrait les empreintes de tout le monde, hommes et femmes, des deux côtés de la rue et probablement aussi dans une bonne partie du quartier, mais à l'époque ce n'était même pas envisageable.

— Et vous avez revu Eric Targo, ce soir-là ?

Wexford acquiesça. Sur le moment, ce face-à-face lui avait paru banal, presque anodin. Alors que Pendle s'entretenait avec un certain Green, au 25, de l'autre côté de Jewel Road, lui-même avait frappé au 32, pour être reçu par Targo en personne. Du fond de la maison, probablement de la cuisine, leur parvenaient des cris d'enfant et le bruit de l'eau qui coulait.

« Il n'aime pas qu'on lui donne son bain », avait déclaré son interlocuteur.

C'étaient les premières paroles que Wexford l'entendait prononcer. Comme dans beaucoup de couples, l'époux avait un accent plus rude et désagréable que celui de sa femme – en l'occurrence, un mélange d'inflexions du Sussex profond et de cockney londonien. De près, Wexford l'avait trouvé encore plus petit – il lui arrivait tout juste à l'épaule – et plus trapu ; peut-être avait-il essayé de compenser sa taille modeste en soulevant de la fonte. Les muscles saillaient sur ses bras et ses jambes. Il portait un short – une tenue étonnante à cette époque de l'année à Kingsmarkham et dans toute la région – qui révélait des cuisses épaisses et des mollets énormes.

— Il venait de m'ouvrir quand il s'est aperçu qu'il avait la gorge nue, reprit Wexford à l'intention de Burden. Il a aussitôt attrapé une écharpe accrochée à une patère au-dessus d'un empilement de manteaux, et il l'a prestement nouée autour de son cou. Ajoutée au short, elle accentuait l'aspect étrange du personnage – d'autant que c'était un foulard de femme, rouge, noir et blanc. Et puis, j'ai compris qu'il avait voulu cacher sa marque de naissance. Peut-être était-ce un effet de mon imagination, mais en cet instant j'ai cru déceler de la haine dans son regard, comme s'il m'en voulait d'avoir vu ce nævus.

— Vous avez « cru », c'est le mot, confirma Burden.

— Possible. En attendant, vous n'étiez pas là.

Wexford avait été introduit dans le salon. Tous ceux de la rue, et probablement tous ceux de la ville, étaient chauffés au charbon ou par un radiateur électrique à deux résistances ; en l'occurrence, l'appareil était éteint, et il faisait froid dans la pièce. L'épagneul était couché devant le « feu ». Wexford, qui pensait Targo enclin à la cruauté, ou du moins à la brutalité envers les animaux, avait été surpris en le voyant soudain se pencher pour caresser tendrement l'animal avant de s'asseoir et de demander sans détour à son visiteur ce qu'il voulait.

— Je l'ai d'abord interrogé sur ses relations avec Mme Elsie Carroll, expliqua Wexford. Est-ce qu'il la connaissait bien ? « C'est la femme qui a été assassinée ? Je ne lui ai jamais parlé », m'a-t-il répondu. Je n'avais certainement pas envie de lui donner du « monsieur » mais on m'en avait recommandé l'usage, alors j'ai dû laisser de côté mon opinion personnelle. J'ai formulé poliment ma question : « Pourriez-vous me dire où vous étiez le 18 février entre dix-neuf et vingt heures, monsieur Targo ? »

« Il s'est contenté de me dévisager. Oh, pas du tout comme il l'avait fait sous le réverbère… Cette fois, il m'a jeté un bref regard empreint de mépris et d'hostilité. Il avait, et il a toujours, des yeux d'un bleu tellement clair qu'ils en étaient glaçants. "Qu'est-ce que vous voulez savoir au juste ?"

« J'avais beau être novice, je connaissais déjà le refrain par cœur : "Simple question de routine, monsieur Targo. Pour nous permettre de vous exclure de la liste des suspects."

Burden éclata de rire.

— Et il vous a raconté quoi ?

— Il m'a affirmé qu'à cette heure-là il se trouvait chez lui avec son fils. Je n'oublierai jamais ses paroles ; elles étaient tellement révélatrices de sa personnalité ! Il a dit, je cite de mémoire : « Ma femme était partie à son cours de – comment elle appelle ça ? Ah oui, de couture. Oh, j'ai rien contre… » Tenez-vous bien, Mike, à ce stade il m'a adressé un clin d'œil ! « Je suis même plutôt content qu'elle apprenne à coudre, a-t-il repris. Si elle confectionne ses vêtements et ceux du gosse, ça me fera faire des économies. » Entre-temps, les cris et les bruits d'eau dans la cuisine avaient cessé. Des pas ont résonné dans le couloir, et Kathleen Targo est apparue avec leur fils.

Elle s'était excusée en reconnaissant le visiteur. « Il y a un problème ? » s'était-elle enquise aussitôt. Wexford avait déjà remarqué que lorsqu'il se présentait chez les gens en tant que policier, on avait tendance à le considérer comme un oiseau de mauvais augure.

— Je l'ai rassurée, poursuivit-il, puis j'ai demandé à Targo de me préciser ce qu'il avait fait ce soir-là pendant qu'il gardait son fils. Je pensais qu'il y avait peut-être une chance pour que sa femme démente cette version, mais non. Je n'ai pas décelé l'ombre d'une hésitation ou d'un doute dans son expression. « J'ai fait des pompes et d'autres exercices de musculation dans la kitchenette », m'a affirmé Targo. On parlait toujours de « kitchenette » à l'époque, même pour désigner une cuisine de bonne taille.

« Kathleen Targo a ensuite ordonné au petit garçon, Alan, d'aller dire bonsoir à son papa. L'enfant l'a embrassé sur la joue, puis s'est jeté au cou du chien, ce qui a paru faire plaisir à Targo : il a souri et hoché la tête. Alan est ensuite retourné près de sa mère en levant les bras. Elle s'est contentée de secouer la tête. "Je ne peux pas te porter dans mon état, Allie. Tu es trop lourd."

« Elle était malheureuse en ménage, je l'ai deviné sans peine, et ma première impression a été confirmée quand je l'ai croisée par hasard des années plus tard. Targo et elle avaient divorcé depuis, et elle s'était remariée. Ce soir-là dans Jewel Road, elle était visiblement épuisée, mais lui n'avait pas l'intention de faire le moindre effort. "Tu pourrais te rendre utile, pour une fois, Kath, a-t-il dit, et raccompagner monsieur l'agent. Je suis crevé. Oh, attendez, a-t-il ajouté à mon adresse. Il y a une dernière chose que vous devriez savoir : je vous ai dit que je n'avais jamais parlé à cette Elsie Carroll, et c'est vrai. Pourtant, comme la plupart des habitants de cette rue, je n'ignorais pas que son cavaleur de mari fréquentait une femme de Kingsmarkham, une vulgaire traînée qui ne valait pas mieux qu'une prostituée. – Eric ! Pas devant le petit, l'a tancé sa femme. – Bah, il peut pas comprendre. Ce Carroll, il aurait donné cher pour se débarrasser de sa régulière…"

« J'ai remercié Targo pour son aide, comme nous étions censés le faire, même s'il ne m'avait pas fourni la moindre information utile pour mon enquête, poursuivit Wexford. Au fond, il m'avait juste révélé sa véritable nature. Kathleen m'a ensuite escorté dans le couloir, elle a envoyé son fils dans sa chambre à l'étage avant d'ouvrir la porte et de laisser entrer l'air froid. Sur le seuil, je lui ai demandé ce qu'elle pensait de son cours de couture du mardi soir. J'ai prétexté que ma mère envisageait de s'y inscrire.

« "Oh, c'est formidable, a-t-elle répondu avec plus d'enthousiasme qu'elle n'en avait manifesté jusque-là. Et puis, c'est tellement gentil de la part d'Eric de rester ici avec Alan… Je ne manque jamais un cours." J'ai eu l'impression qu'elle avait formulé cette dernière remarque dans l'unique but de me persuader que tout allait bien entre eux sur le front domestique ; c'était typique de la mentalité de l'époque, qui visait à sauvegarder les apparences. Là-dessus, elle a ajouté : "Je serai obligée de manquer, évidemment, quand je serai en couches."

« Les femmes employaient toujours ce terme – certaines du moins, celles qui avaient un petit côté vieux jeu et coiffaient un chapeau pour aller faire les courses. Dans les villages des environs, où il y avait encore des cottages sans eau courante ni électricité, on rencontrait des épouses qui parlaient de leur mari en disant "mon maître"…

— Bon, l'interrompit Burden, admettons qu'Eric Targo ait laissé son fils seul une dizaine de minutes et qu'il ait emprunté le chemin de derrière jusqu'au 16, où habitaient les Carroll. C'était bien le 16, n'est-ce pas ?

Wexford confirma d'un signe de tête.

— De là, reprit Burden, il pousse le portail pour entrer dans le jardin, où il se cache peut-être en attendant que George Carroll s'en aille. Après l'avoir vu partir sur son vélo, il pénètre dans la maison, trouve la malheureuse Mme Carroll à l'étage et l'étrangle. Ensuite, il ressort par le jardin, où Harold Johnson l'aperçoit sans toutefois le reconnaître. Oui, d'accord, c'est possible… Mais pourquoi Targo aurait-il fait ça, Reg ? *Pourquoi ?*

# Chapitre 4

Burden feuilleta le chapitre du livre de Chambers que Wexford avait photocopié à son intention. Le document faisait dix pages.

— Il n'y a pas le moindre mobile, dit-il enfin. Oh, bien sûr, il n'est pas toujours nécessaire d'en trouver un, mais il faut bien reconnaître que ça aide. Et il n'y a pas de preuves non plus. Je ne vois rien contre Targo, à part le témoignage d'Harold Johnson qui affirme avoir aperçu un homme dans le jardin – sauf que d'après Chambers, Johnson n'était pas prêt à jurer devant un tribunal qu'il avait reconnu l'homme en question. À moins que Chambers ne se trompe, et que Johnson n'ait affirmé catégoriquement qu'il ne s'agissait pas de George Carroll ?

— Non, répliqua Wexford. Harold Johnson a juste dit qu'il pensait cet homme petit, mais dans la mesure où il était lui-même assez grand, n'importe quel individu entre un mètre soixante-cinq et un mètre soixante-dix devait lui paraître petit en comparaison.

— Et Targo disposait du même alibi que tous les hommes de cette rue, j'imagine : il était chez lui avec sa famille – en l'occurrence avec son fils. Quel âge avait le garçon, au fait ?

— Je n'étais pas très doué pour estimer l'âge des

enfants, à l'époque. Il devait avoir dans les quatre ans, je pense, peut-être un peu moins.

— Donc, toute votre théorie se fonde sur le regard que vous a jeté Eric Targo la nuit du meurtre, à la lumière d'un réverbère ? Bon, mettons un instant de côté la raison pour laquelle il… eh bien, il vous aurait regardé de travers. Pourquoi aurait-il tué Elsie Carroll ? Pour se venger de George Carroll ? Mais il ne le connaissait que de vue, apparemment, et en quoi ce crime aurait-il été une revanche ? Au contraire, si on part de l'hypothèse que George Carroll avait de bonnes raisons de vouloir se débarrasser de sa femme, c'était presque un service à lui rendre que de la tuer…

— Oh, je sais bien, le coupa Wexford. J'ai eu tout le loisir d'y réfléchir, depuis le temps, sans que ma conviction change. (Il se leva.) Ce n'est pas tout, loin de là, mais je suis fatigué et je suis sûr que vous l'êtes aussi. Ça suffit pour aujourd'hui. Vous direz bonsoir à Jenny pour moi.

— Je vais vous raccompagner en voiture, si vous voulez. Je n'ai bu qu'une bière, et ça remonte déjà à trois heures.

— Non, je préfère rentrer à pied, je vous assure. Merci quand même, Mike. À demain.

Si la soirée avait été marquée par la douceur, la nuit s'annonçait plutôt fraîche. Quand le ciel était dégagé, on pouvait voir les étoiles à la sortie de Kingsmarkham ; les lumières de Brighton étaient suffisamment éloignées, et celles de la capitale encore plus. Ce soir-là, Wexford distingua même les constellations d'Orion, de Cassiopée et de la Grande Ourse, mais il lui sembla qu'elles étaient moins nettes que dans sa jeunesse, quand il les observait du même endroit – une impression probablement due à la dégradation de sa vue autant qu'au voile de pollution au-dessus de l'agglomération.

L'air vif le revigora néanmoins, chassant sa fatigue, et il se rappela à quel point ses brèves entrevues avec Eric Targo l'avaient affecté à l'époque. Peut-être parce qu'il voulait que justice soit faite et qu'il ne supportait pas de la savoir tenue en échec… Après tout, c'était le rôle de la police – son propre rôle – d'empêcher que les criminels continuent de sévir. Et sa conviction s'était encore renforcée quand il avait compris que l'arrogant inspecteur principal Fulford et par conséquent Ventura étaient convaincus de la culpabilité de George Carroll. Pour eux, il ne faisait aucun doute que c'était lui qu'Harold Johnson avait vu traverser le jardin enténébré en direction du portail à dix-neuf heures ce soir-là. George Carroll avait un mobile des plus convaincants : une fois sa femme disparue, plus rien ne l'empêcherait d'épouser Tina Malcolm. Il n'était pas facile de dissoudre un mariage en ce temps-là – le divorce par consentement mutuel n'existait pas –, surtout lorsque c'était le mari qui souhaitait se séparer d'une épouse innocente ; si elle refusait la séparation, il n'y avait guère de recours possibles. Ainsi, des conjoints qui ne s'entendaient pas devaient rester unis au moins aux yeux de la loi. Wexford lui-même avait connu un vieil homme qui avait vécu avec l'amour de sa vie pendant trente ans sans jamais pouvoir l'épouser parce que sa femme refusait le divorce.

Le fait que Tina avait nié se trouver avec George Carroll ce soir-là, le privant du même coup d'un alibi, ne signifiait pas grand-chose ; elle avait sans doute prétendu ne pas l'avoir vu par crainte d'être soupçonnée de complicité. Mais pour autant que Wexford puisse en juger, Fulford n'avait pas estimé nécessaire de creuser la question.

Dans ces conditions, l'arrestation de George Carroll paraissait aussi inéluctable qu'imminente. Là-dessus, Tina Malcolm avait créé la surprise : elle s'était présentée à la police de sa propre initiative, et elle était revenue sur ses déclarations précédentes en affirmant que George Carroll avait passé la soirée avec elle. Son intervention n'avait cependant rien arrangé, car personne ne l'avait crue ; au contraire, elle avait même desservi George Carroll dans la mesure où on l'avait soupçonné d'avoir influencé sa maîtresse, ce qui était peut-être le cas. Dès le lendemain, il avait été appréhendé.

La journée demeurait gravée dans la mémoire de Wexford pour d'autres raisons. Il avait revu Targo, sans son épagneul cette fois, dans la rue principale. Ils ne s'étaient pas adressé la parole, mais leurs regards s'étaient croisés et Targo l'avait de nouveau dévisagé. C'était à la suite de cet échange muet que Wexford avait failli aller trouver Ventura pour lui parler du regard appuyé, aussi insistant que déplacé, auquel il avait eu droit, et lui conseiller d'enquêter sur Eric Targo. Oui, il avait vraiment été à deux doigts de le faire. Sa journée de travail terminée, ignorant encore que George Carroll était officiellement accusé du meurtre de sa femme, il avait hésité en songeant au déroulement probable de l'entretien. Il avait imaginé l'incrédulité initiale de Ventura se muant en colère à l'idée qu'un petit agent de rien du tout, qui plus est nouveau dans le service, puisse avoir la prétention de lui suggérer une solution différente dans une affaire qui, de son point de vue, était résolue. Et s'il daignait s'enquérir de l'existence de preuves – une éventualité cependant hautement improbable –, comment réagirait-il en apprenant qu'il n'y en avait pas, que tout reposait sur une « intuition », un échange de regards et une certaine façon de dévisager l'autre ?

Non, impossible, avait conclu Wexford. Cette démarche ne servirait à rien. Non seulement elle pourrait mettre en péril ses perspectives de carrière, mais il risquait de passer pour insolent et présomptueux, voire vantard. Alors autant oublier toute l'histoire, la chasser de son esprit. Par une étrange ironie du sort, la question de sa possible prétention avait resurgi dans la soirée quand il avait rejoint Alison dans le seul bar à vin de Kingsmarkham. Elle avait même déclenché leur première querelle. Le lendemain soir, comme tous les vendredis, ils avaient prévu de sortir. Une troupe de théâtre donnait une seule représentation de *Sainte Jeanne*, de Bernard Shaw. Wexford avait très envie d'y assister – il allait rarement au théâtre – et il s'était dit naïvement que l'idée pourrait aussi séduire Alison. À sa grande surprise, elle s'y était opposée. Elle voulait voir un film, une comédie produite par les studios Ealing dont il ne pouvait aujourd'hui se rappeler le titre, alors qu'un flot d'autres détails lui revenait.

— Il passe aussi samedi soir, avait-il protesté. Et il est programmé à Stowerton la semaine prochaine.

Il y avait de nombreux cinémas à l'époque, au moins un dans chaque petite ville.

— Écoute, Reg, avait-elle répliqué en le fixant droit dans les yeux. Il serait peut-être temps que tu regardes la réalité en face, non ? Tu n'as pas plus envie de voir cette pièce sérieuse que de lire ces auteurs dont tu me rebats sans arrêt les oreilles, comme Chaucer, Shakespeare et compagnie. Tu es flic, je te rappelle, tu n'as rien d'un intello. Tu fais ça pour te rendre intéressant, pas vrai ? C'est juste pour l'épate.

Wexford avait tendance à démarrer au quart de tour, mais il apprenait à se dominer, à refouler sa colère.

— Tu te trompes, avait-il déclaré posément. Je lis ce qui me plaît, et si je vais au théâtre, c'est par choix.

— Oh, je me doutais bien que tu allais me dire ça. En attendant, je trouve que ce n'est pas naturel pour un homme d'être toujours plongé dans un bouquin.

Il lui avait alors demandé d'un ton glacial ce qui, d'après elle, était naturel pour un homme.

— Eh bien, jouer au foot ou au golf, par exemple, avait-elle répondu. Ou pratiquer un sport, tiens ; je n'ai jamais compris pourquoi tu n'en faisais pas. En tout cas, une chose est sûre : quand on sera mariés, tu n'auras plus le temps de lire. On aura une maison, il faudra l'entretenir. Mon père est toujours en train de bricoler ou de passer un coup de peinture, sans parler du jardinage…

— J'ai remarqué. Résultat, il ne vient même pas nous parler quand on passe chez tes parents. Il a toujours quelque chose à faire en haut d'une échelle ou au fond d'une tranchée.

— Et alors ? C'est toujours mieux que d'avoir le nez dans un bouquin, si tu veux mon avis !

— Je ne t'ai pas demandé ton avis, justement, avait-il rétorqué. Quoi qu'il en soit, j'irai voir *Sainte Jeanne* demain. Tu n'es pas obligée de m'accompagner.

— Tant mieux. (Elle s'était levée pour partir.) J'irai au cinéma, et je n'irai pas seule.

Tout en terminant son verre, il s'était dit que ce n'était décidément pas bon signe quand un homme en arrivait à espérer que sa fiancée irait au cinéma avec un autre – un amateur de football et de golf, doué pour le bricolage et le jardinage, qui se contentait de lire le *Greyhound Express*. Attention à ne pas devenir snob, s'était-il réprimandé. Tu n'as aucune raison de te croire supérieur.

Le lendemain, il apprenait que George Carroll avait été appréhendé. Si cette interpellation n'avait en rien modifié son opinion, il s'était dit qu'à partir du moment où un homme est arrêté pour meurtre il y a une forte probabilité pour qu'il soit reconnu coupable et condamné à la prison à perpétuité – la sentence maximale depuis que la peine de mort avait été supprimée. Cette pensée lui avait arraché un frisson. Était-ce la lâcheté qui l'avait empêché de faire part de ses doutes à Ventura ou même à Fulford ? Non, il y avait une différence entre le courage et la témérité. S'il avait eu une preuve, ne serait-ce qu'un indice… Mais voilà, il n'en avait pas. Laisse tomber, s'était-il dit encore une fois. Passe à autre chose.

À aucun moment il ne lui était venu à l'esprit que George Carroll aurait la possibilité de faire appel. Quoi qu'il en soit, jamais il n'aurait pu prédire que ce dernier serait libéré à l'issue de la procédure – une décision motivée non par la présence ou l'absence de nouvelles preuves, mais à la suite d'un problème entre le juge et le jury. Ce coup de théâtre surviendrait cependant beaucoup plus tard, après qu'il aurait lui-même connu bien des changements dans sa vie. Entre-temps, il avait assisté sans Alison, et seul, à la représentation de *Sainte Jeanne* ; de toute façon, même s'il avait voulu inviter une autre fille, il n'en connaissait pas. Il n'avait pas encore l'esprit critique à l'époque, aussi n'aurait-il pu se prononcer sur la qualité du spectacle même s'il avait trouvé l'accent de la Pucelle un peu surfait, et le personnage du dauphin un peu trop stupide et efféminé. À l'entracte, il était allé se payer une bière, et, en revenant, alors qu'il se frayait un passage jusqu'à sa place au fond, il avait jeté un coup d'œil au reste de la salle et aperçu deux jeunes filles qui se rasseyaient près d'une dame plus âgée – l'une blonde et potelée, l'autre brune avec de grands yeux bruns et une silhouette parfaite mise en valeur par une robe rouge. Et de songer aussitôt : C'est une fille comme elle qu'il me faut. Je l'ignorais jusque-là, mais elle incarne tout à fait mon genre de femme.

La chambre que louait Wexford se trouvait au premier étage d'une maison dans Queen's Lane. Il y jouissait d'un confort qui paraîtrait pour le moins spartiate aujourd'hui. Comme il devait partager l'unique cabinet de toilette avec deux autres locataires, il allait souvent chez ses parents prendre un bain et déposer son linge sale ; sa mère faisait en effet partie de ces rares ménagères qui possédaient une machine à laver. Sa logeuse avait mis à sa disposition un petit réchaud à gaz ainsi qu'une bouilloire dans laquelle il faisait chauffer de l'eau pour se raser – une opération qu'il effectuait à l'aide d'une cuvette placée sur une petite table près de la fenêtre. Et c'était ainsi qu'un matin, alors qu'il s'aspergeait d'eau le visage, il avait vu Targo passer dans la rue.

Queen's Lane constituait le trajet le plus direct pour rejoindre le sentier qui traversait les champs jusqu'au pont du Kingsbrook, aussi les promeneurs de chiens l'empruntaient-ils volontiers. Sur le coup, Wexford ne s'était pas posé trop de questions sur cette apparition inopinée ; il s'était juste demandé quelle raison pouvait pousser un homme qui habitait Stowerton à faire tout ce chemin pour profiter de la campagne quand il y avait des bois et des prés plus près de chez lui. Mais dans la mesure où l'événement s'était reproduit le lendemain et le surlendemain, toujours entre sept heures trente et huit heures du matin, il avait commencé à soupçonner quelque chose de moins anodin. La seconde fois, Eric Targo avait marqué une pause, apparemment pour laisser à son chien l'occasion de renifler le pied d'un réverbère, puis de se soulager, sauf qu'au lieu de regarder l'animal il avait levé les yeux vers la fenêtre de Wexford. Par la suite, il avait régulièrement répété la manœuvre. Pour employer une expression actuelle, Targo le « harcelait ».

En rentrant de chez Burden ce soir-là, sous un ciel étoilé où une lune aux trois quarts pleine brillait haut par-delà les frondaisons, Wexford emprunta Queen's Lane pour rejoindre York Passage. Le quartier avait changé du tout au tout, constata-t-il. Pour autant, il ne s'était pas « laidifié » (Wexford aimait bien ce terme emprunté à Lewis Carroll) : les quelques rares boutiques avaient été dotées de devantures dans le style du dix-huitième siècle, les bâtisses de la fin de l'époque victorienne avaient été démolies puis remplacées par de belles demeures, et des arbres avaient été plantés le long des trottoirs – des arbres qui étaient maintenant suffisamment grands pour ombrager la rue. Tout en essayant de localiser l'emplacement de son ancienne fenêtre sur la façade de la maison qui lui faisait face, Wexford songea qu'aujourd'hui l'épagneul de Targo aurait levé la patte contre le tronc d'un frêne plutôt que contre le pied d'un réverbère. Comment s'appelait ce chien, déjà ? Il ne s'en souvenait pas, et pourtant ce n'était pas faute d'avoir entendu Targo parler à l'animal quand, ayant atteint le sentier, il le détachait. Mais bon, peu importait. De toute façon, Targo employait plus souvent des termes affectueux qu'un nom pour s'adresser à son compagnon à quatre pattes. Dans la bouche de cet homme sinistre, ce meurtrier, des expressions comme « mon grand » et « mon beau » prenaient d'ailleurs une résonance troublante… Pensif, Wexford continua de cheminer dans la nuit. Il n'y avait personne aux alentours.

Arrivé chez lui, il trouva la maison plongée dans l'obscurité, à l'exception d'une lumière derrière la fenêtre de la chambre. Il monta. Dora, assise dans leur lit, avait ouvert un livre.

— Sylvia a dit qu'elle pourrait nous envoyer un jardinier, annonça-t-elle, délaissant *Ainsi va toute chair*, qu'elle lisait pour la troisième fois. C'est l'oncle d'une de ses amies, un ancien d'Eton qui vient de prendre sa retraite de la fonction publique.

— Est-ce qu'un diplôme d'Eton et son expérience du service public le rendent apte à s'occuper de notre jardin ? ironisa Wexford.

— Peut-être pas directement, mais d'après Sylvia il a lui-même un magnifique jardin. Pour moi, c'est une recommandation suffisante.

— D'accord, on va lui donner une chance, je n'enverrai pas ma petite annonce tout de suite, dit

Wexford. (Il effleura la couverture du roman.) Il est possible que je le relise aussi quand tu l'auras fini.

Il avait trop de choses en tête pour pouvoir s'endormir tout de suite. Alors qu'il était allongé dans le noir, une image de Targo s'imposa à lui : il revit la petite silhouette trapue, vêtue de ce qui semblait être le pantalon d'un vieux costume élimé sous un imperméable tout aussi miteux. Chaque matin, quand Targo passait sous sa fenêtre, il portait la même écharpe, un modèle en laine marron avec des franges à chaque extrémité, se rappela Wexford. Il marchait le dos raide – de fait, il bombait le torse –, et au bout de quelques jours il s'était mis à siffloter. Il choisissait toujours des airs anciens, connus, comme *It's a Long Way to Tipperary*, *Pack Up Your Troubles*, ou encore *If You Were the Only Girl in the World*. Wexford avait fini par installer sa cuvette et son nécessaire de rasage dans une autre partie de sa chambre, mais c'était plus fort que lui, il se sentait obligé d'observer Targo et l'épagneul. Le sifflotement lui servait de signal, et alors il s'approchait de la fenêtre, dont il n'écartait cependant jamais le rideau.

Sans Internet, il n'était évidemment pas possible d'accéder à toutes les archives disponibles aujourd'hui ; on pouvait toutefois consulter les listes électorales, sur papier bien sûr, dans les bureaux de poste et les commissariats. Wexford avait donc résolu de se renseigner sur Eric Targo le plus discrètement possible, en se débrouillant pour que cette tâche n'empiète ni sur son travail ni sur ses obligations. Ainsi, il n'avait pas tardé à découvrir que Kathleen Targo, qui entre-temps avait donné naissance à une petite fille, avait entamé une procédure de divorce. Il l'avait appris par une femme qu'il avait interrogée dans le cadre d'une enquête sur le cambriolage de la boutique à l'angle de Jewel Road et d'Oval Road. Elle était de ces personnes pour qui aucun détail n'est superflu, et il n'avait pas eu besoin de la pousser, ni même de lui poser une seule question sur les Targo, pour qu'elle lui raconte que Kathleen avait flanqué son mari à la porte après qu'il lui eut cassé le bras et infligé un coquard.

« Sauf que costaud comme il l'était, c'était risqué, et la pauvre a dû demander de l'aide... avait-elle ajouté. Il a fallu trois solides gaillards pour le faire sortir et s'assurer qu'il ne reviendrait pas. »

À l'époque, la police ne se mêlait pas des affaires « domestiques », car la violence envers les femmes était généralement considérée comme un aléa de la vie conjugale qui ne regardait personne en dehors du couple concerné. De toute évidence, Kathleen avait décidé de reprendre sa vie en main tandis que son époux retournait habiter chez sa mère, qui était veuve, au 8 Glebe Road. D'après les informations que Wexford avait pu rassembler, Eric Targo était né à Kingsmarkham, et ses parents, Albert Targo et sa femme Winifred, originaire de Birmingham, n'avaient pas eu d'autre enfant. Depuis qu'il avait quitté l'école à quatorze ans, il avait travaillé pour un maraîcher à Stowerton, et ensuite il avait été employé par le conseil municipal de Kingsmarkham pour s'occuper de la collecte des déchets. Dès qu'il avait eu son permis de conduire, il était devenu chauffeur-livreur pour une quincaillerie.

Wexford ne pouvait se défaire du sentiment que Targo était fier de son crime, qu'il le savait au courant et le provoquait délibérément, le mettant au défi d'informer ses supérieurs quand l'absence totale de preuves contre lui garantissait qu'il ne risquait rien. L'une des tantes de Wexford utilisait souvent l'expression « je ne lui donnerai pas la satisfaction de », et lui-même s'efforçait d'ignorer le propriétaire de l'épagneul, de « ne pas lui donner la satisfaction de » paraître ébranlé par ses agissements. Il l'observait toutefois de derrière la fenêtre, le regardant avancer vers le sentier, attendant le moment où, parvenu au niveau des arbres et des prés, Targo libérerait l'animal dont il ne manquerait pas de caresser la tête. Chaque fois, Wexford notait le maintien raide du promeneur, sa façon de plastronner témoignant d'une arrogance peut-être accentuée pour agacer la victime de son harcèlement, mais qu'on sentait néanmoins naturelle chez lui. Il voyait aussi l'attention que Targo accordait à son chien, s'arrêtant plusieurs fois pour le flatter et lui adresser des paroles affectueuses.

Au bout de quelques semaines, cependant, il avait cessé de venir narguer Wexford. Il devait probablement estimer que le message était passé. À la même époque, une habitante de Kingsmarkham avait été tuée. Elle s'appelait Maureen Roberts, et il ne faisait aucun doute que son mari était le meurtrier. Il se trouvait chez eux au moment de la mort de sa femme, il n'avait même pas essayé de nier, et dès le lendemain il avouait son crime. L'affaire ne ressemblait pas à l'assassinat d'Elsie Carroll, à un détail près : Maureen Roberts aussi avait été étranglée, avec un de ses bas. Un jour après que Christopher Roberts, le mari, eut été arrêté, Targo réapparaissait devant chez Wexford, accompagné de son chien qu'il emmenait sur le sentier du Kingsbrook.

— Cette fois-là, raconta Wexford à Burden le lendemain pendant le déjeuner, je regardais par la vitre. Je veux dire, je ne me cachais pas. Je m'étais approché de la fenêtre pour l'ouvrir, et je ne m'attendais pas du tout à voir Targo dans la mesure où il semblait avoir renoncé à ses promenades. Et soudain, il est arrivé, toujours aussi fanfaron, il s'est penché juste devant la maison pour caresser son chien, puis il a levé la tête vers moi. Il avait noué cette écharpe bleu et blanc autour de son cou…

— Les couleurs de Chelsea, fit remarquer Burden.

— Oh, peut-être.

S'il s'était intéressé au foot, comme l'y incitait Alison jadis, il aurait été au courant des détails de ce genre, songea Wexford. En attendant, c'était une écharpe semblable que Targo portait quand il était allé chez les Rahman dans Glebe Road quelques jours plus tôt.

— Il n'a pas souri, poursuivit-il. Vous me direz, il sourit rarement. Ce matin-là, il s'est une nouvelle fois contenté de me dévisager en écarquillant les yeux, et brusquement j'ai compris qu'il voulait me faire croire à son implication dans la mort de Maureen Roberts.

— C'est dingue !

— Au moins, ce n'est pas moi que vous traitez de dingue, fit remarquer Wexford.

— Non, mais je commence quand même à me poser des questions sur votre santé mentale…

— Il s'agissait d'un cas de strangulation, Mike, et il essayait sans doute de me convaincre que c'était sa marque de fabrique, qu'il ait commis le crime ou pas – et, en l'occurrence, ça ne pouvait pas être lui. Là-dessus, il m'a adressé un clin d'œil avant de s'éloigner dans la direction qu'il prenait toujours quelques semaines plus tôt ; arrivé à l'entrée du sentier, il a détaché le chien comme à son habitude, et c'est la dernière image de lui que j'ai gardée pendant longtemps. J'ai appris par la suite qu'il avait quitté Kingsmarkham pour aller s'installer à Birmingham, où était née sa mère. Il avait encore de la famille là-bas, et il n'a pas tardé à s'y faire une très bonne amie. Dans le même temps, il a monté une auto-école. En fait, je croyais vraiment ne plus entendre parler de lui jusqu'au moment où, quelques années plus tard, le harcèlement a repris.

En cet instant, Burden le regardait comme il aurait sans doute regardé sa femme si elle avait voulu lui parler de Tamima Rahman – avec un mélange de résignation et d'exaspération.

— Vous en avez assez de cette histoire, c'est ça ? s'enquit Wexford.

— Parce que ce n'est pas fini ?

— Oh non, loin de là ! Mais ne vous inquiétez pas, je ne vais pas tout vous raconter maintenant.

Ils étaient sortis du restaurant où ils venaient de déjeuner, et ils se dirigeaient vers le jardin botanique de Broadbridge. Une fois à l'intérieur, ils s'assirent sur un banc installé au bord de l'allée principale menant à l'arboretum et à la serre, puis s'absorbèrent dans la contemplation du lac artificiel avec son îlot, ses canards et ses deux cygnes noirs. Un écureuil descendit d'un arbre, s'immobilisa près d'eux quelques instants et grimpa en flèche le long d'un autre tronc en voyant accourir un chien. Celui-ci se mit à aboyer tandis que le rongeur émettait toutes sortes de petits cris furieux.

— Bon, il faut que je file, dit soudain Burden. Il est deux heures passées, et je dois être au tribunal à la demie afin d'entendre Scott Molloy rendre des comptes pour avoir entravé le cours de la justice. Allez, à plus tard.

Wexford le regarda s'éloigner avant de se lever à son tour. S'il ne venait plus que rarement au jardin botanique, il en était autrefois un visiteur assidu. L'ensemble avait été conçu et aménagé en respectant à la lettre les instructions d'un philanthrope de la région qui, à sa mort, avait légué plusieurs millions à la ville pour financer le parc floral de ses rêves, auquel il tenait à donner son nom : Samuel V. Broadbridge. Le projet incluait une serre tropicale – la réplique en tout point fidèle de celle érigée sur le campus de son université californienne, un établissement fabuleusement riche –, un jardin alpin, une version miniature de l'amphithéâtre de Red Rocks (dans les Rocheuses) et un petit canyon censé rappeler le parc de Yosemite.

Le jardin avait été créé à la fin des années 1970, là où auparavant les champs se déployaient à perte de vue. Wexford avait tout d'abord pensé que le changement ne lui plairait pas, mais à mesure que l'endroit prenait forme et que diverses essences s'y épanouissaient – magnolias, robiniers, peupliers, chênes verts –, appréciant manifestement le climat tempéré du sud de l'Angleterre, il avait commencé à le trouver attrayant. C'était différent d'avant, bien sûr – et alors ? La différence avait aussi ses bons côtés. Pourquoi ne venait-il pas s'y promener plus souvent ? se demanda-t-il soudain. Après tout, il avait besoin de marcher, que ce soit n'importe où... Et tant qu'à faire, pourquoi ne pas s'offrir une balade dans ce petit coin de l'Ouest américain situé à moins de deux kilomètres de chez lui ?

Surtout qu'à bien y réfléchir les champs d'autrefois n'étaient pas si agréables à regarder, et les fermes des environs non plus. Et si Samuel V. Broadbridge ne s'en était pas mêlé en donnant à la ville tous ces millions, il était fort probable qu'il y aurait aujourd'hui à la place un de ces nouveaux lotissements qui poussaient partout comme des champignons… Wexford regarda un pivert se poser sur la pelouse d'une nuance semblable à celle de son plumage, puis s'employer à chercher une proie dans l'herbe. C'était le représentant d'une des espèces de volatiles assez rares que « Sam V.B. » (ainsi que le surnommaient affectueusement les habitants de Kingsmarkham) avait contribué à préserver dans la région. Oh, il y avait bien eu un ver dans le fruit – et pas du tout le genre de ver que l'oiseau aurait aimé –, là encore par la faute de Targo…

Qu'avait dit Burden, déjà ? « Il n'y a pas le moindre mobile. Oh, bien sûr, il n'est pas toujours nécessaire d'en trouver un, mais il faut bien reconnaître que ça aide. Et il n'y a pas de preuves non plus. »

Or ce qui était caractéristique de l'affaire Carroll le serait également du meurtre commis dans le jardin de Sam V.B. vingt ans plus tard… Sans l'avoir voulu, Wexford tourna la tête en direction de l'amphithéâtre de Red Rocks, invisible d'où il se tenait. Bon, il est temps de rentrer, se dit-il. Au lieu de quoi, il alla s'asseoir sur un banc près des grilles pour réfléchir aux métamorphoses qu'avait connues Kingsmarkham au fil des années.

Dans sa jeunesse, il n'y avait pas de HLM – de « logements sociaux », comme on disait maintenant –, pas de salle de bains ni de cuisine équipée dans les appartements, juste des cottages avec des toilettes extérieures toutes regroupées le long de chemins humides, telles qu'on pouvait les voir aujourd'hui à l'arrière-plan des villages dans les reconstitutions historiques à la télé. Autour de sa propre maison il n'y avait que des prairies, et le petit bois au bout de sa rue – protégé des promoteurs par un décret municipal – abritait alors des rossignols. Les rossignols avaient disparu depuis longtemps. L'artère principale était désormais plus longue, les immeubles récents alternant avec les façades de style géorgien. C'était d'ailleurs le poste de police qui avait inauguré la série des constructions contemporaines, représentant aux yeux de tous le dernier cri de la modernité lorsqu'il était sorti de terre.

À l'époque, le centre commercial de Kingsbrook n'existait pas encore, et Samuel V. Broadbridge était toujours étudiant à l'université en Californie. Prés et bois constituaient le seul jardin botanique dont les habitants de Kingsmarkham avaient besoin. De même, ils se passaient fort bien de voitures ; de toute façon, rares étaient ceux qui en possédaient. La conduite était alors un plaisir, pas une corvée ni une mise à l'épreuve de la résistance nerveuse. Et il en allait de même dans tout le pays, pas seulement à Kingsmarkham – une bourgade tellement modeste en ce temps-là… Il n'y avait pas de parkings encerclant la ville, car personne n'en voyait la nécessité. Alors, était-on mieux loti aujourd'hui ? La situation s'était-elle améliorée ? Bah, conclut Wexford, la réponse était toujours la même : il y avait du mieux, il y avait aussi du moins bien. Il se leva enfin pour prendre la direction du poste de police, un bâtiment qui commençait à paraître vieux et délabré, où les ascenseurs tombaient en panne et où il n'y avait pas une seule porte automatique.

Il avait l'intention de rentrer de bonne heure chez lui. Un de ses petits-fils devait passer dans la soirée pour lui montrer comment utiliser son lecteur de CD portable – ou plutôt, selon toute vraisemblance, pour faire fonctionner l'appareil à sa place, songea Wexford, avant de se dire qu'il était sans doute le seul amateur de musique dans l'entourage du jeune garçon à n'écouter que des CD de Purcell et de Händel.

# Chapitre 5

D'une beauté saisissante avec ses grands yeux bleu-vert, capable d'un dévouement presque fanatique à son métier de professeur d'histoire, Jenny Burden ressemblait beaucoup à la première épouse de Burden, Jean, sinon de caractère, du moins d'apparence. Ce constat confortait Wexford dans ses certitudes, car il était persuadé que les hommes et les femmes recherchent toujours le même type de personne lorsqu'ils changent de partenaire. Quand il avait rencontré Jean pour la première fois, les Burden, arrivés à Kingsmarkham depuis peu, habitaient au 36 Glebe Road, et leurs enfants étaient encore petits. Elle était morte jeune, emportée par un cancer, laissant son mari complètement dévasté. Des années plus tard, il avait épousé cette superbe jeune femme que, de loin, on aurait pu prendre pour la jumelle de Jean ; de près, cependant, et surtout lorsqu'elle s'exprimait, l'illusion ne durait pas.

Wexford songeait aux caractéristiques du type de femme qui lui plaisait, et dont Dora était l'incarnation même – taille de guêpe, chevelure brune, séduisante par son charme plus que par sa beauté –, quand deux choses se produisirent à quelques instants d'intervalle, interrompant le fil de ses pensées. D'abord, Hannah Goldsmith fit irruption dans son bureau, puis un appel lui annonça l'arrivée de Jenny Burden pour leur rendez-vous, qu'il avait complètement oublié. Hannah lui fit un compte rendu de ses activités au sein de la petite communauté musulmane de Kingsmarkham. En sa qualité de sergent, elle s'était elle-même attribué le rôle d'agent de liaison avec les minorités ethniques, une initiative à laquelle Wexford n'avait vu aucune objection. Mais dans son désir de bien faire, d'éviter tout jugement raciste et de respecter le politiquement correct, elle se retrouvait parfois dans des imbroglios inextricables.

Elle lui confiait ses inquiétudes au sujet d'éventuels cas de mariage forcé dans la région lorsque le téléphone sonna.

— J'ai peut-être une mission pour vous, Hannah, annonça Wexford. Elle est dans l'ascenseur en ce moment même.

Quelques instants plus tard, sa collègue se retourna quand Jenny Burden se présenta.

— On s'est déjà rencontrées, n'est-ce pas ?

— Oui, bien sûr. (Jenny salua les deux policiers.) C'était à la fête du lycée, il me semble.

— Jenny ? lança Wexford. Il serait préférable que vous exposiez votre problème à Hannah, elle est bien mieux placée que moi pour vous aider. (Pour autant qu'il y ait un problème, se retint-il d'ajouter.) Elle connaît toutes les familles musulmanes de Kingsmarkham. Sans compter que c'est aussi l'une des rares personnes de mon entourage à avoir lu le Coran.

Wexford ne se rappelait que trop bien la période, quelques années plus tôt, durant laquelle Hannah avait mis de l'animation (et aussi suscité un certain malaise) dans les réunions qu'il organisait chaque matin avec son équipe en comblant tous les silences, si brefs fussent-ils, par des citations tirées de ce livre saint et qu'elle jugeait pertinentes. Un sourire de soulagement aux lèvres, il congédia les deux femmes en essayant de ne pas manifester trop d'impatience, puis il s'attaqua à la montagne de paperasse accumulée en une seule journée.

Hannah partageait un bureau avec les agents Damon Coleman et Lynn Fancourt. Tous deux étaient devant leur ordinateur.

— Si on faisait un saut à la cantine ? suggéra-t-elle à Jenny Burden. On pourrait discuter devant un café – ou un thé, si vous préférez ; entre nous, il est à peine meilleur. Les cours n'ont pas encore repris ?

— Non, la rentrée a lieu jeudi, répondit Jenny.

Elle n'avait encore jamais mis les pieds à la cantine du poste, dont elle avait cependant entendu plus d'une fois son mari critiquer la cuisine, le service et l'aspect lugubre.

— J'espère seulement que je ne vous fais pas perdre votre temps, dit-elle d'un ton humble qu'elle n'aurait sans doute jamais employé avec un homme.

— Pas du tout, affirma Hannah, qui s'installa à une table sur laquelle elle posa un plateau avec deux tasses de café et deux parts de gâteau au chocolat. Je suis ravie d'avoir un prétexte pour prendre une pause. Vous n'êtes pas contre une petite douceur, au moins ? Vous êtes comme moi, vous n'avez pas à vous inquiéter pour votre poids…

Jenny sourit.

— Je vous explique la situation ? D'autres événements se sont produits depuis que j'en ai parlé à Reg – je veux dire à M. Wexford. Il s'agit d'une jeune fille, Tamima Rahman, qui…

— Je connais les Rahman, l'interrompit Hannah. Ils ont une maison dans Glebe Road, qu'ils ont merveilleusement aménagée. Ils ont fait installer une extension, une nouvelle cuisine, et même une seconde salle de bains. Yasmin Rahman est une vraie fée du logis. Dommage que certaines de ces personnes qui critiquent toujours les musulmans ne puissent pas voir son intérieur…

— Certainement. En fait, Tamima était une de mes élèves. Elle avait tout pour réussir son GCSE, et c'est ce qui s'est passé. Elle a obtenu d'excellents résultats, et elle est venue me le dire dès qu'elle les a reçus, avant même que je les aie moi-même sous les yeux. Et puis, environ une semaine plus tard, je l'ai croisée dans la rue et j'ai eu l'impression bizarre qu'elle essayait de m'éviter. Quand je me suis approchée, elle a fait semblant de contempler une vitrine. Mais je lui ai adressé la parole, alors elle a bien été obligée de se retourner. Nous avons une nouvelle fois discuté de ses résultats, je l'ai complimentée en soulignant à quel point j'étais satisfaite de son travail, et ensuite je lui ai demandé si ses parents avaient rempli un dossier d'inscription pour un lycée d'enseignement avancé… Vous savez ce que c'est ?

— Les élèves y vont de seize à dix-huit ans pour préparer leur bac dans les meilleures conditions, c'est ça ?

Comme tous les spécialistes d'un domaine particulier, Jenny éprouvait toujours le besoin d'éclairer le profane en lui apportant quelques précisions.

— En gros, oui. Ils passent un examen à la fin de la première année, dans les matières de leur choix. J'espérais que Tamima choisirait l'histoire – c'est mon domaine –, ainsi que l'anglais et l'espagnol. Parmi tous les établissements auxquels elle pouvait prétendre, je savais qu'elle préférait celui de Carisbrooke.

Or elle a déclaré tout net qu'elle ne retournerait pas en cours la semaine suivante. Sur le coup, j'ai pensé qu'on ne s'était pas comprises. Je lui ai dit : « Oui, je sais que tu ne reviendras pas chez nous… » Après tout, si elle avait déposé un dossier à Carisbrooke, il y avait de bonnes chances pour qu'elle soit acceptée au vu de ses résultats.

« Vous avez déjà entendu parler d'un "regard glacial", j'imagine ? Eh bien, celui qu'elle m'a décoché était littéralement polaire ! Là-dessus, elle a ajouté qu'elle n'irait plus au lycée – n'importe quel lycée. Quand je lui ai fait remarquer à quel point c'était dommage, elle a baissé les yeux en marmonnant qu'elle ne voulait pas aborder le sujet.

— Et selon vous, ce serait une décision prise par sa famille ? Par son père, peut-être ? s'enquit Hannah.

— Je l'ignore. J'avais pourtant cru comprendre qu'il était progressiste. Il est lui-même diplômé, non ? Pourquoi empêcherait-il Tamima de poursuivre ses études, sachant qu'en plus il n'aurait pas à débourser un centime ? Il n'y a aucune raison d'imaginer qu'il est contre l'éducation des femmes…

Hannah s'empressa de prendre la défense de Mohammed Rahman :

— Oh non, c'est quelqu'un de très bien, affirma-t-elle. Il est employé par les services sociaux de Myringham, il s'occupe justement d'adolescents. Évidemment, si sa fille continuait d'étudier, ce serait une plus grosse charge financière pour la famille que si elle travaillait et rapportait de l'argent… N'empêche, je ne peux pas croire qu'il soit influencé par ce genre de considérations.

— Elle a un petit ami, déclara Jenny après avoir bu une gorgée de café qui lui arracha une grimace. Il est à moitié pakistanais. Vous croyez que M. Rahman pourrait s'opposer à leur relation ?

— Difficile à dire…

Comme souvent, Hannah se sentait déchirée entre son féminisme militant et son antiracisme. Mais le Coran n'était pas le seul guide de la spiritualité musulmane qu'elle avait lu, et elle ne manquait jamais une occasion d'étaler ses connaissances.

— Ce garçon ne lui est pas apparenté, n'est-ce pas ? reprit-elle. Il est possible que les Rahman souhaitent un mariage entre cousins, et pas avec un homme dont les parents seraient originaires de Karachi, par exemple, ou d'Islamabad. Peut-être préféreraient-ils qu'elle épouse un membre de la famille…

— Ce serait malsain, décréta Jenny.

Une nouvelle fois, Hannah eut l'impression d'être prise au piège.

— Les unions entre cousins germains semblent favoriser les malformations chez les enfants, mais le sujet reste controversé, observa-t-elle.

— C'est un fait établi, affirma catégoriquement Jenny.

Hannah ignora l'intervention.

— Quoi qu'il en soit, je ne vois aucune raison pour la police d'intervenir. Tamima a seize ans, elle a le droit de quitter le lycée. Personne n'a enfreint la loi, et rien ne prouve que les Rahman aient l'intention d'arranger une union. De toute façon, si le mariage forcé est illégal, le mariage arrangé ne l'est pas.

— À votre avis, je devrais quand même les rencontrer ? Les Rahman, je veux dire.

L'idée ne plut pas trop à Hannah. Si elle pouvait concevoir de se présenter chez eux en tant que représentante de la loi, la visite inattendue d'un professeur s'apparentait plutôt pour elle à la démarche inquisitrice d'une assistante sociale ou à celle, condescendante, d'une dame patronnesse auprès d'une famille de paysans.

— Pourquoi pas ? répliqua-t-elle. À condition de ne pas oublier que vous avez affaire à des gens intelligents et instruits... J'espère que vous ne le prendrez pas mal, Jenny, mais je doute que Mohammed Rahman apprécie beaucoup d'être sermonné.

Avec une douceur qui ne lui était pas coutumière, Jenny répliqua :

— Je ne vais pas le sermonner, juste lui dire à quel point je trouve dommage que Tamima arrête ses études. Qu'est-ce qu'elle va faire après, bon sang ? Végéter dans un petit boulot sans aucune perspective en attendant de devenir femme au foyer, comme sa mère ?

La place des femmes dans l'islam mettait à rude épreuve les opinions féministes d'Hannah. Pourtant, elle ne pouvait ignorer la critique implicite. Elle gratifia Jenny de son plus beau sourire.

— Oh, je ne doute pas un seul instant que Yasmin Rahman ait choisi délibérément de rester à la maison. Non seulement elle paraît tout à fait heureuse et équilibrée, mais d'après ce que j'ai pu voir, c'est elle le pilier de la famille. Bon, je peux vous offrir un autre café ?

Après que Kevin Styles, vingt ans, chef de gang autoproclamé, sans domicile fixe, eut été jugé pour vol avec effraction assorti de coups et blessures, Burden alla retrouver Wexford à midi au Dal Lake, le restaurant cachemirien dont ils avaient récemment fait leur cantine de prédilection. Sur le trajet, il avait vécu une expérience qu'il avait hâte de raconter à Wexford. Il trouva ce dernier déjà attablé et plongé dans la lecture du menu.

— Franchement, j'ai du mal à différencier ces plats de ceux servis par l'Indus plus loin dans la rue, dit-il en levant les yeux. Bon, d'accord, ce n'est peut-être pas de l'authentique cuisine cachemirienne… Bah, vous comme moi, on serait bien en peine d'en juger, pas vrai ?

— Je l'ai vu, déclara Burden en s'installant à table.

— Qui ?

— L'homme qui vous harcelait.

— Comment pouvez-vous le savoir ?

— En fait, la description que vous m'avez donnée était si précise, sans parler de la camionnette, que ça m'a paru évident. Tout y était : la tignasse blanche, les yeux bleus, le regard perçant, la silhouette trapue et la démarche fanfaronne…

— Avec ou sans écharpe ?

— Sans. Mais de près, j'ai distingué l'ancien emplacement du nævus – parce que j'étais au courant de ce détail, évidemment ! La peau est plus pâle à cet endroit, plus lisse aussi.

— Vous deviez vous tenir rudement près de lui, alors ! Où était-ce ?

— Devant le poste de police. À la sortie du tribunal, plus précisément ; vous me direz, c'est pareil. La camionnette était bien garée, en stationnement payant. J'ai aperçu le conducteur qui glissait une pièce dans le parcmètre, puis se dirigeait vers le bâtiment et s'arrêtait devant la façade pour regarder les fenêtres. Je me suis approché. Il n'a rien dit, moi non plus. Dieu seul sait ce qu'il avait en tête…

— Oh, Dieu n'est pas le seul à le savoir ! s'exclama Wexford. J'ai moi aussi mon idée sur la question : il me cherchait, j'en suis sûr.

— Après tout ce temps ?

— Pourquoi pas ? Il ignore ce que je suis devenu, si j'ai pris ma retraite ou même si je suis mort. Il veut en avoir le cœur net.

Peu après la libération de George Carroll, Wexford avait été affecté à un autre service dans le sud du pays. Il pensait alors que ce serait définitif, mais en fin de compte il ne devait rester que deux ans à ce nouveau poste, qui constituait l'une des étapes pour devenir sergent. L'époque était au changement ; tout le monde partait, lui semblait-il.

Il n'avait pas été surpris quand George Carroll avait fui Stowerton. L'acquittement du mari d'Elsie n'avait pas été prononcé après la découverte d'un élément de dernière minute qui prouvait son innocence ; non, on disait qu'il devait cette décision à un vice de procédure, un vieux juge probablement déjà sénile ayant mal fait son travail. Une fois sorti de prison, Carroll était rentré chez lui un temps parce qu'il n'avait nulle part où aller. Si l'affaire s'était déroulée maintenant, songea Wexford, et compte tenu de l'évolution de la société, les voisins n'auraient pas manqué d'insulter le mari relaxé, de jeter des ordures dans son jardin, voire de briser ses vitres ou de lui lancer des pierres… Des années plus tôt, ils s'étaient contentés de le traiter avec froideur, se détournant de lui quand ils le croisaient pour ne pas avoir à le saluer. Sa maison avait été mise en vente pour deux mille cinq cents livres ; Wexford avait repéré l'annonce dans la vitrine d'une agence immobilière. Les événements qui s'y étaient produits lui avaient fait perdre de sa valeur, mais sans doute guère plus de trois cents livres. Alors qu'aujourd'hui, un tel bien irait sans doute chercher dans les deux cent mille livres…

Eric Targo aussi avait déménagé. Il avait attendu de connaître l'issue du procès, puis, une fois certain que George Carroll serait ostracisé et considéré comme un paria dans le quartier, il avait disparu avec sa famille ; c'était du moins ainsi que Wexford avait tout d'abord interprété son départ, parce que les apparences le lui laissaient supposer. Mais après tout, ce n'était peut-être qu'une coïncidence si, au moment où George Carroll retournait habiter dans Jewel Road, une pancarte « À louer » apparaissait devant le 32... Wexford l'avait vue quand, mû par une impulsion inexplicable, il était allé jeter un coup d'œil à la maison vide. Un voisin lui avait confirmé que les Targo avaient mis la clé sous la porte, tout en expliquant que Kathleen et les enfants étaient partis de leur côté et Eric du sien. Personne ne savait où ils étaient allés. Peu après, Wexford lui-même quittait la ville.

Il avait dit au revoir à Alison en lui promettant sans conviction de rentrer à Kingsmarkham le week-end lorsqu'il en aurait la possibilité, sachant déjà qu'il aurait souvent des empêchements. Cela dit, elle ne paraissait pas spécialement impatiente de le revoir non plus ; elle avait pris ses distances depuis cette querelle pendant laquelle elle lui avait reproché ses prétentions intellectuelles, et il se rendait bien compte, à son grand soulagement, qu'il n'aurait sans doute plus voix au chapitre concernant leur relation, et qu'elle se préparait selon toute vraisemblance à rompre leurs fiançailles. Étrangement, ce constat avait suscité chez lui un regain d'affection à son égard – un sentiment de tendresse pas suffisamment fort cependant pour lui donner envie de renouer, mais teinté de regret quant à ce qui aurait pu être et de nostalgie quant à ce qui était perdu à jamais.

S'il pensait parfois à la fille en rouge, c'était avec lucidité : elle n'avait été qu'une apparition entraperçue un court instant – pas de quoi l'inciter à sillonner le Sussex pour essayer de la retrouver, juste un souvenir suffisamment agréable pour se dire qu'un jour il aimerait épouser une fille dans son genre. Dans l'immédiat, il devait songer à sa carrière, à son avenir. Alison lui avait annoncé la rupture par lettre – la première qu'il recevait à sa nouvelle adresse, une chambre au-dessus d'un bureau de tabac à Brighton. Ainsi qu'il l'avait supposé, elle fréquentait quelqu'un d'autre – l'homme qui était allé avec elle au cinéma le soir où lui-même avait assisté à la représentation de *Sainte Jeanne* –, et ils avaient l'intention de se marier au plus vite. Dans sa réponse, Wexford lui souhaitait beaucoup de bonheur et ajoutait qu'elle pouvait garder la bague, tout en espérant secrètement qu'elle ne le ferait pas car il ne roulait pas sur l'or. Or elle l'avait conservée. Pour autant qu'il le sache, elle avait aujourd'hui plusieurs petits-enfants et ne vivait plus dans le pays.

Un jour, alors qu'il s'engageait dans la rue principale pour aller interroger un homme au sujet du vol d'un lot de marchandises, il avait croisé Tina Malcolm. L'ancienne maîtresse de George Carroll, accompagnée par un inconnu, promenait un bébé dans une poussette. Comme on le lui répétait à longueur de temps, le monde est petit, aussi Wexford n'avait-il pas été surpris outre mesure de voir également Harold et Margaret Johnson flâner dans Brighton Lanes. Il avait laissé ses anciens amis à Kingsmarkham et ne s'en était pas fait de nouveaux. S'il allait parfois au pub boire un verre avec l'agent Roger Phillips, il passait la plupart de ses soirées seul dans sa chambre avec un bon livre.

Les bibliothèques avaient encore de beaux jours devant elles, il n'était pas question alors de les doter de cafétérias ni de gadgets technologiques, elles n'avaient à offrir que des livres, et encore des livres. Il dévorait tout – poésie, théâtre, romans… Ses lectures lui ouvraient des horizons sans cesse renouvelés, et loin de le distraire de ses obligations (ce que semblait penser Alison), elles l'aidaient à devenir un meilleur policier.

Pour parler des immigrés noirs ou indo-pakistanais à l'époque, l'expression considérée comme polie et respectueuse était « personnes de couleur ». Ils n'étaient toutefois pas nombreux en ce temps-là. Wexford se rappelait en particulier un marchand de tapis qui faisait du porte-à-porte ; il arborait un turban, et sans doute s'agissait-il d'un sikh, mais on ne savait pas encore grand-chose sur les différentes communautés. Il y avait aussi un Noir qui balayait les rues, et s'il était vraisemblablement originaire d'Afrique, tout le monde ignorait ce qui l'avait amené dans ce pays et quels drames il avait pu vivre pour juger cette existence modeste préférable à une autre. Après avoir remarqué son absence pendant plusieurs semaines d'affilée, Wexford avait entendu dire qu'il était mort de cause naturelle, qu'on avait retrouvé son corps dans la minuscule chambre sordide qu'il louait non loin de l'endroit où avait vécu Targo.

Bien des années devaient encore s'écouler avant que les immigrants n'affluent à Kingsmarkham ; aujourd'hui, il était rare d'emprunter une rue sans voir un visage indien ou chinois. À entendre certains parler de la situation, en particulier les politiques, qui prônaient à la fois l'intégration et le multiculturalisme, il pouvait paraître facile, presque naturel même, de ne pas tomber dans le piège du racisme. L'expérience avait cependant enseigné à Wexford qu'on ne mesure jamais la véritable profondeur des eaux quand on plonge dans les traditions d'une culture différente. On lui avait déjà fait remarquer qu'il était trop sensible sur ces questions, et peut-être était-ce vrai. Quoi qu'il en soit, Hannah avait le même problème, qui se manifestait chez elle par des efforts évidents pour éviter de formuler la moindre remarque susceptible d'être interprétée comme la critique d'une coutume « révoltante » (selon le qualificatif employé par Wexford). Il l'avait même entendue un jour prendre grand soin de ne pas condamner, en présence d'un restaurateur chinois, le bandage des pieds, dont la pratique avait été interdite en Chine quarante ans au moins avant la naissance de son interlocuteur. Wexford n'avait pas jugé utile de lui dire que le restaurateur, âgé d'une trentaine d'années, ne savait peut-être même pas que les femmes de la génération de son arrière-grand-mère avaient été soumises à ce traitement dès leur plus tendre enfance.

Quand elle entra dans le bureau de Wexford, celui-ci songea qu'elle n'avait décidément pas l'air d'un agent de police, mais plutôt d'un mannequin ou d'une animatrice de télévision. Il se demanda ensuite ce qu'avait pu ressentir un musulman d'une cinquantaine d'années comme Mohammed Rahman devant cette jeune femme venue l'interroger en jean et petit haut un peu trop décolleté. Hannah avait tendance à ne prendre des précautions que dans certains domaines.

— Je suis passée chez les Rahman, commença-t-elle. Ils ont très bien aménagé leur maison, chef. Ce n'est pas grand, mais ils ont fait installer une extension et leur intérieur est décoré avec beaucoup de goût. M. Rahman dînait quand je suis arrivée ; il venait de rentrer du travail. Je peux vous dire que ça sentait rudement bon ! Yasmin Rahman avait cuisiné toute la journée, j'imagine, et pourtant elle ne s'est pas assise avec lui, elle est restée debout derrière sa chaise. (Wexford attendit de voir comment elle allait négocier ce point épineux. Elle se borna à sourire d'un air absent.) Bah, c'est la tradition chez eux, et il est évident que cette femme n'a rien d'une victime… Au contraire, elle a l'air d'avoir une personnalité forte, voire dominatrice. Bref, j'ai dit à M. Rahman de ne pas s'occuper de moi et de continuer à manger, parce qu'il devait avoir faim. Au départ, je ne pensais pas trouver gênant de lui poser des questions sur Tamima, et pourtant, bizarrement, j'ai eu du mal à aborder le sujet.

— Ça ne me paraît pas si bizarre que ça, compte tenu des dilemmes dans lesquels vous vous débattez… Bon, comment vous y êtes-vous prise, finalement ?

— J'ai fait semblant d'ignorer que Tamima allait abandonner le lycée – qu'elle l'avait déjà abandonné, d'ailleurs –, j'ai juste laissé entendre que nous étions préoccupés par le nombre d'adolescentes indo-pakistanaises qui ne poursuivent pas leurs études malgré un cursus scolaire brillant. M. Rahman m'a considérée d'un air sceptique – c'est loin d'être un idiot –, et je me suis rappelé à cet instant seulement qu'il était travailleur social. « C'est notre fille qui a choisi de quitter le lycée, a-t-il déclaré. Peut-être qu'elle changera d'avis plus tard, qui sait ? Que voulez-vous, les enfants d'aujourd'hui ont des idées bien arrêtées, n'est-ce pas, mademoiselle… ? » Je lui ai demandé de m'appeler Hannah. Yasmin Rahman n'avait pas encore ouvert la bouche, alors j'ai cru qu'elle ne maîtrisait pas bien notre langue, jusqu'au moment où elle est intervenue dans un anglais parfait. D'après elle, toutes les filles ne sont pas des « intellectuelles » – c'est elle qui a employé le mot. Certaines se découvrent une âme de femme au foyer, comme elle autrefois et Tamima aujourd'hui. Celle-ci ne tient pas à avoir une vie professionnelle, m'a-t-elle affirmé. À l'entendre, ce sont les autres, ceux que ça ne regarde pas, qui le souhaitent à sa place – comme ce professeur, Mme Burden… Pour finir, elle s'est même exclamée : « Évidemment, elle-même travaille ! Sans doute a-t-elle besoin de gagner sa vie, mais ce n'est pas le cas de Tamima, dont le mari subviendra aux besoins. »

Wexford réprima un sourire.

— Ce discours a dû vous heurter, vous qui défendez si ardemment la cause féministe et la société multiculturelle !

À sa grande satisfaction, Hannah éclata de rire, même si elle semblait légèrement embarrassée.

— Reconnaissez que ce n'était pas facile pour moi, chef… Et alors que Yasmin Rahman continuait sur sa lancée, Tamima est rentrée. Sa mère lui a dit quelque chose en ourdou – du moins, je suppose que c'était de l'ourdou –, et manifestement elle n'a pas apprécié ; en tout cas, elle m'a paru contrariée. J'en ai déduit qu'il était question de son petit ami, puisque la famille désapprouve cette relation…

— Ce ne sont que des conjectures, Hannah. Ou alors, vous avez fait de sacrés progrès en ourdou !

— OK, vous avez raison, je me suis laissé un peu emporter. Quoi qu'il en soit, je n'ai pas osé parler à Tamima en présence de ses parents, mais ce n'est que partie remise ; dès qu'une occasion se présentera, j'essaierai d'en savoir plus. Là-dessus, un des frères de la petite est arrivé, et la mère s'est aussitôt occupée de lui préparer son repas. Comme elle ne servait pas Tamima, j'ai pensé que les femmes n'avaient pas le droit de manger en même temps que les hommes… Oui, oui, je sais. N'empêche, on ne peut quand même pas tout excuser dans les autres cultures ! Alors je suis partie. Bon, ce n'est pas vraiment concluant, hein ?

Wexford, qui s'était replongé dans ses souvenirs, ne répondit pas. Comment aurait-il réagi dans sa jeunesse si on lui avait prédit que les mariages forcés deviendraient un jour un problème de société en Angleterre ? Eh bien, il n'y aurait pas cru, tout simplement.

Pour lui, la visite d'Hannah n'avait pas été concluante du tout. Plus il y pensait, plus il lui semblait que Jenny et elle faisaient une montagne d'une taupinière, juste parce qu'une adolescente avait décidé de quitter l'école à seize ans, ainsi que l'y autorisait la loi. Sans doute voulait-elle gagner de l'argent, comme beaucoup de jeunes. Ensuite, cette même adolescente avait été aperçue en compagnie d'un camarade de classe, et à partir de là les deux femmes avaient brodé une histoire d'amour tragique : Tamima était tombée amoureuse de ce garçon, mais sa famille voulait la marier de force à un cousin. Peut-être allait-elle tenter de s'y opposer, de prendre la fuite avec l'élu de son cœur, et pour finir les deux tourtereaux seraient assassinés dans des conditions horribles par l'un des frères de la jeune fille… Encore une chance que Jenny et Hannah ne soient pas au courant de ses soupçons à l'égard d'Eric Targo ! se dit Wexford. Sinon, elles l'auraient sûrement mêlé à l'intrigue, lui réservant le rôle du tueur engagé par l'un des frères…

Non, décidément, c'était ridicule. Il fut d'autant plus heureux de rentrer chez lui qu'il savait son jardin repris en main. Andy Norton y avait déjà consacré deux après-midi ; il avait désherbé les massifs et passé la tondeuse à deux reprises. Les rosiers n'avaient pas été taillés six semaines avant la floraison, comme il se doit, aussi avaient-ils piètre allure. Mais les bégonias jaunes et rouges s'épanouissaient dans les bacs, et la sauge foisonnait dans les plates-bandes nettoyées. C'était Dora qui lui avait appris le nom des plantes, car lui-même n'y connaissait rien. En l'occurrence, leur vue lui fit du bien, l'apaisa, lui permit d'oublier pendant quelques minutes le spectre obsédant d'Eric Targo, l'homme qui aimait les chiens, le meurtrier défiguré par sa marque de naissance – marque qui avait disparu aujourd'hui. Étrangement, il aurait aimé savoir quand le nævus avait été enlevé, et peut-être plus encore pourquoi Targo avait vieilli à ce point.

## Chapitre 6

Il devait être témoin au mariage de Roger Phillips. Wexford avait vu dans cette demande le signe d'un certain dénuement affectif : son collègue, qui le connaissait depuis moins d'un an, n'avait-il personne de plus proche à qui confier le rôle de meilleur ami ? Cela dit, sa propre situation ne valait guère mieux ; il se serait senti bien seul à Brighton s'il avait eu moins de travail et moins de livres à lire. Et s'il n'avait pas rencontré Helen Rushford. Ils se voyaient une ou deux fois par semaine depuis trois mois.

Les couples économisaient pendant des années afin de pouvoir s'offrir un mariage somptueux. Wexford songea à la fête fabuleuse organisée pour sa plus jeune fille – au chapiteau, au champagne et aux fleurs, au dîner pour deux cents personnes… Aucun rapport avec la noce de Phillips à l'époque : une petite réception payée par le père de la mariée dans une salle paroissiale, où l'on n'avait servi que de la bière et de la limonade. Personne ne buvait de vin, alors – du sherry ou du porto à la rigueur, mais en tout cas rien de ce que l'on aurait pu appeler du « vin de table ». Il n'était pas question non plus de liste de cadeaux déposée dans un grand magasin du West End, ni de présents choisis et commandés sur Internet. Les invités offraient un grille-pain, un service à thé ou un chèque d'un montant modeste. Wexford avait demandé conseil à Helen, qui, douée d'un grand sens pratique, lui avait suggéré d'offrir une parure de lit – un cadeau avant tout utile. Ils étaient allés ensemble au mariage.

Il venait de remettre l'alliance au marié et se détournait pour aller se rasseoir au premier rang quand, en jetant un coup d'œil à l'assemblée réunie en face de lui, il avait failli lâcher l'écrin qu'il tenait toujours. L'inconnue à la robe rouge était là, assise sur un banc au milieu de l'église – ou, du moins, une jeune fille qui lui ressemblait beaucoup. Non, à la réflexion, elle était encore plus jolie que l'inconnue à la robe rouge. La quintessence même du type de femme qu'il savait désormais être le sien. Et elle ne portait pas une robe rouge mais un tailleur rose pâle composé d'une veste cintrée et d'une jupe plissée, avec chapeau assorti. Les femmes arboraient encore des chapeaux dans ces années-là, et aucune ne serait allée à un mariage tête nue. Le sien évoquait un léger halo de brume rosée au cœur duquel s'était nichée une fleur.

Je lui parlerai à la première occasion, avait pensé Wexford. Je trouverai un moyen d'engager la conversation avec elle pendant la réception. Helen oubliée, il avait réfléchi à ce qu'il pourrait dire à la belle inconnue, tandis que le prêtre lisait le texte si particulier de la cérémonie de mariage dans le *Common Book of Prayers* et que l'assemblée se levait pour entonner *Praise My Soul the King of Heaven*. À aucun moment il ne lui était venu à l'esprit que malgré sa beauté et son élégance, elle avait peut-être un caractère totalement différent du sien ou une personnalité encore plus difficile à contenter que celle d'Alison. Ce jour-là, tout en chantant les hymnes en même temps que les autres fidèles, il n'avait pas envisagé un seul instant qu'elle puisse se révéler beaucoup moins charmante qu'elle ne le paraissait.

En l'occurrence, il n'avait pas eu l'occasion de s'entretenir avec elle. Peu après, les mariés s'étaient engagés dans la travée centrale, suivis par leurs parents respectifs et quatre demoiselles d'honneur. Wexford s'était retrouvé près d'une jeune femme qui, d'après ce qu'il avait compris, était la sœur de Roger Phillips, et s'il avait bien tourné la tête vers la fille en rose alors qu'il passait près de son banc, elle ne lui avait pas prêté attention ; elle bavardait à voix basse avec sa voisine, une femme plus âgée, et il n'avait pu que lui jeter un coup d'œil implorant. Dehors, la séance de photographie s'était déroulée sous un fin crachin rendu glacial par un vent d'est mordant, et Wexford n'avait aperçu l'inconnue nulle part. Elle était partie, apparemment, de même que les personnes qui l'accompagnaient. Il pensait cependant la revoir à la réception, et elle était effectivement venue, mais il y avait tellement de monde qu'il lui avait été impossible de l'approcher. De toute façon, il lui paraissait malaisé, voire impossible de l'aborder avec Helen pendue à son bras. Sans compter qu'il devait faire un discours et en écouter d'autres… Il avait toutefois réussi à se renseigner pendant qu'Helen et une cohorte de jeunes filles suivaient Pauline, la mariée, dans la pièce où elle devait revêtir sa tenue de voyage.

— Non, je ne la connais pas, lui avait dit la mère de Roger. Elle séjournait chez de vieux amis des parents de Pauline, je crois qu'ils sont déjà partis. C'est une amie de leur fille, qui elle-même est tombée malade, alors ils m'ont demandé s'ils pouvaient venir avec cette jeune personne. Il me semble avoir entendu dire qu'elle s'appelle Medora. Un prénom assez inhabituel, n'est-ce pas ?

Byron, avait pensé aussitôt Wexford. Une Medora figurait dans l'un de ses poèmes. *Le Giaour*, peut-être ? Et n'était-ce pas ainsi qu'avait été baptisée la fille d'Augusta Leigh, la demi-sœur du poète, dont la rumeur prétendait qu'il en était le père ? En tout cas, pour étrange qu'il fût, le prénom n'en était pas moins ravissant et romantique. Lequel de ses parents aimait Byron ? s'était demandé Wexford en se promettant de lui poser la question quand il la reverrait – dans l'éventualité hautement improbable où il la reverrait un jour.

Mais non, il ne devait pas céder au découragement ; après tout, la pusillanimité n'a jamais permis de conquérir un cœur féminin... Quand les jeunes mariés reviendraient de leur lune de miel, il interrogerait discrètement la nouvelle épouse de Roger sur les amis de ses parents, en prenant bien soin de ne surtout pas éveiller les soupçons ; il n'avait aucune envie que la fille en rose et lui puissent devenir l'objet de taquineries, d'autant qu'il fréquentait toujours Helen... Il n'avait cependant pas pu l'oublier, et une ou deux fois il avait même rêvé d'elle. Dans la lumière froide du jour, il se traitait d'idiot, pour se comporter comme Dante se languissant de Beatrice. On était au vingtième siècle et il était policier, bon sang ! Autant essayer de chasser de son esprit cette image d'elle en tailleur rose et chapeau assorti... Il avait pesé le pour et le contre durant tout le temps que Roger et Pauline étaient absents, et à leur retour il avait tenté de découvrir le nom des amis des parents de Pauline par un biais détourné : en priant Roger de demander à sa femme si ces gens étaient les Derwent, de vieilles connaissances de sa propre mère à Coulsdon. Il avait ajouté qu'il pensait les avoir reconnus.

Roger ayant bien d'autres préoccupations en tête, il avait fallu le solliciter à deux reprises.

— J'espère que tu ne t'imaginais pas renouer avec une tante et un oncle perdus de vue depuis des lustres et prêts à te léguer une fortune, avait-il ironisé avant de tendre un papier à Wexford. Comme tu peux le constater, ils ne s'appellent pas Derwent mais Moffat, et Pauline ignore où ils habitent.

— Quelqu'un m'a dit que la jeune femme avec eux n'était pas leur fille.

— Ah ! Alors c'est ça, hein ? avait répliqué Roger en éclatant d'un petit rire entendu. J'aurais dû me douter que ça cachait quelque chose…

Wexford avait rétorqué qu'il n'avait rien à cacher et résolut aussitôt de ne plus en reparler à Roger. Le nom, « Moffat », était inscrit sur le bout de papier. Il devait y avoir des centaines de Moffat dans le pays, mais ils n'étaient peut-être pas si nombreux sur le littoral sud, et de plus, lui avait confié Roger, les parents de Pauline avaient quitté Pomfret pour aller s'installer à Brighton. Alors devrait-il commencer par l'annuaire de l'East Sussex ? C'est tellement plus facile aujourd'hui de retrouver la trace de quelqu'un, avec Internet… se dit-il. À condition, évidemment, de savoir comment s'y prendre ou de pouvoir compter sur l'aide d'un collègue au fait de l'évolution technologique. À l'époque, et malgré toute sa détermination à ne plus penser à la fille au chapeau rose, il avait développé une sorte d'obsession pour ce genre de beauté dont elle était la parfaite représentante.

— Reg ? (La voix de Mike Burden l'arracha brusquement à sa rêverie.) Vous comptez rester assis ici toute la nuit ?

Wexford fit un effort pour se ressaisir et cligna des yeux.

— Désolé, je pensais au passé.

— Il paraît souvent plus agréable que le présent, pas vrai ? Bon, je voulais vous inviter à boire un verre quelque part. Il est un peu plus de dix-neuf heures, et comme vous m'avez dit que Dora était sortie… Au fait, j'ai fini de lire les photocopies que vous m'avez laissées. Ça m'a donné envie de creuser la question, alors je suis allé emprunter le livre de Chambers à la bibliothèque. Sauf que je n'ai rien appris de plus ; il a beau parler de « nouvelles pistes » dans le titre de son bouquin, il n'en suggère pas beaucoup ! D'ailleurs, dans l'affaire Carroll, il n'en propose aucune.

Ils optèrent pour le Dragon plutôt que pour l'Olive & Dove et s'installèrent dans un coin tranquille, à l'écart du gros de la clientèle massée dans la petite pièce autrefois baptisée « Saloon Bar » afin de regarder un match de foot.

— Bordeaux ou bourgogne ? demanda Burden.

— L'un ou l'autre, répondit Wexford. Ici, tous les rouges ont le même goût.

Ses pensées reprirent le cours que l'arrivée de Burden avait interrompu. Des années plus tôt, il avait franchi un sacré pas en décidant d'arrêter de rêver en vain à la fille au chapeau rose pour partir à sa recherche. Dans la mesure où il avait déjà effectué le travail préliminaire – il s'était mis à raisonner en policier –, il ne lui restait plus qu'à enquêter sur le terrain, en commençant par consulter la liste des électeurs du district de Coulsdon. En ce temps-là, on pouvait tout simplement aller à la poste chercher les coordonnées de telle ou telle personne ; pour lui, l'ère d'Internet ne faisait que compliquer les choses, les embrouiller. Il lui avait cependant paru malhonnête de poursuivre ses investigations alors qu'il sortait toujours avec Helen – qu'il l'emmenait au cinéma, au restaurant, en promenade ou en pique-nique à la campagne, et continuait de l'embrasser pour lui dire bonsoir, même s'il n'allait jamais au-delà –, et qu'elle le considérait comme son petit ami. Il jugeait presque déshonorant de se comporter ainsi. Alors il lui avait dit qu'il préférait rompre. L'expression sur son visage lui avait serré le cœur, de même que les larmes qui lui étaient montées aux yeux. Elle avait cinq ans de moins que lui, et soudain elle lui avait semblé beaucoup plus jeune, pareille à une enfant bouleversée. Il avait expliqué qu'il était trop vieux pour elle, qu'elle devrait trouver quelqu'un de son âge, et afin de faire passer une pilule bien amère, il avait ajouté qu'elle était trop jolie pour perdre son temps avec lui.

— Mais je t'aime, avait-elle protesté. C'est toi que je veux.

Une autre femme lui avait-elle jamais dit ces mots-là ? se demanda-t-il. Dora elle-même les avait-elle prononcés ? Il n'aurait pu l'affirmer. En attendant, il avait rompu avec Helen, qu'il n'avait plus revue par la suite. D'après ce qu'il savait, elle s'appelait aujourd'hui Helen Conway et vivait à Stoke Stringfield – le village voisin de Stringfield, où Targo avait acheté Wymondham Lodge – avec son mari et leurs grands enfants. Tu aurais dû avoir honte, se dit-il. Honte de traiter cette pauvre fille comme ça et de te laisser aller à des rêveries idiotes qui ne pouvaient rien donner de bon.

Prenant sur lui, il émergea de ses souvenirs.

— N'oubliez pas que pour tout le monde l'affaire était résolue, Mike, dit-il à Burden lorsque celui-ci rapporta les boissons. George Carroll avait été arrêté et accusé du meurtre. Aux yeux de Fulford, de Ventura et de pas mal de gens, c'était lui l'assassin, même quand il a été acquitté par suite d'une erreur de procédure. La différence entre eux et moi, c'est que je n'avais jamais cru Carroll coupable, et qu'à cet égard son acquittement n'a rien changé. Fulford et Ventura, qui avaient vu leurs soupçons confortés par l'inculpation de Carroll, ont très mal réagi à l'issue du procès en appel. Ventura faisait littéralement des bonds de rage. Il n'arrêtait pas de répéter : « Quand je pense que ce salopard est libre aujourd'hui à cause d'un vieil incapable emperruqué ! »

— Si je comprends bien, intervint Mike, il n'y a jamais eu d'autres suspects ?

— Seulement dans ma tête, Mike. Targo me hantait. J'ai beaucoup pensé à lui du temps où je vivais à Hove, à la femme qu'il avait frappée, au petit Alan et au nouveau-né… Je savais qu'ils avaient quitté Jewel Road et qu'ils étaient divorcés, mais est-ce qu'il lui versait une pension alimentaire ? Un jour, j'ai croisé par hasard Tina Malcolm, qui se promenait en compagnie d'un bébé et d'un homme qui était peut-être son mari – sûrement, d'ailleurs, vu qu'à l'époque on n'osait pas encore faire des enfants en dehors des liens du mariage. Elle ne m'a pas reconnu, ou en tout cas c'est l'impression que j'ai eue. Je me suis souvent demandé ce qu'elle avait ressenti quand son amant avait été jugé pour meurtre.

— Vous voulez dire qu'il était réellement avec elle ce soir-là ?

— Oh, j'en suis sûr. Pas vous ? Il était avec elle, et en apprenant qu'elle avait nié – qu'elle l'avait trahi, en d'autres termes, même si elle est revenue plus tard sur ses déclarations –, j'imagine que son monde a volé en éclats. Peut-être qu'il l'aimait vraiment…

— Vous croyez qu'il aurait pu s'en tirer la première fois si elle avait corroboré sa version ?

— Certainement. Elle lui aurait fourni un alibi en béton en disant qu'il était resté avec elle durant ces trois heures. Sur l'ordre de Ventura, c'est vrai, j'ai interrogé les voisins de Tina Malcolm qui se trouvaient chez eux, mais aucun de mes collègues n'est retourné dans le quartier plus tard pour interroger ceux qui n'étaient pas encore rentrés en début de soirée. Après tout, l'un d'entre eux aurait pu voir Carroll arriver chez sa maîtresse… Le problème, c'est que ça n'intéressait pas Ventura ; pour lui, le témoignage de Tina Malcolm, selon lequel elle n'avait pas reçu Carroll ce soir-là, suffisait à confirmer son intuition, à savoir que Carroll était coupable. Résultat, il n'a jamais fait procéder à d'autres interrogatoires, même après que Tina Malcolm s'est rétractée. Or George Carroll n'aurait pas pu être à deux endroits à la fois, et il n'était pas au 16 Jewel Road à dix-neuf heures.

— D'après Chambers, il est parti s'installer dans le nord du pays, intervint Mike Burden. Tout le monde semble ignorer comment il gagnait sa vie, mais il est tombé malade et il est mort d'un cancer du pancréas environ un an après son acquittement. Et Targo, qu'est-ce qu'il est devenu ?

Wexford haussa les épaules.

— Il a ouvert une auto-école à Birmingham. Il avait rencontré une femme là-bas qui avait pas mal d'argent. Une certaine Tracy – Tracy quelque chose… Elle était très jeune alors, et son père lui avait légué sa fortune ainsi qu'une grande propriété à Edgbaston. Targo ne l'a cependant jamais épousée, et il est revenu ici à la mort de sa mère, dont il a hérité la petite maison dans Glebe Road.

— Comment pouvez-vous être au courant de tout ça ? s'étonna Burden.

— J'en ai fait une affaire personnelle. Tout comme lui à mon sujet, j'imagine. S'il est devenu une obsession pour moi, ce que vous ne manquerez pas de souligner, j'en suis devenu une pour lui aussi. Oh, n'y voyez surtout aucune connotation homosexuelle, je veux juste dire qu'il estimait sans doute amusant de manipuler un policier – quelqu'un qui savait de quoi il était capable mais ne pouvait rien contre lui. Cela dit, je n'imaginais pas un seul instant qu'il puisse être un psychopathe, un tueur en série dont Elsie Carroll n'avait été que la première victime…

Une nouvelle fois, Burden ne put s'empêcher d'exprimer son incrédulité :

— Vous n'aviez aucune preuve, Reg ! Vous ne vous fondiez que sur un regard et l'attachement d'un homme à son chien. En somme, vous n'aviez rien.

Wexford secoua la tête.

— N'oubliez pas le harcèlement. Il a recommencé, figurez-vous. Je venais de me marier, et nous habitions alors une de ces maisons au bord du Kingsbrook, vous vous rappelez ?

— Évidemment ! Il y avait un grand pré au bout de votre jardin, qui descendait jusqu'à la rivière. Tout est construit aujourd'hui… ajouta Burden, une pointe de tristesse dans la voix.

— C'est normal, il faut bien que les gens vivent quelque part… Bref, Targo s'est mis à promener son chien dans le coin. C'était le même chien – un épagneul –, et il devait être très âgé. Bref, il y avait plusieurs façons d'accéder à ce pré, dont le chemin de halage le long de la rivière et des grilles donnant sur la rue principale, mais comme par hasard Targo avait choisi de passer devant chez moi pour emprunter le sentier à droite de la maison. Après l'avoir vu plusieurs fois, j'ai commencé à trouver ça louche.

— Pourquoi ? Juste parce qu'il promenait son chien ?

— Écoutez, il vivait encore – seul, je crois – dans la vieille maison de sa mère, au 8 Glebe Road. De là, il n'avait aucune raison de grimper la colline jusque chez moi pour prendre le sentier quand il existait une bonne dizaine d'itinéraires plus directs.

— Que faisait-il quand il vous voyait ?

— À vrai dire, il me voyait rarement. C'était l'été lorsqu'il s'est de nouveau manifesté, et il arrivait très tôt le matin. En général, je l'apercevais de ma chambre juste après mon réveil. Parfois, il marquait une pause et levait les yeux vers les fenêtres, comme avant. Il portait toujours une écharpe. Une fois, une seule, alors que je me dirigeais vers ma voiture – c'était en automne, je m'en souviens –, il m'a dit bonjour et je lui ai répondu. Ensuite, il n'est plus revenu. Il n'est pas resté longtemps dans la région. Il a vendu la maison dont il avait hérité et il est retourné à Birmingham.

— D'accord, peut-être qu'il vous observait, mais je ne comprends toujours pas pourquoi vous le qualifiez de psychopathe.

— Parce qu'il y avait ce témoignage selon lequel un homme de petite taille s'était faufilé dans le jardin des Carroll à dix-neuf heures. Parce que Targo habitait tout près de chez les Carroll, ce qui aurait pu lui permettre de laisser son enfant endormi, d'aller commettre son forfait et de revenir en moins de dix minutes.

— Ça me paraît tout de même un peu mince pour évoquer un psychopathe ou un tueur en série, non ? insista Burden. Il n'y a eu qu'un meurtre, celui d'une femme à qui il n'avait même jamais adressé la parole…

— Non, il y a eu aussi tous les autres, les meurtres fantasmés, ceux dont il voulait me convaincre qu'il était l'auteur… Je vous assure, je suis sérieux, Mike. Tenez, prenez l'assassinat de Maureen Roberts, pour commencer. Le second crime dans lequel il était réellement impliqué a été perpétré des années plus tard, à l'époque où Targo, qui s'était enrichi grâce à l'héritage de sa mère et à l'argent de Tracy, s'était acheté une propriété et gérait un chenil. Vous vous rappelez cette affaire, j'en suis certain. D'ailleurs, vous l'avez vous-même mentionnée l'autre jour – ce pauvre gamin étranglé dans le jardin botanique, Billy Kenyon… Ça vous revient ?

— Vous soupçonnez Targo de l'avoir tué ? s'étonna Burden.

— C’est plus que des soupçons, Mike. C’est une certitude.

— Vous allez m’en parler ?

— Seulement si vous me le demandez.

# Chapitre 7

Elle était employée à la caisse.

— Même pas dans un Tesco, ajouta Burden, comme si la taille ou la notoriété du supermarché où Tamima Rahman travaillait avait une quelconque importance. Vous savez, c'est l'une de ces boutiques indiennes où on trouve de la viande halal et des tas de produits en conserve. Une épicerie de quartier, quoi. Il n'y a qu'une caisse, et la gamine est assise derrière.

— Et alors ? répliqua Wexford. De quel droit voudriez-vous qu'on intervienne ? On ne peut pas l'empêcher d'abandonner ses études, ni obliger les Rahman à déposer un dossier pour elle dans un lycée d'enseignement avancé, ni interdire à cette adolescente de gagner sa vie… Elle a plus de seize ans.

— Mais c'est du gâchis, Reg ! Si encore elle avait un boulot dans un bureau ou dans un domaine exigeant une formation…

— Ne jugez pas trop vite, Mike. Je suis sûr que le propriétaire du magasin est un ami de la famille ; il a dû lui proposer une place qu'elle s'est empressée d'accepter. Ce n'est peut-être que temporaire.

— Jenny m'a dit qu'elle comptait y faire un saut – l'épicerie s'appelle le Raj Emporium – et poser la question à Tamima. Elle n'en revenait pas quand je lui en ai parlé.

Eh bien, que Jenny aille la voir, songea Wexford. Si elle veut mener sa propre enquête, libre à elle, mais moi je ne mêlerai pas la police à ces bêtises. Elle a inventé sa propre version de *Roméo et Juliette*, et elle ne veut pas en démordre. Décidément, je ne l'aurais jamais crue aussi déraisonnable…

Trois semaines passèrent avant qu'il entende de nouveau parler de cette histoire qui, dans l'intervalle, lui était complètement sortie de l'esprit. Un jeune garçon avait été poignardé dans la rue, et son agresseur, Neil Dusan, appartenant au gang Molloy, avait été placé en garde à vue alors que Kieran Upritchard, la victime, était toujours entre la vie et la mort. Un petit garçon de cinq ans avait disparu, pour finalement être retrouvé chez une tante à Macclesfield, mais seulement après que tous les membres de l'équipe de Wexford eurent délaissé leurs affaires en cours pour partir à sa recherche. Le gérant d'une station-service avait installé une herse censée surgir du bitume au cas où il prendrait l'envie à un client de partir sans payer. Un premier automobiliste avait alerté la police, un deuxième s'était résigné à régler ce qu'il devait après avoir constaté les dégâts sur sa voiture, mais un troisième avait braqué une arme sur le gérant, qu'il avait envoyé à l'hôpital dans un état grave, sinon critique. Par conséquent, Wexford n'avait pas eu le temps de se préoccuper de Tamima Rahman, qui n'avait commis aucun délit, et, pour autant qu'il le sache, n'avait pas subi de préjudice.

Durant ces trois semaines, Jenny Burden était allée plusieurs fois au Raj Emporium pour tenter de soutirer des informations à la jeune fille. Si le magasin était bondé le soir, il n'était fréquenté la journée que par de rares clients dont certains n'étaient pas des immigrants. Jenny n'était pas la seule cliente blanche : elle avait aperçu une fois un jeune homme châtain aux yeux bleus qui, tout en remplissant son panier de divers flacons d'épices, laissait son regard s'attarder sur la jolie caissière. Comme Tamima elle-même avait fini par se lasser des visites de son ancien professeur, le propriétaire du Raj Emporium – le frère de son père – avait manifesté son mécontentement ; en homme d'affaires avisé, il ne pouvait tolérer que sa caissière se montre désagréable envers la clientèle. L'adolescente avait eu droit à une sévère remontrance en présence de Jenny.

Un soir, en rentrant chez lui, Wexford trouva cette dernière en compagnie de Dora, à qui elle faisait un rapport indigné sur la situation.

— Tamima prétend qu'elle a besoin de gagner sa vie. Apparemment, l'argent de poche que lui donne son père ne lui suffit pas… Elle m'a répété que c'était temporaire, tout en avouant qu'elle n'avait aucune idée de ce qu'elle ferait par la suite. À l'en croire, cet arrangement avec son oncle lui convient parfaitement, puisque sa mère doit bientôt l'emmener en vacances au Pakistan. Elles ont prévu de loger chez des proches, où elles resteront au moins un mois, et elle attend ce voyage avec impatience. Je lui ai suggéré de considérer cette interruption dans ses études comme une sorte d'année sabbatique, et de demander à ses parents de déposer un dossier d'inscription à Carisbrooke en octobre prochain. Elle n'a rien dit pendant un moment, puis elle m'a répondu que ce ne serait pas possible. Alors j'ai voulu savoir si elle fréquentait toujours son petit ami…

— Vous allez un peu loin, là, Jenny, observa Wexford. Après tout, ce ne sont pas vos affaires.

— Vous ne raisonneriez pas comme ça si c'était une Blanche ! rétorqua-t-elle. Vous faites du racisme à l'envers – l'influence d'Hannah Goldsmith, j'imagine… En attendant, je me suis renseignée sur ce jeune homme – un certain Rashid Hanif, qui m'a paru très bien. Lui, il va entrer au lycée d'enseignement avancé ; évidemment, on l'y encourage puisque c'est un garçon !

— Tamima a confirmé qu'elle sortait avec lui ?

— Elle m'a dit qu'elle n'avait pas de petit ami, mais je les ai vus ensemble au centre commercial de Kingsbrook.

L'endroit était miteux aujourd'hui. Jadis considéré comme un modèle de modernité pour toutes les galeries marchandes, il s'était dégradé progressivement à mesure que s'y installaient des chaînes commerciales vendant essentiellement des vêtements à bas prix fabriqués dans les ateliers de confection de l'Asie du Sud-Est. L'ambiance y était devenue sinistre, les trafiquants de drogue opérant ouvertement dans les allées autrefois coquettes qui menaient à des jardins où les cafés avaient aménagé des terrasses, et qui empestaient désormais la marijuana et l'urine. Pour Wexford, c'était une source constante de préoccupation, et il espérait que le projet de démolition serait mené à bien en dépit d'une opposition acharnée – même s'il y avait fort à parier qu'un autre supermarché assorti d'un parking à niveaux multiples surgirait des gravats.

— C'est une vraie décharge, déclara Dora. Qu'est-ce qu'ils fabriquaient là-bas ?

Jenny haussa les épaules.

— Tamima voulait peut-être éviter tout risque de croiser ses parents ? Les musulmans respectables ne mettent pas les pieds dans cette galerie. Ils disent que c'est sale – avec raison – et préfèrent aller dans les boutiques tenues par leurs semblables. Du coup, Tamima et Rashid ont pu s'y balader tranquillement, peut-être prendre un café à une terrasse, près de la pseudo-fontaine qui ne fonctionne plus depuis des mois…

Wexford s'éclipsa à la cuisine, le temps d'aller chercher du vin blanc pour les deux femmes et un grand verre de rouge pour lui. Il se servit discrètement une poignée de noix de cajou avant que Dora ne saisisse la coupelle.

— Quoi qu'il se passe dans cette famille, on ne peut pas intervenir, déclara-t-il à l'intention de Jenny. Il est possible qu'un jour la scolarisation obligatoire soit étendue jusqu'à la dernière année de lycée ; pour le moment, on n'en est pas là… Peut-être aussi qu'il deviendra illégal pour une gamine ayant brillamment réussi son GCSE de travailler à la caisse d'un supermarché, mais j'en doute. Quant à interdire à des parents d'arranger un mariage entre leur fille et un cousin, ça ne me paraît guère envisageable, surtout s'ils n'exercent pas de pressions particulières sur elle…

« Est-ce que les Rahman ont séquestré Tamima ? Est-ce qu'ils l'ont obligée à accepter cet emploi chez son oncle ? Est-ce qu'ils vont la contraindre à partir au Pakistan ? À toutes ces questions, Jenny, la réponse est non. Vous vous imaginez sans doute que si sa mère l'emmène dans son pays d'origine, c'est pour lui faire rencontrer un cousin de vingt, trente ou quarante ans son aîné – un homme laid ou rustre – à qui ils veulent la marier. C'est à ça que vous pensez, n'est-ce pas ? À un mariage forcé ?

— Oui, Reg, exactement. Vous semblez ignorer jusqu'où certaines de ces personnes sont prêtes à aller pour imposer leur volonté à une adolescente. J'ai entendu parler de tortures, de menaces de viol…

Ce fut un soulagement pour Wexford lorsque Jenny Burden prit congé. Il voulait parler à Dora du jardinier.

— Oh, eh bien, c'est vrai que c'est un ancien d'Eton, lui raconta Dora. D'ailleurs, il a un langage assez soutenu, ça change agréablement de tous ces gens qui malmènent la langue… Il a fréquenté aussi Balliol College, je crois. Il arrive au volant de sa vieille Morris Minor et se rend tout de suite au jardin. Je nous prépare une tasse de thé vers quatre heures, mais il ne s'attarde pas ; il refuse que je le resserve et il retourne travailler.

— Il est sérieux, alors.

— Oh oui, mon chéri.

Sur ce, elle se replongea dans la lecture du roman qu'elle lisait avant la visite de Jenny. De nouveau, Wexford se surprit à songer au passé. Atteignait-il déjà cet âge où l'on commence à vivre plus dans ses souvenirs que dans le présent ? Non, s'il avait ainsi remonté le temps, c'était à cause de la remarque de Dora sur les gens qui malmènent la langue.

Libéré de toute attache sentimentale même s'il ne considérait pas tout à fait les choses de cette manière, bourrelé de remords envers Helen, il avait fini par trouver des Moffat – Edward P. Moffat, Josephine, et Moffat Elizabeth M. – qui habitaient au numéro 21 dans une rue dont le nom laissait supposer qu'elle était résidentielle. Une fois en possession de l'adresse, cependant, Wexford avait hésité sur la conduite à tenir. Il avait bien cherché leur numéro de téléphone dans l'annuaire, mais à partir de là, que faire ? Il ne se voyait pas écrire une lettre à M. Edward Moffat pour lui demander les coordonnées d'une Mlle Medora Machin-Chose sous prétexte qu'il avait eu un coup de foudre pour elle au mariage d'un ami… Ni téléphoner à Mme Elizabeth Moffat pour lui raconter qu'il rejouait sa propre version de Dante et Béatrice, et se languissait d'une jeune fille qu'elle avait amenée à la noce de Roger Phillips…

Peut-être était-il possible toutefois de leur rendre visite sous un prétexte ou un autre, d'inventer une histoire quelconque ? Ne possédait-il pas une imagination fertile, nourrie de littérature et de poésie ? En tout cas, quelle que soit l'excuse invoquée, il ne ferait aucune allusion à son travail de policier. Pour lui, c'était inconcevable. Il allait soigneusement réfléchir à un plan, et surtout ne rien précipiter, même s'il brûlait d'envie de passer à l'action. Il avait tellement hâte de revoir la fille en rose ! Avant d'avoir pu concrétiser ses projets, cependant, il avait été de nouveau transféré à Kingsmarkham et promu à un grade supérieur.

Il s'était réjoui de rentrer auprès de ses parents et de ses vieux amis. Sans compter que la ville avait aussi l'avantage d'être plus proche de Coulsdon. Trois mois s'étaient écoulés depuis le mariage de Roger Phillips – l'événement que dans son esprit il considérait comme décisif, puisqu'il lui avait permis de découvrir l'existence de la fille en rose –, mais en aucun cas ce laps de temps ne lui paraissait trop long pour justifier sa démarche : quand il se présenterait chez les Moffat, le motif de sa visite semblerait plus crédible – le hasard avait fait qu'il « passait par là » – que s'il était arrivé avec le livre le lendemain de la noce.

Il ne lui était pas venu à l'esprit qu'ils risquaient de se demander pourquoi il n'avait pas téléphoné, tout simplement. Alors qu'il échafaudait son plan, Wexford avait néanmoins été saisi par le doute : n'espérait-il pas trop de cette rencontre ? N'allait-il pas au-devant d'une cruelle désillusion ? Peut-être la fille en rose se montrerait-elle froide et distante, voire méprisante, ou pis, moqueuse... Son élégance et son port de reine lui laissaient supposer qu'elle était soucieuse de son apparence ; pour autant, était-elle frivole et narcissique ? Il ne le saurait jamais s'il ne tentait pas sa chance.

Le petit livre qu'il avait acheté dans ce qui était alors la seule librairie de Kingsmarkham s'intitulait *Poèmes, par Anne Finch, comtesse de Winchilsea* – une aristocrate devenue poète avant que les femmes puissent librement choisir cette voie. Wexford avait lu le mince volume du premier au dernier vers, d'une part parce qu'il lisait tout ce qui lui tombait sous la main, et aussi pour donner à l'ouvrage un aspect légèrement usé ; il avait même frotté du bout du doigt la couverture en daim rouge foncé afin de la patiner. Ainsi, pensait-il, l'histoire qu'il servirait aux Moffat paraîtrait plus convaincante. Pour ce qui était de Medora, la belle inconnue, il serait sans doute plus difficile de la persuader qu'elle avait oublié dans l'église d'une petite ville côtière un recueil de poèmes qu'elle n'avait jamais vu...

De fait, sans être totalement vains, ses efforts n'avaient pas été couronnés de succès. Il avait cru entrevoir une lueur d'espoir qui s'était vite évanouie. Mme Moffat lui avait ouvert, puis l'avait écouté débiter son récit d'un air surpris, comme si elle ne savait même pas qui était cette Medora. Quand elle avait enfin pris la parole, il avait été étonné d'entendre, au lieu des inflexions raffinées auxquelles il s'attendait, un accent typique de ce qu'on appellerait aujourd'hui l'« anglais de l'estuaire ».

— Ah oui, l'amie de ma fille…

Elle n'avait pas jugé bon d'expliquer ce que Medora faisait chez eux ni pourquoi elle était allée au mariage de Roger Phillips.

— Elle habite en Cornouailles. Je n'ai pas son adresse, mais Josie doit l'avoir. Elle n'est pas là pour le moment – Josie, je veux dire. (Elle avait considéré le livre d'un œil sceptique.) Vous êtes sûr que c'est à elle ?

— Certain, avait-il affirmé. Je l'ai vue le tenir.

— Oh, eh bien, laissez-le-moi. J'en parlerai à Josie.

La mort dans l'âme, il avait dû s'y résoudre. Compte tenu de son expérience de la nature humaine, il ne se faisait aucune illusion sur le destin du recueil : il resterait oublié dans un coin de la maison pendant des semaines, puis un jour la dénommée Josie le verrait en rentrant et dirait : « Qu'est-ce que tu veux que j'en fasse ? », et le reposerait jusqu'au moment où, en remettant un peu d'ordre, la femme de ménage le glisserait dans la bibliothèque entre un ouvrage de Dennis Wheatley et un autre de Vicki Baum.

Dans les œuvres de fiction qu'il dévorait si avidement, les personnages comme lui avaient des chances de voir leur quête aboutir, mais dans la réalité il en allait autrement, hélas… Il avait tenté de refouler sa déception en imaginant sa déconvenue si Medora lui avait dévoilé une personnalité qu'il avait préféré ne pas envisager jusque-là – à savoir vulgaire, superficielle et écervelée, du genre à dire en voyant un recueil de poèmes : « Ça fait déjà un bon moment que j'ai quitté l'école, vous savez… » Mieux valait l'oublier et se concentrer sur son travail. Après tout, ce ne devait pas être trop difficile d'oublier quelqu'un qu'on n'avait jamais rencontré, malgré ce que disait la chanson qui lui trottait sans arrêt dans la tête : « Il y a cette femme douce et jolie / Jamais un visage ne m'a autant ravi / Je l'ai seulement vue passer dehors / Mais je l'aimerai jusqu'à ma mort. » Non, évidemment qu'il n'était pas amoureux d'elle. Quelle idée ridicule ! Il ne fallait surtout pas regarder en arrière, s'était-il dit. Sinon, il aurait peut-être tenté de renouer avec Helen… Mais il avait un appartement à Kingsmarkham à présent – le quart d'une grande maison –, et sa voisine de palier était une ravissante célibataire. La prochaine fois qu'il la croiserait dans l'escalier, il l'inviterait à prendre un café.

Et puis, un meurtre avait été commis à Pomfret, et il avait dû employer son temps à interroger les suspects. Il s'agissait du premier homicide auquel il était confronté depuis la mort d'Elsie Carroll, et si Targo avait disparu depuis longtemps, c'était néanmoins l'image de ce petit homme trapu et courtaud, en train de rôder sous sa fenêtre avec son épagneul, qui lui occupait l'esprit. Ça ne pouvait pas être lui, pourtant… Lilian Gray avait été assassinée par son mari. À ce stade de sa carrière, Wexford savait déjà que dans de nombreuses affaires de meurtre le coupable est un membre de la famille. Jusque-là, il n'avait connu qu'une exception : une certaine Mme Parsons, morte dans d'étranges circonstances, tuée par une vieille amie d'école amoureuse d'elle depuis des lustres.

— Vous vous souvenez de cette affaire, Mike ? demanda-t-il plus tard à Burden. Vous étiez déjà là, il me semble.

— Oh, je ne vois pas comment je pourrais l'oublier ! Les gens étaient encore choqués par le lesbianisme, à l'époque. Pour tout vous dire, je l'étais un peu aussi. Vous, en revanche, vous ne paraissiez pas trouver ça bizarre.

— Bah, la meurtrière n'était pas vraiment lesbienne. En fait, elle s'était laissé déborder par son désir pour une autre femme.

— Ça remonte à si longtemps…

Burden n'avait pas l'air décidé à lui réclamer l'histoire de Targo. Peut-être ne le ferait-il jamais, songea Wexford. Il y avait eu d'autres meurtres non résolus dans la région au fil des années, mais rien de semblable à l'affaire Carroll, où un homme avait été jugé, condamné, puis acquitté en appel avant d'être mis au ban de la société – un lourd tribut à payer pour un crime qui, du moins Wexford en était-il persuadé, avait été commis par un autre.

Entre-temps, lui-même avait rencontré la fille de ses rêves, il l'avait épousée et ils avaient eu des enfants. De cela, il ne parlerait cependant pas à Burden ; c'était son jardin secret, une partie de sa vie qu'il ne tenait pas à raconter, même à ses meilleurs amis.

# Chapitre 8

Contre toute attente, la fille des Moffat lui avait téléphoné.

— C'est Josephine Moffat, s'était-elle présentée. Vous êtes passé chez nous rapporter un livre pour Medora.

Elle avait une voix chaleureuse qui la rendait d'emblée beaucoup plus sympathique que sa mère.

— J'ai fait la connaissance de Medora quand j'étais en vacances en Cornouailles, avait-elle expliqué. Je ne la vois pas très souvent parce qu'elle habite loin, mais nous nous écrivons régulièrement. Il se trouve qu'elle séjournait chez nous au moment du mariage de Roger, auquel je n'ai pas pu assister moi-même parce que j'avais la grippe. (À l'époque, les Cornouailles semblaient au bout du monde ; depuis, les distances avaient rétréci.) Je lui ai renvoyé son livre.

Sans doute allait-elle ajouter que le recueil d'Anne Finch n'appartenait pas à Medora, qu'il avait commis une erreur… Mais non.

— Elle tient son prénom du personnage d'un poème. Elle voudrait vous rencontrer, mais je lui ai dit que vous viviez dans le Sussex. Et que vous étiez policier.

D'une voix qui avait résonné étrangement à ses

propres oreilles tant elle était timide et hésitante, il s'était enquis :

— Vous pourriez me donner son adresse ? Je ne connais même pas son nom de famille.

— Ah bon ? Tiens, c'est bizarre… (Soudain, ses intonations s'étaient faites plus rudes, moins raffinées.) Elle s'appelle Medora Holland et elle habite au 14 Denys Road, à Port Ezra, en Cornouailles.

Elle lui avait également indiqué un numéro de téléphone, et il s'était demandé s'il oserait jamais le composer.

Il n'y avait pas de code postal, alors. Juste le nom de la ville ou du village, suivi par celui du comté. La rédaction d'une lettre s'était révélée être un vrai casse-tête, mais Wexford avait fini par mener à bien sa tâche, suggérant à Medora Holland qu'il pourrait l'appeler et venir la voir lorsqu'il aurait une semaine de vacances en août. Comme il ne recevait aucune réponse, il s'était senti gagné par le découragement pendant quelque temps. Puis Ventura l'avait envoyé en Cornouailles interroger un homme que la police de la région soupçonnait d'être impliqué dans le braquage d'une banque à Kingsmarkham. William Raw avait été arrêté chez sa mère, à Saint Austell, auprès de laquelle il s'était réfugié, et l'interrogatoire étant fixé au lendemain matin, Wexford s'était dit qu'il disposerait de son après-midi et de sa soirée. Or Port Ezra n'était qu'à une quinzaine de kilomètres sur la côte en direction de Plymouth.

C'était le moment ou jamais. Ce serait un appel longue distance, coûteux, à ne pas prendre à la légère. Il aurait pu le passer du poste de police – après tout, la plupart de ses collègues ne s'en privaient pas –, sauf qu'il avait des scrupules à le faire. Medora Holland devait encore vivre chez ses parents, comme la majorité des jeunes, avait-il pensé. C'était cependant elle qui avait répondu, d'une voix moins agréable qu'il ne l'avait espéré. Mais était-il devenu snob au point d'être heurté par l'accent cornique ?

— J'aimerais vous voir, avait-elle dit. Vous pourriez venir vers six heures ? Papa et maman seront rentrés.

S'il n'avait pas spécialement prévu de rencontrer les parents de Medora, il avait néanmoins feint l'enthousiasme à cette idée, puis déclaré qu'il souhaitait l'inviter à dîner. Y avait-il un restaurant à proximité ?

— Pas à Port Ezra, non, avait-elle répondu, avant de glousser. Il y a bien le Pomeroy Arms, mais c'est juste pour boire un verre. (Les pubs ne servaient pas encore à manger en ce temps-là.) Vous pourrez toujours souper avec nous, si vous voulez.

Il s'était engagé à venir à dix-huit heures. Ce gloussement aussi l'avait dérouté, mais il s'était aussitôt reproché sa rigidité.

« Port Ezra » était un nom surprenant, avait-il fait remarquer à sa logeuse avant de quitter la pension où l'agent Bryson et lui avaient une chambre. Pas si surprenant pour les Cornouailles, avait-elle répliqué, où l'on trouvait également des villes baptisées « Cairo » et « Indian Queens » – la transcription de noms empruntés au cornique. Ainsi, « Port Ezra » était l'équivalent le plus proche en anglais de la ville où habitait Medora.

Bryson et lui s'étaient rendus à Saint Austell en train car ils n'avaient pas de voiture. Wexford avait ensuite pris le car qui suivait la route côtière jusqu'à Port Ezra et au-delà. Il s'agissait moins d'une ville que d'un gros village composé de deux magasins, d'un pub, d'une église d'un gris triste, de cottages blancs entourés de haies de fuchsias aux fleurs rouges et violettes, ainsi que de bungalows plus récents érigés le long de la demi-douzaine de rues perpendiculaires à la route de la falaise, d'où l'on avait une vue magnifique sur la mer bleu sombre parsemée de rochers noirs déchiquetés semblables à un millier d'îlots. Le 14 Denys Road faisait partie de ces bungalows. La petite voiture baptisée « Mini » était en vente en Angleterre depuis un an ou deux – en deux couleurs seulement, bleu clair et rouge –, et les Holland en possédaient une rouge garée devant chez eux. En approchant de la porte, Wexford s'était demandé ce qu'il allait dire. « Je l'ai seulement vue passer dehors, mais je l'aimerai jusqu'à ma mort » ne lui semblait pas la meilleure façon de se présenter aux parents de la jeune femme.

Or c'était elle qui lui avait ouvert.

— Ah, vous êtes venu, finalement ! avait-elle lancé avec un fort accent cornique digne d'un acteur de télévision ayant décroché un rôle dans *Jamaica Inn*. Je pensais pas que c'était sérieux.

Il s'était dit qu'il avait lui-même l'accent du Sussex. Pendant des années il avait cru parler l'anglais de la reine, celui prôné par la BBC, jusqu'au jour où il avait entendu un enregistrement de sa propre voix et perdu aussitôt toutes ses illusions.

— Bon, ben, entrez, puisque vous êtes là.

Elle portait un pantalon émeraude ainsi qu'un chemisier vert à fleurs profondément décolleté – une tenue qui ne correspondait pas du tout au souvenir qu'il avait gardé de la fille en tailleur rose à veste cintrée et jupe corolle. Sa propre mère aurait trouvé le chemisier provocant, voire indécent. Elle avait cependant une peau parfaite et des cheveux bruns aussi brillants que du satin. Compte tenu de son métier, il avait déjà été introduit dans des dizaines de salons, et celui-là ressemblait beaucoup aux autres : mêmes canards en céramique fixés au mur, même canapé et mêmes fauteuils recouverts d'un épais tissu beige… Peut-être y avait-il plus de photographies encadrées. Et auquel des parents de Medora appartenaient les *Œuvres complètes* de Byron rangées parmi les livres de cuisine et ceux de Dennis Wheatley ? Leur vue lui avait procuré un certain réconfort, comme s'il pouvait compter sur la présence d'un vieil ami.

— Josie m'a dit que vous étiez flic.

Elle l'avait gratifié d'un sourire engageant.

— Oui, je suis sergent.

Son parfum musqué aurait mieux convenu à une femme plus âgée. Wexford s'était assis dans l'un des fauteuils, mais quand elle avait tapoté le coussin du canapé à côté d'elle, il l'avait rejointe.

— C'est gentil d'être venu, avait-elle repris. Et cette invitation à dîner, c'était très romantique.

Comme elle se rapprochait, il avait remarqué son maquillage appuyé. Était-elle fardée à ce point le jour du mariage ? Il n'avait pas pu s'en rendre compte, il était trop loin… Et où étaient ses parents ? Dans une autre partie de la maison ?

— J'ai jamais perdu ce livre, avait-elle déclaré. C'était juste un prétexte pour me voir, pas vrai ?

Il avait hoché la tête. Le ton assez agressif qu'elle avait employé le déconcertait.

— Des poèmes écrits par une femme y a des centaines d'années… C'est pas trop mon truc, en fait.

— Ah bon ? Alors qui lit Byron, chez vous ? avait-il demandé.

— Oh, ça… C'est à mon père. C'est l'intello de la famille – enfin, c'était. Vous voulez boire quelque chose ? Sherry, Bristol Cream ou Dry Fly ?

— On ne devrait pas attendre vos parents ?

Il était toujours soucieux de respecter les convenances. Elle devait être nerveuse, ce qui expliquait sans doute sa façon de s'exprimer et le vocabulaire qu'elle employait.

— Ils vont rentrer bientôt, n'est-ce pas ? avait-il ajouté.

— Je ne sais pas pourquoi vous vous préoccupez d'eux. Je croyais que vous aviez envie d'être seul avec moi…

Elle avait encore approché son visage, les lèvres entrouvertes, et il s'était légèrement écarté sur le canapé, conscient du spectacle qu'ils risquaient d'offrir. Cette fois, plus question de mettre l'attitude de la jeune femme sur le compte de la nervosité… Puis il avait entendu des pas au-dessus de sa tête. Il y avait donc quelqu'un dans la maison ? « Vous êtes flic », avait-elle dit, et c'était son expérience de policier qui lui avait permis de garder la tête froide. Pourtant, au lieu de se lever et de quitter les lieux sans autre forme de cérémonie, il s'était juste tourné vers elle ; au même moment, elle l'avait attrapé par les épaules pour l'attirer sur elle. Entre-temps, elle avait dû déchirer son chemisier, car il avait aperçu ses seins nus, et, malgré lui, cette vision l'avait excité.

Il n'avait cependant pas eu le loisir de s'attarder sur cette considération, vu que Medora s'était mise à hurler de toute la force de ses jeunes poumons. Il y avait eu un bruit de cavalcade dans l'escalier, puis la porte s'était ouverte à la volée, livrant passage à un inconnu – pas le père de Medora, de toute évidence, mais un jeune homme qui devait avoir son âge. Il était grand, corpulent et rougeaud.

— Qu'est-ce qui se passe ici ? avait-il grondé. Éloignez-vous d'elle tout de suite !

— Avec plaisir, avait rétorqué Wexford en se dégageant.

— Il m'a agressée, avait affirmé Medora. Il m'a sauté dessus et il a essayé de m'arracher mon chemisier.

Elle en avait resserré les pans.

— Regarde, Jim. C'est lui qui a fait ça.

— Vous allez payer, avait affirmé le dénommé Jim.

Wexford s'était redressé.

— Qui êtes-vous ?

— C'est mon fiancé, avait répondu Medora.

— Tiens donc ! Eh bien, je ne saurais trop vous conseiller de ne pas l'épouser, avait dit Wexford à l'autre homme. À moins que vous n'ayez envie de lui rendre visite en prison…

Il s'attendait à une réaction de colère, au lieu de quoi Jim avait pris un air matois.

— Si on discutait ? avait-il proposé. Après tout, il n'y a aucune raison de pousser les choses plus loin. Je veux dire : j'allais appeler la police… (Il s'était interrompu quand Wexford avait éclaté de rire.) D'accord, d'accord. Sauf que vous devez quand même nous dédommager – ou tout au moins dédommager Meddy. D'abord son chemisier est fichu, et ensuite vous l'avez effrayée. Disons cinquante livres et on oublie tout.

C'était une vieille ruse. Wexford en avait entendu parler mais n'en avait encore jamais fait l'expérience. En général, d'après ce qu'il avait compris, le jeu impliquait une prostituée, son souteneur et un client. Peut-être la situation n'était-elle pas si différente.

— Bien sûr qu'on va tout oublier, avait-il décrété. D'une part, parce que je n'ai pas cinquante livres sur moi... (C'était une très grosse somme pour l'époque, d'autant plus ridicule que le vêtement ne valait sans doute pas plus de deux livres.) Et ensuite, parce que même si je les avais, je ne les donnerais pas à un voyou dans votre genre alors que je n'ai rien fait.

Flanquée de son complice, Medora, qui agrippait toujours son chemisier, s'était alors approchée de la porte pour lui en interdire l'accès. Le dénommé Jim s'était plaqué contre le battant, les bras tendus. Postée à côté de lui, la jeune femme foudroyait Wexford du regard.

— Poussez-vous, avait ordonné ce dernier.

— Pas question, avait répliqué Jim.

— Comme vous voudrez.

Wexford venait de l'attraper par le bras gauche quand Jim l'avait giflé. Cette fois, c'en était trop. Capable au besoin de se servir de ses poings, Wexford avait reculé d'un pas avant de lui expédier un bon crochet à la mâchoire. Il n'avait pas frappé trop fort, mais les genoux de Jim s'étaient dérobés et il était tombé. Medora laissait échapper des hurlements stridents – des cris de frayeur authentique, bien différents de ceux qu'elle avait poussés quand elle avait fait semblant d'être violée.

— Taisez-vous, avait dit Wexford. Il n'a rien. (Jim s'était agenouillé tant bien que mal.) Enfin, presque rien.

— Vous m'avez cassé la mâchoire ! s'était plaint le blessé – une affirmation que Wexford savait absurde puisqu'il pouvait s'exprimer. Vous n'avez pas fini d'entendre parler de nous.

Wexford lui avait tapoté la cuisse de la pointe de sa chaussure.

— Bonsoir ! avait-il encore lancé avant de sortir.

Il était de nouveau passé près de la Mini garée dans l'allée. Appartenait-elle à Jim ? Une fois dans la rue, il avait refermé la grille derrière lui. Il était quasiment sûr de ne plus jamais avoir de nouvelles des deux complices, et il ne regrettait pas un seul instant d'avoir frappé Jim, néanmoins il se faisait l'effet d'être un idiot. Comment avait-il pu être assez bête pour venir jusqu'ici, pour ne pas avoir quitté tout de suite la maison quand Medora avait souhaité rester seule avec lui, et surtout, pour s'être amouraché d'une fille à qui il n'avait jamais adressé la parole, juste parce qu'elle était jolie, qu'elle avait coiffé un ravissant chapeau rose pâle et qu'elle portait un prénom romantique ? Tandis qu'il longeait Denys Road en direction de la plage et de l'arrêt de bus, il avait résolu de ne plus laisser ses idées virer à l'obsession, sans mesurer alors à quel point il est difficile de maîtriser le cours de ses pensées ; en ce temps-là, quand il prenait une décision, il était sûr de s'y tenir car il débordait de confiance en lui. Or celle-ci était vouée à l'échec dès le départ, il aurait dû le savoir… Encore maintenant, combien de fois Burden lui reprochait-il de faire une fixation sur quelque chose ou sur quelqu'un ? Et n'avait-il pas été hanté par Eric Targo durant une bonne moitié de sa vie ?

Les bus qui allaient de Port Ezra à Saint Austell étaient rares, aussi avait-il dû parcourir presque trois kilomètres le long de la côte avant d'atteindre un arrêt au moment où arrivait un car. Dans sa jeunesse, il aimait la marche, qu'il pratiquait d'un pas rapide et énergique, contrairement à aujourd'hui, où il n'en faisait que dans un but hygiénique, pour compenser les effets du vin rouge et des noix de cajou. Parvenu à Saint Austell, il était entré dans un pub où il avait commandé un demi. Il avait emporté sa boisson jusqu'à une table dans un coin parce qu'il voulait être seul pour réfléchir à la situation. Mais au moment de s'asseoir, il s'était rendu compte qu'il n'y avait pas matière à réflexion ; il s'était déjà suffisamment trituré les méninges, alors autant oublier ce qui venait de se passer.

« Dès demain, partons vers des bois inexplorés et des pâturages neufs », comme l'avait dit Milton. Le lendemain, en l'occurrence, il irait interroger William Raw avant de le ramener à Kingsmarkham. Il avait hâte d'entreprendre à nouveau le périple le long de la côte jusqu'à Paddington.

Son expérience l'avait dégoûté des Cornouailles. Medora Holland et son petit ami lui avaient gâché tous les attraits de la région, et lorsque sa mère lui avait proposé de partir en vacances avec elle à Newquay, il avait failli refuser. Mais en l'espace de six mois elle avait perdu coup sur coup son mari et sa sœur – cette tante de Wexford qui employait toujours l'expression « je ne lui donnerai pas la satisfaction de » –, et elle semblait hagarde, abandonnée, perdue. N'importe où ailleurs, avait-il dit au début. Pourquoi pas la ville de Lyme Regis, censée être magnifique (il pourrait en outre voir la jetée du Cobb, d'où avait chuté Louisa Musgrove, le personnage de Jane Austen), ou encore Teignmouth, où Keats avait écrit qu'il voulait franchir la colline et traverser la prairie jusqu'à Dawlish ? En fin de compte, il avait cédé. Après tout, Newquay se situait sur le littoral nord, alors que Port Ezra était au sud…

C'était la première fois de sa vie qu'il séjournait dans un hôtel. Jusque-là, il avait toujours logé dans des pensions qui, plus tard, deviendraient des *bed & breakfast*. Sans être grand ni luxueux, l'établissement n'en comportait pas moins une salle à manger confortable avec des tables séparées, et en y entrant le second soir, Wexford avait vu que l'une d'elles était occupée par deux adultes d'une cinquantaine d'années accompagnés de leur fils et de leur fille. Il avait tout de suite compris qu'il s'agissait de leurs enfants, car le garçon était le portrait tout craché de son père et la fille ressemblait beaucoup à sa mère. Alors qu'il les regardait, une formule latine apprise à l'école lui était revenue à l'esprit : *mater pulchra, filia pulchrior*.

Il l'avait énoncée à voix haute sans en avoir eu l'intention.

— Qu'est-ce que ça veut dire, mon chéri ? avait demandé sa mère.

Il avait éclaté de rire.

— En gros : « la mère est belle et la fille l'est encore plus ».

— Ah oui. Elles sont jolies, n'est-ce pas ? La jeune fille est ravissante. Mais je n'aurais jamais cru que tu aimais les brunes aux yeux bleus.

Sans doute pensait-elle à Alison, la dernière petite amie dont il avait estimé prudent de lui parler.

— Au contraire, c'est tout à fait mon genre, avait-il répondu.

Puis, au moment où eux-mêmes quittaient la pièce, il avait entendu la mère de la jeune fille appeler celle-ci « Dora ». Cette seule mention avait suffi à le perturber toute la nuit et la moitié de la journée suivante. Il avait apporté *David Copperfield*, et il en avait lu la moitié lorsqu'il était tombé sur une phrase pertinente : « Dora, pensai-je. Quel prénom magnifique ! » Wexford avait souri en songeant : Quel prénom hideux… Ce soir-là, il avait rêvé de Medora et de la façon dont elle s'était jetée sur lui. Le lendemain, alors qu'il déjeunait avec sa mère dans un restaurant donnant sur la plage, elle lui avait dit qu'elle avait invité le couple et leurs enfants à prendre un verre avec eux ce soir-là.

C'était tellement convenu ! se dit-il, perdu dans ses souvenirs. Et impensable pour les jeunes d'aujourd'hui, en imaginant qu'ils partent encore en vacances avec leurs parents à vingt ans, comme eux autrefois… À l'époque, même lui avait jugé la situation terriblement contraignante et artificielle. Dans l'hypothèse hautement improbable où cette Dora la mal nommée lui plairait, comment pourrait-il faire vraiment sa connaissance – décider de son destin, de son avenir – en présence de leurs proches respectifs, devant un verre de sherry Dry Fly au bar d'un hôtel à Newquay ? Personne n'aurait pu prédire, alors, que la station balnéaire deviendrait un haut lieu du surf, réputé pour ses *raves* dignes d'Ibiza…

Elle avait une voix agréable, un beau visage et une silhouette à l'avenant. Elle avait l'esprit vif et de la repartie à revendre. Au bout de trois jours il était amoureux, et, sa réaction initiale au prénom déjà oubliée, il l'avait emmenée en voyage, laissant sa propre mère en compagnie des proches de Dora – une initiative à laquelle elle n'avait pas vu d'objection, peut-être parce qu'elle les trouvait plus distrayants que lui. On dit souvent que nous connaissons tous un moment de grâce, une expérience qui reste gravée à jamais dans notre mémoire comme la meilleure de notre vie. Pour lui, c'était arrivé le cinquième jour après sa rencontre avec Dora, alors qu'ils se promenaient tous deux en bord de mer, quand il lui avait déclaré sa flamme et qu'elle lui avait à son tour avoué son amour.

Nourri comme il l'était de lectures romantiques, jamais Wexford n'aurait cru rencontrer sa future femme dans un hôtel des Cornouailles où il séjournait avec sa mère et elle avec ses parents. Il en avait conclu que le romantisme n'est pas déterminé par l'exotisme ou le *glamour*, mais par les sentiments. Et qu'on peut finir par apprécier un prénom parce qu'on aime la personne qui le porte.

# Chapitre 9

Durant toute la durée de ses fiançailles, Wexford avait songé à quel point ce serait merveilleux si Dora vivait avec lui. Elle venait souvent le voir, bien sûr, mais elle finissait toujours par rentrer chez ses parents à Hastings. Il pensait à elle jusqu'à l'obsession quand il était seul, l'imaginant ouvrir la porte avec sa propre clé, appeler une amie du téléphone dont il avait l'usage, se faire couler un bain ou encore déambuler dans le peignoir qu'elle lui aurait emprunté… Alors, parce qu'il voulait que ses rêves deviennent réalité, ils étaient retournés à Kingsbrook Court après leur mariage – une petite réception sans prétention – avant de partir en lune de miel. Et la réalité avait dépassé le rêve.

Là-dessus, sa promotion tant attendue lui avait été accordée, leur offrant ainsi la possibilité de faire un emprunt pour une maison. Ils venaient tout juste d'y emménager quand leur première fille était née. Ce nouveau poste impliquait néanmoins plus de responsabilités, de plus longues heures de bureau et des déplacements plus fréquents. Dora avait dû prendre son mal en patience, s'habituer aux retards le soir, aux sorties au restaurant annulées pour cause de surcroît de travail, aux nuits où il aurait dû se lever pour s'occuper du bébé, mais où même les pleurs de la petite ne le réveillaient pas tant il était fatigué. S'il la savait en proie à un certain ressentiment, Wexford ne lui en tenait pas rigueur car c'était pour lui le signe qu'elle l'aimait et souhaitait sa présence.

En somme, tout allait pour le mieux. Et bientôt, ils avaient préparé la naissance d'un autre bébé. Wexford n'avait pas oublié Targo, auquel il pensait de temps à autre. Lorsque celui-ci avait vendu la maison de sa mère avant de repartir à Birmingham, où il avait vécu parfois avec Tracy Thompson et parfois seul, puis plus tard, quand il s'était établi à Coventry, Wexford s'était intéressé aux crimes commis dans ces régions particulières des Midlands. Plusieurs concernaient des femmes assassinées sans le moindre doute possible par un mari ou par un concubin. Il y avait également eu les inévitables meurtres d'enfants, la plupart associés à des violences sexuelles. Une seule victime avait été tuée par strangulation : une prostituée de dix-huit ans, Shirley Palmer. Or le principal suspect avait déjà été arrêté pour agression sur une femme à Stowerton, ce qui lui avait valu une peine d'emprisonnement. Intrigué, Wexford s'était rendu à Coventry pour assister à l'interrogatoire.

Pour les policiers chargés de l'enquête, il était clair que Thomas Joseph Mullan avait assassiné la jeune femme. Wexford le pensait coupable lui aussi, sauf que l'image de Targo le poursuivait. Eric Targo avait tué une fois et tuerait de nouveau. Il vivait dans les environs. Il avait étranglé Elsie Carroll, du moins Wexford en était-il persuadé, alors qu'il n'avait aucun lien apparent avec elle. Malheureusement, ce seul constat rendait impossible toute tentative pour suggérer à l'inspecteur principal Tillman qu'il serait peut-être utile d'interroger Eric Targo, ou au moins de vérifier qu'il avait un alibi. Wexford imaginait sans peine la conversation :

« Il vous a dévisagé, vous dites ? Vous croyez qu'il vous harcelait ?

— J'en suis sûr. Il l'a fait à plusieurs reprises. Je vous assure, c'est vrai.

— Et, d'après vous, son attitude suffit à démontrer qu'il a tué cette femme qu'il ne connaissait pas ? Vous n'avez pas la moindre preuve, n'est-ce pas ? »

De nouveau, ce serait l'impasse. Wexford avait compris qu'il ne pourrait jamais se confier à personne, jamais formuler sa conviction que Targo était un meurtrier sans susciter au mieux l'incrédulité. Persuadé que la cause était perdue d'avance, il n'avait même pas essayé d'en parler. Jusqu'à sa décision, des années plus tard, de tout raconter à Burden.

Ce soir-là, après que Mullan eut été inculpé de meurtre, Wexford était retourné à l'hôtel où il avait pris une chambre pour la nuit. Il avait téléphoné à Dora pour avoir de ses nouvelles et lui demander comment allaient les filles, car Sheila avait de la température quand il était parti. Dora avait répondu que la petite se sentait mieux, que les deux sœurs dormaient. À l'époque, il n'était pas courant de dire systématiquement « je t'aime » lorsqu'on téléphonait à son conjoint, ni de terminer la conversation par « je t'embrasse ».

Aussi Wexford avait-il déclaré :

— Tu me manques.

Ce à quoi Dora avait répondu :

— Tu me manques aussi, mais moi, je ne peux même pas profiter des joies d'une nuit pluvieuse à Coventry !

Ensuite, il était descendu au bar, où il avait commandé un verre de rouge. Dans les cafés et les restaurants, le vin commençait tout juste à remplacer la bière et les alcools forts.

— Bordeaux ou bourgogne, monsieur ?

— Oh, n'importe, avait répliqué Wexford, qui n'avait pas de préférence marquée.

N'ayant pas encore de problèmes de poids, il avait emporté, outre son verre de vin, une coupelle de cacahuètes et un sachet de chips jusqu'à une table dans un coin. Ce n'était pas le genre d'établissement où le barman venait servir les clients… La salle était à moitié vide. Il avait pris place dans un fauteuil de cuir tout éraflé. La seule différence entre ce bar d'hôtel et un pub, c'étaient les fauteuils.

Il s'était servi une poignée de cacahuètes – les noix de cajou étaient encore inconnues –, avait porté le verre à ses lèvres, bu une gorgée de vin, puis reposé le verre et balayé la pièce du regard pour observer la clientèle. Il avait repéré un groupe de quatre représentants – des « voyageurs de commerce », selon l'expression alors en vigueur –, trois couples d'une cinquantaine d'années dont il avait deviné qu'ils étaient mariés au silence morose dans lequel ils se retranchaient – il s'était d'ailleurs promis de ne jamais laisser les choses se détériorer ainsi avec Dora, au point qu'on puisse les identifier comme mari et femme rien qu'à leur indifférence mutuelle évidente –, et une blonde ultramaquillée assise à l'écart. À l'époque, une cliente seule n'aurait sans doute pas été servie dans un pub. Au regard qu'elle lui avait jeté et à la lueur de désespoir dans ses yeux, il avait compris qu'elle cherchait à flirter. Il avait brusquement tourné la tête, et, à ce moment-là seulement, il avait découvert Targo assis à une table à l'autre bout de la salle, seul lui aussi.

Il avait éprouvé un choc. La dernière fois qu'il l'avait vu remontait déjà à quelques années, quand Targo s'arrêtait tous les jours sous sa fenêtre avant de s'éloigner en direction de la rivière et des prés. Ce soir-là, il n'y avait apparemment pas de chien avec lui. Il buvait ce qui semblait être une bière blonde. Il était mieux habillé qu'autrefois – ou, du moins, avec plus de recherche : jean noir et veste en cuir brun sur une chemise noire assortie d'une cravate à carreaux noirs et blancs. Ses cheveux filasse, coupés presque à ras du temps où il jouait les rôdeurs importuns, étaient plus longs et bouclaient légèrement sur son col de chemise. L'inévitable écharpe, celle-là rayée de noir, de marron et de blanc, dissimulait le nævus.

On dit qu'il suffit parfois de fixer quelqu'un du regard pour l'amener à lever les yeux, et Wexford put constater que c'était vrai. À moins que Targo ne l'ait observé discrètement, qu'il n'ait surveillé tous ses faits et gestes, puis estimé l'heure de son arrivée au bar ? Peut-être est-il mieux renseigné sur moi que je ne le suis sur lui, avait pensé Wexford.

Ils s'étaient dévisagés ouvertement – Targo avec son insistance coutumière ; il l'avait reconnu, c'était évident. Un jour, des années plus tôt, Wexford avait dû faire faire des photos d'identité, et le photographe lui avait reproché de cligner trop souvent des yeux, mais ses efforts pour les maintenir ouverts n'avaient rien arrangé. Or Targo ne paraissait pas avoir ce problème.

S'était-il exercé pour apprendre à maîtriser le mouvement de ses paupières ? Alors que Wexford se posait la question, Targo avait enfin baissé les yeux et était sorti du bar en laissant son verre à moitié plein.

Wexford avait failli lui emboîter le pas, avant de se raviser. Pourquoi l'aurait-il suivi ? Il avait déjà son adresse, et il savait pour avoir lu les notes de Tillman sur l'affaire qu'Eric Targo ne comptait pas parmi les habitués de Shirley Palmer, que son nom n'était mentionné nulle part. Aucun individu correspondant à son signalement n'avait été aperçu dans le quartier où œuvrait la jeune prostituée, que ce soit le soir où elle avait été tuée ou au cours des semaines précédentes. Tout aurait été tellement différent si quelqu'un l'avait vu ! s'était dit Wexford. Alors lui-même aurait pu parler à Tillman du meurtre d'Elsie Carroll, du harcèlement et même de sa conviction que Targo cherchait à s'accuser de crimes qu'il ne pouvait pas avoir commis… En l'état, hélas, il n'avait rien pour justifier une telle démarche. Rien, sinon la certitude que Targo le narguait, lui adressait un défi : « Tu n'as aucun recours, semblait-il dire, alors que moi, je peux décider de frapper ou non, le plus important étant de te faire croire que je multiplie les victimes, jusqu'au moment où tu commenceras à te demander si j'ai réellement tué quelqu'un. »

Un détail chiffonnait Wexford à propos de l'homme qui le hantait, et pendant un moment il s'était creusé la cervelle. Soudain, il avait trouvé : l'absence de chien. Il avait demandé au barman si les chiens étaient autorisés dans l'établissement.

— Oh non, monsieur. C'est interdit. Il y a un panneau dehors.

Wexford avait vérifié ; c'était bien écrit sur la porte du bar.

Burden était arrivé à Kingsmarkham peu après, et, lorsqu'ils avaient commencé à mieux se connaître, à se considérer comme des amis plutôt que comme de simples collègues, Wexford s'était dit qu'il avait sans doute trouvé quelqu'un à qui se confier. Pourtant, quelque chose l'arrêtait. Il s'était déjà écoulé un bon moment depuis son voyage à Coventry et l'apparition inopinée – on ne pouvait guère parler de « rencontre » – de Targo dans ce bar d'hôtel. Après, il ne l'avait pas revu. Parfois, il en venait même à penser non qu'il s'était trompé ou qu'il avait eu tort, mais qu'il devrait lâcher prise, que la justice ne peut pas toujours triompher, et que certains criminels, peut-être même beaucoup, ne sont jamais punis pour leurs actes. Si Targo en faisait partie, eh bien, qu'il en soit ainsi. Il prenait de plus en plus l'aspect d'un personnage dans un songe récurrent, un être qui n'a pas d'existence tangible mais se manifeste la nuit de façon particulièrement nette et obsédante. Wexford rêvait parfois de lui, ou avait des rêves où il apparaissait brièvement sans jamais lui adresser la parole, sans doute parce que s'ils s'étaient croisés à plusieurs reprises dans la réalité, ils n'avaient cependant eu qu'une seule véritable conversation. En attendant, il se tenait au courant des activités de Targo, installé de nouveau à Birmingham avec une femme qui n'était pas sa seconde épouse. Apparemment, il ne s'était pas remarié. Son auto-école marchait bien, elle s'était développée, et il vendait désormais aussi des véhicules d'occasion. Il avait également acheté plusieurs taudis à louer.

La maladie dont Wexford avait souffert dans les années 1970 – une thrombose derrière l'œil – l'avait amené à séjourner à Londres pour sa convalescence. Il avait logé chez son neveu, Howard Fortune, lui-même officier de police, qui habitait Chelsea avec sa femme Denise. Il pensait alors que Dora n'allait pas trop lui manquer, qu'il n'allait certainement pas l'appeler tous les soirs comme le faisaient d'autres hommes de sa connaissance lorsqu'ils s'absentaient de chez eux. C'était du moins ce qu'il avait cru.

De fait, il avait eu un sommeil perturbé. Et pour cause : il détestait dormir seul. Aujourd'hui, il se disait parfois que les jeunes n'en reviendraient pas s'ils savaient que, même s'il avait eu plusieurs petites amies, il n'avait jamais passé une nuit entière avec l'une d'elles avant son mariage. Ce qui ne l'empêchait pas, après leur départ le soir, de dormir du sommeil du juste jusqu'à la sonnerie de son réveil… À Londres cette année-là, après ses nuits agitées, il téléphonait à Dora le matin, puis partait pour de longues promenades – ordre du médecin – en se demandant souvent s'il allait croiser Targo.

Ce dernier vivait toujours à Birmingham, d'accord, mais il n'était pas exclu qu'il fasse le voyage jusqu'à la capitale s'il apprenait que la cible de son harcèlement y séjournait… Et un jour, dans King's Road, Wexford avait effectivement vu un homme devant lui dont la silhouette de dos, la petite taille et la démarche étaient celles de Targo, sauf qu'en tournant la tête l'inconnu lui avait révélé un visage étroit, un menton pointu et des yeux bruns.

Peu à peu, il avait commencé à croire que cette étrange histoire était désormais derrière lui. Que, les années passant, Targo avait fini par renoncer à ses provocations, à ses jeux pervers. Et Wexford en venait à se dire qu'Elsie Carroll, qu'il avait tuée pour une raison incompréhensible, avait été sa seule victime, qu'il n'y avait pas eu d'autres meurtres.

Alors il avait envisagé de tout raconter à son neveu. Il y avait même fortement pensé certains soirs lorsque Denise était allée se coucher tôt et qu'il restait seul avec Howard pour prendre un dernier verre dans le bureau. Pourtant, il ne s'y était jamais résolu. Sa convalescence achevée, il était rentré à Kingsmarkham, auprès de Dora et des filles, et c'était alors qu'il avait croisé l'ex-femme de Targo.

La rencontre avait eu lieu deux jours avant Noël dans le nouveau centre commercial de Kingsbrook. Kathleen Targo s'y promenait avec un enfant d'environ trois ans installé dans une poussette. Wexford, qui comme d'habitude s'y était pris à la dernière minute pour faire ses cadeaux, l'avait reconnue aussitôt, tout en notant qu'elle avait bien meilleure mine qu'avant. Lui-même avait été surpris qu'elle le remette et s'adresse à lui d'un ton chaleureux.

— Vous êtes bien l'agent Wexford, n'est-ce pas ? Vous vous souvenez de moi ?

Il n'avait pas précisé qu'il avait été promu au grade d'inspecteur principal.

— Vous êtes Mme Targo.

— Je l'étais autrefois. (Elle avait éclaté de rire.) Bon débarras !

— Et je suppose que cette petite fille est le bébé que vous attendiez…

Au moment même où il formulait cette remarque, il s'était rendu compte que c'était impossible.

— Non, c'était Joanne, avait-elle expliqué. Elle a maintenant dix-sept ans. Je me suis remariée, je m'appelle Mme Varney, et voici Philippa. Nous vivons ici depuis sa naissance. C'est étonnant que nous ne nous soyons pas vus plus tôt…

C'était une femme différente, heureuse, posée. Quand il avait fait sa connaissance, elle était d'une maigreur frappante malgré sa grossesse ; depuis, elle s'était épanouie, voire « empâtée » auraient dit les mauvaises langues. N'ayant pas d'informations récentes sur Eric Targo, il lui avait demandé si elle avait des nouvelles de son ex-mari. En entendant sa réponse, il avait senti s'accélérer les battements de son cœur.

— Il vit à Myringham avec cette… cette créature, avait-elle déclaré d'un ton dédaigneux. Je ne sais pas comment elle s'appelle et je ne veux pas le savoir. Alan et Joanne le voient toujours, ils me tiennent au courant – non que j'en aie particulièrement envie, d'ailleurs… Il a habité Glebe Road pendant un certain temps après notre séparation, puis il est parti longtemps à Birmingham. Apparemment, il gagne bien sa vie, ce qui lui a permis de s'acheter une grande maison… Vous n'avez jamais trouvé le meurtrier de cette pauvre Elsie Carroll, n'est-ce pas ?

Pourquoi lui avait-elle posé la question comme ça, de but en blanc ? Parce qu'elle savait quelque chose ? Il aurait aimé passer le reste de la journée avec elle, les emmener, elle et sa fille, dans l'un des jolis petits cafés qui faisaient alors le charme du quartier commercial de Kingsbrook, s'asseoir à une table, commander du thé ainsi que des gâteaux et lui parler d'Eric Targo – ou plutôt, l'amener à en parler. Mais il n'avait pas osé l'inviter. De toute façon, surprise par une telle requête, elle aurait sûrement refusé… Et puis, c'était Noël, elle avait une famille et forcément une foule de choses à faire. Sans compter qu'une nouvelle fois, il se trouvait confronté au même obstacle : il n'avait aucune raison concrète de soupçonner son ex-mari.

— Je dois y aller, avait-elle dit. Heureuse de vous avoir revu. Oh, d'après Joanne, Eric a quatre chiens. Son vieil épagneul est mort depuis longtemps, à dix-sept ans, et aujourd'hui il a d'autres chiens, trois chats et même deux ou trois serpents. Vous imaginez ?

Elle avait hésité avant d'ajouter :

— Il a toujours préféré les animaux aux humains. En fait, il a une sainte horreur des humains, c'est tout le problème…

Et de ponctuer cette remarque du rire insouciant d'une femme heureuse.

Après avoir pris congé d'elle, Wexford était entré dans la parfumerie proche pour acheter du parfum à sa femme et à sa fille aînée. Celui qu'il avait essayé par la force des choses – la vendeuse lui en avait d'autorité aspergé le poignet – lui avait rappelé le sillage de la fille au chapeau rose, Medora. Après toutes ces années, il s'en souvenait encore… Un sourire aux lèvres, il avait secoué la tête avant d'opter pour une autre marque. En même temps, il avait résolu de chercher l'adresse de Targo. Après tout, il n'y avait aucun mal à ça.

— Au moins, Andy Norton sait faire la différence entre une fleur et une mauvaise herbe, affirma Dora. Certains prétendus jardiniers ne peuvent pas en dire autant !

Wexford, qui s'intéressait toujours à la vie des autres, lui demanda quel poste occupait Norton dans la fonction publique avant de se retirer de la vie professionnelle.

— Il travaillait dans un service administratif, répondit sa femme. La sécurité sociale, il me semble, sauf que ça ne s'appelait pas comme ça à l'époque.

— Dans ce cas, il touche sûrement une bonne retraite, observa Wexford. Alors pourquoi s'embête-t-il à travailler ?

— Bah, il doit s'ennuyer chez lui, j'imagine. Et il aime bien s'activer au grand air.

L'arrivée inattendue de Mike Burden créa une certaine surprise. Il paraissait décontenancé, ce qui était assez inhabituel chez lui.

— Ce n'est pas une visite officielle, annonça-t-il tout de go.

— Si vous êtes là pour me parler de ce à quoi je pense, il se pourrait néanmoins que ça devienne un jour l'affaire de la police, répliqua Wexford.

— Je suis passé au jardin botanique, expliqua son ami. On nous a prévenus que quelqu'un avait été poignardé là-bas, mais c'était une fausse alerte, ou peut-être un canular. Quoi qu'il en soit, ça m'a rappelé Billy Kenyon et ce que vous m'avez dit au sujet de Targo – même si je reste sceptique, s'empressa-t-il d'ajouter. Très, très sceptique.

— N'empêche, vous voudriez bien entendre la suite ?

— Oui, je l'avoue.

Wexford sourit. Il invita son collègue à s'asseoir dans un fauteuil, puis alla chercher du vin et des chips ; il n'y avait plus de cacahuètes, constata-t-il. Lorsqu'il lui eut relaté sa rencontre avec Kathleen Varney, ex-Mme Targo, il déclara :

— Elle avait raison, Eric Targo habitait bien à Myringham – Hastings Avenue, plus précisément, où il avait une maison beaucoup plus cossue que celle de Jewel Road. Apparemment, Kathleen et lui avaient réussi à refaire leur vie chacun de son côté. Il y avait cependant un détail qu'elle ignorait : en plus de ses animaux de compagnie, Targo prenait des chiens en pension.

— Chez lui ?

— En fait, la propriété où il s'était installé – je ne sais pas s'il l'avait achetée ou s'il la louait – comportait déjà un chenil. J'ai décidé d'aller y jeter un coup d'œil en espérant apercevoir Targo par la même occasion.

L'expression de Burden l'incita à ajouter :

— Pas à titre officiel, évidemment…

— Oh, tel que je vous connais, vous deviez quand même le penser.

Wexford éclata de rire.

— En fait, je n'ai pas eu besoin d'inventer un mensonge. Vous vous rappelez ce chien que nous avions, Dora et moi ? Sheila avait insisté pour s'en occuper quand son petit ami de l'époque, un certain Sebastian, qui l'avait ramené chez lui, nourri, promené et chouchouté pendant deux jours, avait soudain décidé de nous le donner, avec cette cruelle insouciance de la jeunesse… Bref, nous devions partir en vacances – c'était la fois où nous avons séjourné sur cette île grecque –, et je cherchais réellement une solution pour le toutou.

« Targo m'a reconnu tout de suite. Sur le moment, j'ai eu le sentiment qu'il n'ignorait rien de moi et même qu'il attendait ma visite. C'était idiot, bien sûr, je vous l'accorde. Mais bon, il avait – et il a toujours, je suppose – cette manie dérangeante de vous regarder droit dans les yeux, avec une insistance quasi hypnotique. C'est exactement ce qu'il a fait quand je lui ai parlé de mettre en pension le chien de Sebastian. "Je me souviens de vous, vous étiez sur l'affaire lorsque Mme Carroll a été assassinée dans Jewel Road, m'a-t-il dit comme s'il ne m'avait jamais suivi ni dévisagé dans ce bar d'hôtel à Coventry. Ça doit bien faire vingt ans..." Je vous assure, Mike, il savait que je savais.

— Quoi ? Qu'il l'avait tuée ?

— Tout juste.

— Et vous l'avez lu dans son regard ?

L'intonation de Burden n'aurait pu exprimer plus d'incrédulité.

— Il voulait qu'il en soit ainsi, affirma Wexford. Au fond, il y prenait plaisir, parce qu'il voyait bien que je ne pouvais rien faire. Sa maison grouillait d'animaux, autant vous dire que l'intérieur empestait. Vous avez déjà eu l'occasion de sentir l'odeur d'un os à moelle qui traîne depuis une quinzaine de jours et qu'un chien mâchouille de temps en temps ? Bon, c'était juste pour vous donner une idée. Il y avait aussi un serpent, et j'avoue que sa présence m'a mis mal à l'aise ; il n'était pas dans une cage ni rien, juste lové sur une étagère près de deux ou trois bouquins et d'une plante en pot. L'un de ces ouvrages était *Le Grand Livre des chiens*. Kathleen m'avait dit que Targo s'était remis en ménage, ce qu'il a confirmé ; il vivait avec une certaine Adele, qu'il a fini par épouser, mais elle n'était pas là. Il m'a ensuite indiqué un autre bâtiment sur le domaine – c'était véritablement un domaine, avec un terrain de, je ne sais pas, peut-être un hectare, et le bâtiment en question ressemblait à une sorte de remise ou d'étable rénovée. Il a tenu à me le montrer. Tout y était propre, parfaitement organisé ; lui-même a employé le terme « impeccable ». Il m'a dit : « Un cadre impeccable pour votre compagnon, n'est-ce pas ? » Il y avait une dizaine de chiens dans des enclos séparés, et bien sûr ils se sont précipités vers le grillage à notre arrivée, l'air malheureux à souhait, en remuant la queue et en poussant de petits gémissements. L'odeur était présente là aussi, atténuée cependant par l'air frais.

« Targo m'a expliqué qu'il s'était lancé dans cette activité parce qu'il aimait les animaux. Ensuite, il a ajouté : "Mais ce n'est pas ma principale source de revenus. Je suis dans les affaires..." Je n'ai pas réclamé de précisions parce que je le devinais impatient de m'en donner ; je pensais que c'était en rapport avec la vente de voitures ou l'immobilier. "Certains chenils sont dans un état lamentable, m'a-t-il fait remarquer. Je me dis parfois que je tiens un hôtel de luxe pour chiens." Je me suis abstenu de tout commentaire, évidemment. Il m'a ensuite conduit jusqu'à un enclos où se trouvait une chienne avec ses cinq chiots – des bâtards, mais vraiment adorables... Arrêtez de me regarder comme si je bêtifiais, Mike ! Je vous assure que ce détail a son importance.

— OK, je vous crois. Vous avez de la chance, d'ailleurs, d'autres ne seraient pas aussi indulgents que moi...

— Après, nous sommes retournés dans la maison, où il m'a remis la brochure du chenil. Les tarifs étaient extrêmement élevés. N'ayant pas envie de m'engager, j'ai lu le document – ou plutôt, j'ai fait semblant de le lire tout en observant les lieux. C'est à ce moment-là que Targo m'a joué un sale tour, dans l'intention manifeste de me provoquer, voire de m'effrayer.

— Comment ça ?

— Il s'est dirigé vers le serpent apparemment endormi sur l'étagère, et il l'a soulevé pour l'enrouler autour de son cou, amenant la tête tout près de son visage – contre son écharpe, en fait. Il le caressait comme s'il s'agissait d'un chaton, et quand il s'est approché de moi, j'ai fait mon possible pour ne rien montrer, mais il a fallu que j'en appelle à tout mon sang-froid pour rester immobile en ayant l'air, disons, détaché. Enfin, il m'a demandé : « Alors, que décidez-vous, monsieur Wexford ? » J'espère que je paraissais calme, ou au moins que je ne tremblais pas, quand j'ai répondu : « Merci beaucoup pour la visite. Je vous tiendrai au courant », ou quelque chose dans ce goût-là. Il avait à peine refermé la porte derrière moi que je l'ai entendu éclater de rire.

— Et vous lui avez donné votre chien en pension ?

— Vous plaisantez ! En fait, la pauvre bête avait la maladie de Carré, elle en est morte. Elle avait eu ses vaccins trop tôt, ou peut-être trop tard, je ne sais pas. Par la suite, je n'ai pas reparlé à Targo, je ne l'ai pas revu non plus jusqu'à la mort de Billy Kenyon. Ça devait être deux ou trois ans plus tard.

— J'étais où, moi ? Je me rappelle cette affaire, et pourtant je n'y ai pas collaboré.

— Vous suiviez une formation à Douvres, il me semble. Sur les techniques d'investigation scientifique.

— Ah oui… Bon, vous allez me dire pourquoi vous vous êtes laissé aller à cette remarque sentimentale sur la chienne et les cinq adorables chiots ?

— Quand il recueillait une chienne abandonnée qui attendait des petits – et ça lui arrivait souvent –, Targo mettait un point d'honneur à trouver un foyer pour les chiots. Eh bien, l'un de ceux que j'avais vus ce jour-là a été placé chez Eileen Kenyon, la mère de Billy.

# Chapitre 10

Le jardin botanique de Kingsmarkham, qui s'étendait initialement sur deux hectares entre Queen Street et Sussex Avenue, était toujours bien entretenu, mais sa superficie avait depuis longtemps été réduite de moitié par la transformation d'une des pelouses en aire de jeux pour les enfants, avec balançoires et structures d'escalade. Quant à la serre tropicale, elle abritait désormais une brasserie. Les tables de pique-nique avaient envahi la roseraie, et l'amphithéâtre de Red Rocks était laissé à l'abandon. Il n'en avait pas toujours été ainsi : autrefois, le parc bénéficiait des soins jaloux d'un superviseur, de son assistant et de cinq jardiniers. Quand ils partaient en excursion au château de Leeds ou à Sissinghurst, les touristes faisaient volontiers un détour pour venir admirer les rocailles de Kingsmarkham au printemps ou les fleurs rares cultivées dans la serre à orchidées.

À cette époque, le jardin botanique représentait à la fois un refuge et une source constante d'émerveillement pour Billy Kenyon, surtout au moment de la floraison – en somme, un endroit où il se sentait bien. S'il pouvait se sentir bien quelque part… La plupart du temps, il vivait dans la crainte de ses semblables, qui l'insultaient, le huaient ou le bousculaient. Quel mystérieux mal en lui l'avait rendu ainsi, incapable de parler et cependant parfaitement apte à se prendre en charge ? Les termes durs ne manquaient pas pour désigner les personnes comme lui : « débile mental », « attardé », « simple d'esprit »... Mais comment pouvait-on traiter de cette façon un garçon qui aimait autant les plantes et les fleurs ? Qui pouvait en mémoriser les noms et les orthographier correctement, sinon les énoncer à haute voix ?

Aujourd'hui, on le qualifierait sans doute d'autiste, pensa Wexford. Et il serait probablement envoyé dans une école spéciale, adaptée aux jeunes ayant des difficultés d'apprentissage. Peut-être, comme beaucoup d'individus atteints du syndrome d'Asperger, avait-il un QI élevé... Dans la cité Muriel Campden, où il vivait avec sa mère, les enfants des voisins l'appelaient néanmoins « le dingo », et on disait qu'Eileen Kenyon ne faisait rien pour défendre son fils. Il avait quitté l'école à quinze ans, ainsi que la loi l'y autorisait, sans l'avoir jamais beaucoup fréquentée – un autre problème dont sa mère ne semblait pas se soucier. Même quand il était scolarisé, Billy passait plus de temps dans le jardin botanique qu'en classe. Le superviseur, George Clark, et tous les autres employés du parc le connaissaient bien et savaient qu'il était aussi innocent qu'inoffensif. Les jours de pluie, ils le laissaient entrer dans la serre tempérée, et l'assistant, un certain Denis Glaspell, l'invitait souvent dans le grand bâtiment de brique rouge où le personnel se retrouvait pour prendre le thé. Glaspell lui avait donné un cahier en lui demandant d'y consigner tous les noms latins des plantes réunies dans la rocaille, et Billy s'était exécuté sans se tromper une seule fois dans l'identification des espèces ou l'orthographe des mots. Quel dommage que ses professeurs n'aient pas vu ce cahier ! s'était dit Wexford quand il enquêtait sur l'affaire. Mais auraient-ils pu faire quelque chose pour lui ? En auraient-ils eu le temps ?

Billy avait dix-sept ans lorsqu'il avait été assassiné. Le jour de sa mort, durant l'été caniculaire de 1976, il avait quitté l'appartement familial de Leighton Close à neuf heures du matin après s'être préparé des sandwichs pain de mie-fromage qui, en plus d'une banane noircie – le seul fruit qu'il avait trouvé à la cuisine –, constitueraient son déjeuner. Ainsi, il n'aurait pas besoin de repasser chez lui avant la fermeture du jardin. Son ami Denis Glaspell lui offrirait une tasse de thé. Au moment où il allait partir, le chien était venu lui réclamer à manger, mais Billy avait laissé à sa mère le soin de s'en occuper. Dans le quartier, la rumeur prétendait qu'elle aimait cet animal plus que son fils. Si Billy en avait eu vent, il n'en montrait rien.

Ce matin-là, Eileen Kenyon était encore au lit avec son amant, Bruce Mellor. Personne n'aurait pu dire ce que cette relation signifiait aux yeux de Billy. Il était cependant capable de comprendre bien plus de choses que ses proches ne voulaient le croire, et quand Bruce clamait partout qu'il aimerait vivre avec Eileen ou peut-être même l'épouser, sauf qu'il n'avait aucune envie d'assumer la charge d'un simplet, Billy voyait très bien à qui il faisait allusion. Bruce Mellor n'avait rien contre le chien ; au contraire, il s'y était attaché. Quant à Eileen, elle avait confié aux voisins que c'était « injuste » de devoir assumer un « fardeau » aussi encombrant que Billy, qui l'empêchait de mener ce qu'elle estimait être une vie normale. Elle aurait aimé se marier avant qu'il ne soit trop tard.

En cette mi-juin, les plus belles fleurs avaient fané – elles s'épanouissaient en mai –, et celles de l'été n'étaient pas encore écloses, mais il y avait toujours des roses, aussi Billy s'était-il d'abord dirigé vers la roseraie. Le nom des différentes variétés était inscrit sur une petite plaque verte plantée dans le sol, et l'adolescent faisait de son mieux pour les apprendre par cœur : Rose Gaujard, Peace, Étoile de Hollande… Lorsqu'il lui arrivait d'en oublier un, il jetait un coup d'œil à la plaque, puis le notait dans son cahier. L'un des jardiniers l'avait abordé vers onze heures – une précision que Billy ne pouvait pas connaître, car il ne portait pas de montre et n'avait pas vraiment la notion du temps – pour lui dire que Denis Glaspell avait préparé du thé dans le grand bâtiment qu'ils appelaient « le bureau ». Le jeune garçon s'y était rendu, et il avait vidé sa tasse en écoutant les jardiniers parler du football, du billard et de ce qu'ils avaient regardé à la télé la veille au soir. Il était revenu boire un autre thé dans le bureau vers trois heures de l'après-midi, après avoir mangé ses sandwichs et sa banane. Ce que Denis Glaspell appréciait aussi chez Billy Kenyon, c'était le soin qu'il prenait de rapporter ses détritus à la maison ou de les jeter dans une poubelle ; beaucoup de visiteurs se contentaient d'abandonner leurs emballages vides et leurs pelures de fruits à l'endroit même où ils avaient grignoté.

Ce jour-là, Glaspell avait remarqué le plastique et la peau de banane quand Billy avait ouvert son sac à dos pour y ranger son cahier.

— Je vais te débarrasser de ça, d'accord ? avait-il proposé.

Billy lui avait tendu les deux sans un sourire ni, bien sûr, une parole. Glaspell ne l'avait jamais vu sourire.

On ne savait pas au juste où était allé le jeune garçon après. L'un des jardiniers l'avait aperçu dans la serre tropicale, où il n'était cependant pas resté longtemps. S'il faisait chaud dehors, vers dix-sept heures le ciel s'était couvert et il s'était mis à pleuvoir – une pluie torrentielle durant un été par ailleurs sec. Comme chaque fois qu'il tombait des trombes d'eau, le jardin s'était vidé d'un coup, mais l'averse n'avait duré qu'une demi-heure, laissant subsister une fine brume après son passage. Quoi qu'il en soit, il n'y avait aucune raison pour que les employés gardent un œil sur Billy ; il était leur visiteur le plus assidu, il n'aurait pas fait de mal à une mouche, et, de plus, il se montrait particulièrement respectueux de la nature. Par conséquent, aucun d'eux n'aurait pu dire qui était la dernière personne à l'avoir vu, à part son meurtrier.

George Clark, le superviseur, était sorti fermer les grilles à vingt et une heures. Il faisait encore jour, même si la luminosité déclinait. Comme à son habitude, Clark avait sillonné le jardin pour s'assurer qu'il ne restait plus personne – de temps à autre, un sans-abri s'y faufilait pour la nuit – et vérifier qu'aucun dégât n'avait été commis dans la journée. Il avait découvert le corps de Billy Kenyon dans l'amphithéâtre de Red Rocks, bras et jambes écartés sur les dalles couleur rouille, une main plongée dans la petite mare, l'autre posée sur son cahier. Il avait cherché son pouls et collé l'oreille contre son torse pour écouter le cœur. Puis, après avoir examiné de plus près les marques autour du cou de l'adolescent et son visage aux yeux exorbités, Clark avait compris qu'il était mort, probablement étranglé. Une ceinture en cuir – l'arme du crime, selon toute vraisemblance – lui barrait le front, sans doute laissée par l'assassin.

Les portables n'existaient pas encore. Pour appeler la police, George Clark avait dû retourner dans le bureau, où il s'était d'abord accordé une bonne rasade du brandy qu'il réservait aux situations d'urgence. La petite bouteille était pleine parce qu'il n'y avait jamais eu aucune urgence jusque-là.

— Si ce meurtre était commis aujourd'hui, les journalistes exploiteraient à fond l'histoire du cahier où la victime notait le nom des fleurs, observa Wexford. Ils baptiseraient Billy « le génie muet » ou « le petit prodige trahi par le système d'éducation »… Il n'y a rien eu de tel à l'époque ; en tout cas, je ne me souviens pas d'avoir lu des articles où Billy était décrit autrement que comme un adolescent normal. Sa mère et l'homme qui refusait de l'épouser parce qu'il ne voulait pas s'encombrer d'un jeune garçon différent des autres ne sont pas passés à la télé pour louer les qualités de Billy et dire à quel point il avait illuminé leur vie. Ce genre d'interviews n'était pas encore répandu. La presse n'a pas présenté non plus l'amant occasionnel d'Eileen Kenyon comme « le beau-père de Billy », ce qui serait sans doute le cas aujourd'hui.

— Vous voulez dire que c'était mieux à l'époque ? demanda Burden en haussant les sourcils.

— Oui et non. Bah, j'imagine qu'on en revient toujours là chaque fois qu'on essaie de comparer une période à une autre… Les méthodes d'investigation sont nettement plus sophistiquées qu'elles ne l'étaient, c'est vrai, vous le savez aussi bien que moi. Et l'analyse des traces d'ADN constitue une aide précieuse dans le processus d'identification des suspects. Le téléphone mobile facilite aussi beaucoup la communication. Les parents ont les moyens de surveiller de plus près leurs enfants, c'est indéniable. Pour autant, est-ce qu'ils le font ? Franchement, je l'ignore.

« Pour en revenir à Billy, il avait bien été étranglé avec la ceinture retrouvée près de lui. Ces ceintures se vendaient sur le marché de Kingsmarkham le samedi, et aussi sur ceux de Pomfret et de Myringham ; autant dire qu'il était impossible d'en identifier la provenance exacte. De plus, il n'y avait pas d'empreintes dessus. Nos soupçons se sont tout de suite portés sur Bruce Mellor, l'amant d'Eileen Kenyon, mais Eileen Kenyon elle-même n'arrivait pas loin derrière.

— Parce que Mellor ne voulait pas l'épouser tant que Billy était vivant ?

— Tout juste. Aucun d'eux ne travaillait, ils vivaient de ce qu'on appelait alors les « aides sociales ». Ils étaient tous les deux chez eux ce jour-là entre dix-sept et vingt heures, au moment où, d'après le légiste, Billy avait été tué. Mellor avait sorti le chien le matin, il était rentré au bout d'environ une heure, et ni lui ni Eileen n'étaient ressortis. Ils se sont mutuellement servi d'alibi. Sauf qu'une voisine – je ne me rappelle pas son nom, Lucas ou Lewis, je crois – a affirmé avoir vu Bruce Mellor quitter la maison vers dix-huit heures, sans le chien. Il a nié, disant que le témoin se trompait, et Eileen l'a soutenu.

« Je lui ai demandé si elle s'était inquiétée en ne voyant toujours pas revenir Billy à vingt-deux heures. Je te rappelle que l'été, le jardin fermait à vingt et une heures – il ferme toujours à vingt et une heures, du moins ce qu'il en reste. Eileen m'a répondu que son fils avait dix-sept ans, qu'il savait ce qu'il faisait. Quoi qu'il en soit, elle avait été prévenue du drame dès vingt-deux heures trente.

« Si Bruce Mellor s'était rendu au jardin botanique, personne ne se souvenait de lui. En admettant que la voisine ait dit vrai et qu'il soit bien sorti à dix-huit heures, il lui aurait fallu une vingtaine de minutes pour arriver au parc, et à ce moment-là la pluie s'était calmée, il ne tombait plus qu'un fin crachin. Comme la plupart des visiteurs avaient déjà quitté les lieux, Mellor aurait très bien pu pénétrer dans le jardin sans qu'on le voie. Il n'était pourtant pas du genre à passer inaperçu, car il était exceptionnellement grand et maigre, et il avait de longs cheveux d'un blond bizarre qu'il portait soit détachés, soit rassemblés en queue-de-cheval. Glaspell et son supérieur, George Clark, qui avait trouvé le corps, ainsi que tous les jardiniers ont été soumis à un interrogatoire serré. Aucun n'a mentionné un individu correspondant au signalement de Mellor. Tous sans exception ont été considérés comme suspects, mais pas longtemps : chacun disposait d'un alibi bien plus solide que ceux de Bruce Mellor et d'Eileen Kenyon.

Burden avait une question à poser.

— Vous allez me dire que vous soupçonnez Targo d'avoir commis ce meurtre, n'est-ce pas ? Alors comment expliquez-vous que personne ne l'ait aperçu dans le jardin ce soir-là ? À moins que vous n'ayez pas pensé à lui sur le moment ?

— Non, je ne l'ai pas tout de suite mis en cause parce que je ne parvenais pas à établir de lien entre la victime et lui, répondit Wexford. Celui entre Elsie Carroll et lui était déjà des plus ténus, mais au moins ils habitaient la même rue. Quand Billy Kenyon a été tué, Eric Targo habitait à Myringham, soit à des kilomètres de là, dans une grande maison entourée d'un terrain immense, et ses affaires étaient prospères. Eileen Kenyon vivait grâce à ce qu'elle appelait elle-même « le chômage » dans une HLM avec un fils mentalement déficient. Rien ne m'incitait à faire le rapprochement. Sans compter que vous savez à quel point je peux devenir obsessionnel, parfois, vous me le dites vous-même... (L'image de Medora Holland dans son chemisier déchiré lui traversa l'esprit.) Par conséquent, j'ai refusé sciemment de m'engager dans cette voie, de mêler Targo à cette affaire alors que je tenais deux suspects tout à fait crédibles.

— Il y avait le chien qu'Eileen Kenyon avait adopté, non ? observa Burden.

— C'est vrai, il y avait le chien. Sauf qu'à ce moment-là je l'ignorais encore. Quand je suis allé au chenil me renseigner sur les tarifs, Targo ne m'a pas raconté qu'il avait donné un chiot à une certaine Eileen Kenyon. Pourquoi l'aurait-il fait ? C'était bien avant le meurtre, je n'avais jamais entendu parler de cette femme, et lui n'avait aucune raison de la mentionner.

— Quand je suis rentré de Douvres, vous veniez de laisser tomber l'affaire, intervint Burden. Oups, désolé, je n'aurais peut-être pas dû formuler les choses comme ça...

— Bah, il faut bien avouer qu'on a fini par renoncer, tout en continuant à affirmer qu'on n'abandonnerait jamais. On dit toujours ça, même quand la cause semble perdue... Mais on avait beau prétendre qu'on ne baisserait pas les bras avant d'avoir traîné le meurtrier de Billy devant la justice, etc., etc., on ne se faisait pas d'illusions. Pour récapituler : le seul élément dont on disposait contre Bruce Mellor, c'était la possibilité qu'il ait menti sur son emploi du temps ce soir-là. Mais

Mme Lucas – elle ne s'appelait pas Lewis, ça me revient maintenant – pouvait avoir menti elle aussi. Elle et lui étaient à couteaux tirés depuis qu'ils s'étaient disputés au sujet d'une fête que les Lucas avaient organisée pour les vingt et un ans de leur fils. Du coup, elle avait peut-être inventé cette histoire par pure malveillance ? Bruce Mellor avait fourni un alibi à Eileen, qui lui en avait fourni un. Tous deux avaient bien une sorte de mobile, mais vous savez tout comme moi combien ce point est sujet à caution quand on constitue un dossier à charge. Cette affaire-là reste une des rares que nous n'ayons jamais résolues.

— Quand avez-vous fait le rapport avec le chien, alors ?

— Celui qui venait du chenil de Targo ? L'enquête était déjà close. Nous avions questionné Mellor et Eileen encore et encore. Je n'avais jamais mené d'interrogatoires semblables, qui ne débouchaient strictement sur rien. Ces deux-là étaient loin d'être brillants, mais ils s'en tenaient résolument à leur version initiale, comme quoi ils étaient restés chez eux toute la journée.

« Personne à part Mme Lucas n'avait vu Mellor sortir. Quant à Eileen, est-ce qu'on la soupçonnait vraiment ? Peut-être tout au plus d'être la complice de Mellor, de le soutenir, de lui servir d'alibi, de mentir pour lui. Si elle n'a jamais nié avoir souhaité se débarrasser de Billy pour pouvoir épouser son amant, elle a expliqué que dans son esprit ça signifiait le placer dans un foyer. Et puis, je vous le rappelle, on ne pouvait pas prouver la présence de Mellor dans le jardin botanique… Bien sûr, nous avons tenté d'établir la provenance de la ceinture avec laquelle Billy avait été étranglé. Sans résultat. Elle pouvait aussi bien appartenir à Targo, et ce depuis des lustres, qu'avoir été achetée sur un des marchés de la région. En attendant, essayez d'amener un marchand à identifier un article qu'il a vendu… De ce côté-là, l'enquête n'a rien donné non plus : aucun commerçant de Kingsmarkham, de Pomfret et de Myringham ne se souvenait d'avoir vendu une ceinture de ce genre depuis des années.

— Mais le chien, le pressa Burden. Le chien, Reg…

— J'y arrive. Tous les homicides par strangulation – et ils étaient rares – me ramenaient toujours à Targo. En attendant, je ne comprenais pas pourquoi il aurait voulu tuer ce garçon. Cela dit, quel était le mobile dans l'affaire Elsie Carroll ? Si Targo était bien un psychopathe frappant au hasard, pourquoi aurait-il attaqué ces deux personnes dans des lieux où il risquait d'être aperçu – une maison cernée de voisins et un parc public –, alors qu'il aurait pu s'en prendre plus facilement à un promeneur solitaire la nuit, par exemple ? J'avais toutes ces questions en tête quand je l'ai revu.

« Il m'avait confié qu'il avait monté une autre entreprise. En fait, il s'agissait d'une agence de voyages dans le centre de Myringham, un minuscule local pompeusement baptisé Transglobe, dont les murs étaient couverts de publicités pour des destinations exotiques. Les gens commençaient à partir en Inde et en Chine pour les vacances, et Targo avait misé sur cette nouvelle mode.

— Vous vous êtes adressé à lui parce que vous vouliez acheter un voyage ?

— Non, bien sûr que non. Je me suis rendu à l'agence dans le cadre d'une enquête sur un individu qu'on soupçonnait d'organiser un trafic d'opium depuis Hong Kong. De l'opium, vous imaginez ? Quelle époque !

— Oui, je m'en souviens ! s'exclama Burden. Il s'appelait Berryman. Raymond Berryman. Il a été envoyé à l'ombre pour un bon bout de temps. Donc, vous êtes entré dans l'agence sans vous douter de rien, et vous êtes tombé sur Targo.

— C'est ça. C'est lui qui était chargé d'accueillir la clientèle. Il n'y avait personne d'autre ce jour-là, juste son chien. Vous me direz, il n'y avait pas vraiment de place pour deux employés là-dedans ! Bref, j'ai eu un choc en le reconnaissant, au point que je me suis demandé si je n'avais pas des hallucinations, ou si je ne le confondais pas avec quelqu'un ; jusque-là, je ne l'avais associé qu'aux chiens et aux cours de conduite. Lui en tout cas avait l'air enchanté par ma visite – un peu trop, même. C'est sans doute une des rares fois où je l'ai vu sourire… Il s'est levé, la main tendue, mais vous pensez bien que je ne l'ai pas serrée ! Son chien, c'était un corgi, et malgré l'exiguïté du local il avait une gamelle d'eau et une autre remplie de ce qui ressemblait à des abats. Targo m'a dit : « Je vous présente Princess » – une remarque que j'ai ignorée tout comme j'avais ignoré sa main tendue. Il n'a pas paru s'en offusquer. Je lui ai posé quelques questions sur notre suspect trafiquant d'opium, auxquelles il a répondu tout à fait sincèrement, j'en suis sûr.

« Jamais je ne l'avais vu aussi soigné de sa personne : un beau costume, des chaussures de marque dont j'apercevais le bout sous le bureau, une montre Omega… Oh, et une écharpe, bien sûr – pas en laine, celle-là, c'était plutôt une sorte de foulard gris, noir et rose, en soie, qui ne suffisait pas à dissimuler la marque de naissance. Targo en avait conscience, d'ailleurs, parce qu'il n'arrêtait pas de le tripoter, de le remonter sur son cou, mais chaque fois le tissu glissait.

« Il n'avait pas pris de poids, il avait toujours la même silhouette trapue et musclée ; le seul changement notable concernait ses cheveux, désormais plus gris que blonds et qu'il commençait à perdre. J'allais sortir quand il m'a lancé tout de go : "C'est drôle comme certaines affaires finissent par passer à la trappe, n'est-ce pas ? Pendant une semaine les journaux en font leurs gros titres, et puis, comme vos collègues ne réussissent pas à arrêter le fautif, les journalistes s'en désintéressent et on n'en entend plus jamais parler." Une fois de plus, il m'a fixé de son regard insistant. "Je pensais au meurtre de Billy Kenyon, bien sûr…"

« Je lui ai dit que je ne pouvais pas en discuter. Sur le coup, il m'a semblé que "fautif" était un drôle de terme, bien trop faible, pour évoquer un meurtrier… En tout cas, après une telle remarque, je ne voulais plus m'en aller. Nous nous dévisagions toujours quand il a ajouté : "Je les connaissais, vous savez – je veux dire, Mme Kenyon et son soupirant." Là encore, j'ai trouvé le terme étrange, désuet. J'ai répondu que non, je n'en savais rien. Alors il a insisté : "Mais si, elle m'a pris un chien, un des petits de ma Dusty. J'étais sûr qu'elle s'en occuperait bien. Mieux que d'un être humain, c'est certain…" Et il a éclaté de rire, Mike, d'un bon gros rire. Il riait plus souvent qu'il ne souriait, d'ailleurs. Je ne dirais pas que mon sang s'est figé dans mes veines, parce que ça n'arrive jamais, mais je pense avoir ressenti quelque chose d'approchant.

« Pour dissimuler mon malaise, je lui ai demandé pourquoi il avait appelé sa chienne “Princess”. Il m’a expliqué que c’était une corgi et que, je cite : “Les corgis sont les chiens préférés de la reine.” Il s’est encore esclaffé, et quand je suis parti, il riait toujours en caressant la tête du royal toutou.

— Mais vous n’avez rien fait, observa Burden.

— J’ai fait ce que j’ai pu, Mike. Je suis retourné interroger les employés du jardin botanique. Je m’étais débrouillé pour mettre la main sur une photo de Targo que j’ai montrée à Glaspell et au reste de l’équipe. Aucun d’eux ne s’est rappelé l’avoir vu le jour du meurtre – ni même avant ou après. Une fois de plus, je n’avais pas le moindre élément concret auquel me raccrocher, rien qu’un rire déplaisant et sa remarque selon laquelle Eileen Kenyon n’était pas apte à s’occuper d’un être humain.

— Il avait un alibi ?

— Je suis certain qu’il en aurait inventé un sur-le-champ si je lui avais posé la question, ou qu’il en avait déjà préparé un. Il venait d’épouser une certaine Adele. Leur union n’a duré que six mois, mais je suis sûr qu’elle aurait témoigné en sa faveur. Alors j’ai « laissé tomber », pour reprendre votre expression, parce que je ne voyais décidément pas quel mobile il aurait pu avoir. En quoi le meurtre de Billy aurait-il pu lui profiter ? Quels avantages aurait-il pu en retirer ? Lui, aucun. Seule Eileen Kenyon pouvait en bénéficier. Alors il l’aurait fait pour elle ? Mais pourquoi ? Il la connaissait à peine.

— Vous en êtes bien sûr ?

— Absolument. Rappelez-vous, il ne connaissait pas non plus Elsie Carroll, il la croisait de temps en temps, c’est tout. J’ai parlé de lui à Eileen Kenyon et à Bruce

Mellor ; c'est d'ailleurs la seule fois où ils se sont montrés coopératifs, où ils m'ont répondu franchement sans se réfugier dans une attitude agressive ou défensive. Eileen avait rencontré Targo à trois reprises. La première fois, elle était allée au chenil parce qu'on lui avait dit que le propriétaire avait des chiots à donner ; ils étaient alors trop jeunes pour être séparés de leur mère, mais elle avait pu en choisir un. Targo lui avait expliqué comment s'en occuper, avant d'ajouter qu'il lui rendrait visite deux semaines après l'adoption, pour voir si tout allait bien. Elle était retournée chercher le chiot quand il avait eu huit semaines, et en cette occasion elle n'avait guère échangé plus de quelques mots avec Targo. C'était la femme de celui-ci qui l'avait aidée à faire entrer le chiot dans la caisse qu'elle avait apportée et à la charger dans la voiture de Mellor.

« Deux semaines plus tard, Targo était passé chez Eileen, à Leighton Close, et manifestement les dispositions qu'elle avait prises concernant l'animal l'avaient satisfait. Elle m'a raconté qu'ils avaient bavardé devant une tasse de thé. Billy n'était pas là. Elle ne m'a pas révélé de quoi ils avaient discuté, elle m'a juste dit qu'elle ne s'en souvenait pas, mais pour que Targo m'ait fait cette remarque sur elle, j'imagine qu'une partie de cette conversation a tourné autour de la difficulté d'élever un enfant souffrant d'une déficience mentale.

« Bruce Mellor ne l'a jamais épousée. Ils se sont brouillés après la mort de Billy, et on ne l'a plus revu à Leighton Close. Environ un an après, Targo a fermé son agence de voyages ainsi que le chenil, et il a quitté la ville avec sa ménagerie mais sans Adele. Le divorce a été prononcé quelques années plus tard. Dans l'intervalle, il est retourné à Birmingham auprès de cette femme avec qui il avait entretenu une relation épisodique, Tracy Machin-Chose.

— Et aujourd'hui, il est de retour.

— Tout juste. Et il a bien réussi, apparemment. Est-ce qu'il s'occupe toujours de voyages ? Est-ce qu'il s'est constitué un zoo privé ? J'en ai bien l'impression. J'ai aperçu des animaux quand je suis allé à Stringfield jeter un coup d'œil à sa propriété. Bah, peu importe. De toute façon, je n'espère plus prouver quoi que ce soit. Le temps a passé, Targo a peut-être fini par renoncer à ses exploits meurtriers… Vous me direz, j'ai déjà tenu ce genre de raisonnement – lorsqu'il m'a suivi dans cet hôtel à Coventry et aussi lorsque j'ai cru l'avoir vu à Londres. Mais même si c'est vrai, même s'il a réellement changé, il ne peut pas s'en tirer comme ça, il doit rendre des comptes à la justice.

— Je ne suis pas convaincu, Reg. Désolé, je reste sceptique.

— Je sais, déclara Wexford. Et je m'en fiche. Pour moi, ça ne fait aucune différence.

# Chapitre 11

Hannah devinait que les Rahman ne l'aimaient pas. Bien consciente de la situation, elle faisait tout son possible avec Mohammed et Yasmin Rahman, ainsi qu'avec leurs fils Ahmed et Osman, et leur fille Tamima, pour ne pas paraître condescendante. Malheureusement, plus elle déployait d'efforts, plus la tension s'accentuait, peut-être parce que le seul moyen à ses yeux de leur prouver qu'elle les traitait sur un pied d'égalité consistait à se montrer excessivement courtoise, flatteuse et attentionnée. Cette attitude ne les abusait cependant pas ; elle inspirait manifestement à Mohammed Rahman un certain amusement, à sa femme une suspicion teintée d'agacement, et à leurs fils de l'indifférence.

Ce jour-là, Hannah commença une nouvelle fois par les complimenter sur leur maison. Quel dommage qu'elle jouxte cette ruine, le Webb & Cobb... Elle sentit l'embarras la gagner lorsque Yasmin Rahman répliqua que la boutique condamnée et les logements audessus leur appartenaient. Sans le vouloir, elle s'enferra encore un peu plus en ajoutant que l'extension derrière qu'ils avaient fait construire, et dont une partie avait été aménagée en jardin d'hiver, était une telle réussite qu'elle ne comprenait pas pourquoi les voisins ne les avaient pas imités.

Mohammed Rahman sourit en disant de sa voix chantante :

— Ils ne roulent pas sur l'or, mademoiselle Goldsmith. Je doute qu'ils aient les moyens d'entreprendre de tels travaux. Ici, nous pouvons compter sur trois salaires.

Convaincue jusque-là que les deux fils Rahman vivaient des allocations, Hannah se tourna vers Ahmed.

— Oh, et que faites-vous ? demanda-t-elle.

— Je suis dans l'informatique, répondit-il. Consultant en ingénierie informatique, plus exactement. Je travaille chez moi.

Elle posa un regard interrogateur sur Osman. Les deux hommes, aussi beaux l'un que l'autre, avaient le teint basané, mais si Ahmed était rasé de près, son frère portait la barbe comme leur père. Tous trois étaient vêtus à l'occidentale, alors que Yasmin arborait la longue robe noire traditionnelle, rehaussée toutefois de lourds bijoux en or. Comme Osman ne paraissait pas décidé à lui répondre, elle formula la question à haute voix.

— Je suis infirmier à l'hôpital Princess Diana, dit-il enfin. En psychiatrie.

Hannah ravala juste à temps le « C'est formidable ! » qui lui venait aux lèvres et se contenta de murmurer :

— Ah oui ?

— Si vous vouliez voir Tamima, mademoiselle Goldsmith, elle n'est pas là, intervint Yasmin Rahman d'une voix dépourvue d'aménité. Elle est encore au magasin.

— Je vous en prie, appelez-moi Hannah. Oui, je sais qu'elle y est encore, j'ai bavardé avec elle tout à l'heure. Elle m'a dit que vous alliez toutes les deux retourner chez vous, au Pakistan, pour les vacances.

— Ce n'est plus « chez nous », souligna Yasmin. Nous vivons ici. Mais oui, nous comptons y séjourner quelque temps.

Hannah, qui ne se laissait pourtant pas facilement démonter, se trouva temporairement réduite au silence par le ton cinglant de Yasmin Rahman. Chaque mot que prononçait cette dernière sonnait comme une rebuffade. Tout en esquissant un léger sourire sans doute destiné à saluer la façon dont sa mère remettait à sa place leur visiteuse trop curieuse, Ahmed rassembla une pile de chemises cartonnées et divers documents avant d'aller s'installer à un bureau placé au bout de l'extension. Osman lui emboîta le pas, puis s'assit dans un fauteuil et ouvrit le journal. Après s'être ressaisie, Hannah demanda à Mohammed Rahman si la famille avait formé des projets pour Tamima à son retour du Pakistan.

— Elle ira peut-être voir ma sœur à Londres, répondit-il. Elle voudrait passer du temps avec ses cousines, s'amuser un peu… C'est assez normal pour quelqu'un qui a travaillé dur en prévision de ses examens, vous ne croyez pas ? Après, elle envisage de prendre une année sabbatique.

— En général, les jeunes la prennent plutôt avant d'entrer à l'université, fit remarquer Hannah en se rappelant sa propre expérience.

— Qu'est-ce qui l'empêche de faire une pause maintenant, avant de décider si elle a envie de poursuivre ses études ? Seize ans, ce n'est pas un âge facile. L'adolescence est une période tourmentée, tout le monde devrait le garder à l'esprit. Oh oui, elle ira probablement au lycée d'enseignement avancé, mais pour l'instant nous ne sommes sûrs de rien. Qu'elle profite donc d'abord d'Islamabad et de Londres, ensuite nous aviserons.

Avec un aplomb qui força l'admiration d'Hannah, il ajouta :

— Nous ne voudrions surtout pas vous retenir. Vous avez sans doute beaucoup à faire.

Elle avait espéré glaner des informations nouvelles qu'elle pourrait communiquer à Wexford. Or elle n'avait rien, et pourtant elle était convaincue désormais, en partie à cause de l'attitude fermée des Rahman, que le but de ce séjour au Pakistan était de trouver un mari à Tamima. Ils n'auraient pas procédé autrement s'ils avaient voulu perpétuer un rite ancestral au mépris des lois de leur pays d'adoption, songea-t-elle. Elle leva les yeux vers les fenêtres des appartements au-dessus du Webb & Cobb, et, à sa grande surprise, elle croisa le regard d'une femme postée derrière la vitre. Hannah se demanda si la locataire connaissait bien les Rahman. Peut-être serait-il judicieux de s'entretenir avec elle.

Jusqu'à une période récente, les agressions à l'arme blanche se limitaient avant tout aux grandes villes. Quand la seconde affaire de ce genre se produisit à Kingsmarkham et que la victime, Nicky Dusan, mourut à l'hôpital douze heures plus tard, Wexford en vint à craindre un phénomène de contagion. Les gens ont des comportements imitatifs ; ils suivent les modes, même si elles ont des conséquences terribles. Le sergent Vine et l'agent Coleman furent chargés de l'enquête, et, trois jours plus tard, Barry Vine arrêta un jeune de seize ans nommé Tyler Pyke. Kathy Cooper et Brian Dusan, les parents du jeune garçon décédé des suites de ses blessures, avaient lancé un appel à témoin devant les caméras. Kathy Cooper affirmait que son fils avait été entraîné de force dans un gang, qu'il avait cédé aux pressions de certains de ses camarades de lycée, des « êtres malfaisants » qui comptaient sur lui pour se défendre contre le gang des « Pyke-Samuel ».

— Nicky Dusan, la victime, est le cousin de Rashid Hanif, le petit ami de Tamima Rahman, et aussi cousin de Neil Dusan, précisa Hannah à Wexford. Rashid le fils de la sœur de Brian Dusan.

Wexford réfléchit quelques secondes.

— Autrement dit, Brian Dusan et sa sœur sont musulmans ?

Hannah, qui ne ratait jamais une occasion d'étaler ses connaissances de l'islam et de son histoire, expliqua :

— Ils sont bosniaques. Les Bosniaques sont musulmans depuis des siècles. C'est un héritage que les Turcs leur ont légué lorsqu'ils ont quitté le pays. Brian Dusan n'est sans doute pas pratiquant, bien que ce soit assez rare dans cette communauté.

Une nouvelle fois, Wexford la sentit en difficulté. Elle-même athée, elle n'hésitait jamais à condamner tout excès de zèle religieux, mais elle évitait soigneusement de critiquer l'islam.

— La sœur de Brian, elle, est pratiquante, s'empressa-t-elle d'ajouter. Elle a épousé Akbar Hanif et ils ont sept enfants, dont Rashid.

Là encore, Wexford devina qu'elle se retenait de formuler un jugement sévère à l'encontre d'une famille aussi nombreuse, ce qu'elle n'aurait pas manqué de faire s'il avait été question de catholiques. Il sourit.

— Vous vous êtes vraiment impliquée dans cette affaire, j'ai l'impression, observa-t-il.

— En fait, j'avais commencé bien avant cette agression à m'intéresser aux antécédents de toutes les personnes apparentées aux Rahman.

— J'en déduis que vous en savez autant sur la famille de M. et Mme Rahman que sur celle du petit ami de leur fille…

— J'en sais même plus, beaucoup plus. Mohammed Rahman a au moins deux sœurs qui vivent à Londres, et sa femme Yasmin en a une installée à Stowerton, qui ne s'est pas fait prier pour me raconter l'histoire des siens. Elle m'a dit entre autres qu'elles ont aussi une sœur restée au Pakistan et dont le mariage a été arrangé – moi, j'aurais plutôt parlé de « mariage forcé ». Cette dernière a un fils qui pourrait être un futur mari éventuel pour Tamima.

— Seulement « éventuel » ?

En bon policier, Hannah n'était pas prête à exagérer juste pour servir ses desseins.

— Oui, seulement, chef. Mon interlocutrice a mentionné cette possibilité, c'est tout. Ce ne sont que des suppositions.

— Bon, pour le moment, concentrons-nous plutôt sur cette guerre des gangs à Kingsmarkham, d'accord ?

Wexford ne croyait pas plus à la théorie du mariage forcé chez les Rahman que Burden ne croyait à ses soupçons au sujet d'Eric Targo. Hannah fit quelques pas vers la porte, puis se retourna. En général, elle aimait bien avoir le dernier mot.

— Tamima et sa mère doivent partir pour le Pakistan jeudi. Je suis passée acheter du pain au Raj Emporium hier, c'est elle qui me l'a dit.

Ce soir-là, quand il prit le volant pour rentrer chez lui, Wexford longea Glebe Road pour s'engager ensuite dans Glebe Lane, suivre Orchard Road et remonter l'Avenue. Il freina en voyant une camionnette blanche arrêtée devant le Webb & Cobb. Celle de Targo ? Lui-même se gara devant le bar à ongles et vérifia le numéro d'immatriculation dans le calepin qui ne le quittait jamais. C'était bien le véhicule de Targo, mais celui-ci n'était nulle part en vue. D'après Hannah, un des fils Rahman était consultant en informatique ; or, lorsque Targo était venu chez eux en août, il tenait à la main une sacoche d'ordinateur. Dans ce domaine, Wexford ne possédait que des connaissances limitées, pourtant il savait vaguement qu'un consultant, ingénieur ou expert en informatique était capable de réparer à distance ce qu'il appelait une « machine ». Alors pourquoi Targo lui aurait-il apporté son PC ? À moins que sa visite n'ait eu un autre motif ?

Wexford ne tenait pas à se montrer. De son poste d'observation dans sa voiture, il pouvait voir la vitre de la camionnette, entrouverte d'une dizaine de centimètres. Il en conclut que l'épagneul tibétain était à l'intérieur, prêt à saluer d'un bref jappement le premier individu qui s'approcherait. Eh bien, je ne lui donnerai pas cette satisfaction, se dit Wexford. Il sourit au souvenir de l'expression utilisée par sa tante, puis démarra.

Le jour où Tamima et sa mère prirent l'avion pour Islamabad, Hannah rendit visite à Fata Hanif. Celle-ci habitait avec son mari et ses sept enfants à Stowerton, dans une maison de Rectangle Road à l'origine constituée de deux pavillons mitoyens que la municipalité avait réunis plus tard en un seul. Malgré la taille de l'habitation et la présence de la voiture garée dans la cour dallée, les Hanif gagnaient manifestement beaucoup moins bien leur vie que les Rahman. Akbar Hanif ne travaillait pas depuis des années, et sa famille et lui subsistaient grâce aux allocations.

Il n'était pas là, pas plus que cinq des enfants, car les vacances d'été étaient finies. Fata Hanif ne se pressa pas pour répondre au coup de sonnette – peut-être parce qu'elle s'était accordé le temps de se couvrir la tête au cas où elle aurait affaire à un homme, pensa Hannah. Elle jugea particulièrement peu seyante la façon dont Fata Hanif portait son foulard de coton noir – ramené bas sur le front et noué juste sous le menton –, laissant voir un visage blême qui avait peut-être été joli autrefois. Quand elle prit la parole, Hannah fut surprise ; sa voix était teintée d'un fort accent du Sud-Est londonien qui serait sans doute qualifié de « cockney » au nord du fleuve.

— Oui ? C'est pour quoi ?

La question traduisait plus de méfiance que d'agressivité. Il s'y mêlait une pointe d'appréhension.

— Je peux entrer ? (Hannah exhiba sa carte en se demandant si le document avait une signification quelconque aux yeux de son interlocutrice.) Je suis de la police mais vous n'avez pas à vous inquiéter. Il n'y a pas de problème.

La porte s'écarta légèrement. Par chance, Hannah était très mince. Elle se faufila dans l'entrebâillement.

— Je suis venue à titre amical, précisa-t-elle. J'espérais pouvoir parler avec vous de Tamima Rahman.

— Je la connais pas, rétorqua aussitôt Mme Hanif.

Elles entrèrent dans le salon, où un bébé dormait sur le canapé à trois places. Un autre enfant plus âgé, qui avait peut-être deux ans, était installé dans une chaise haute devant une assiette de céréales dont il transférait méthodiquement le contenu par terre, attrapant la nourriture entre ses doigts, puis la lâchant sur le tapis avec un grand sourire. Mme Hanif ne prêta aucune attention à ses deux rejetons. De son côté, Hannah balaya la pièce du regard en se disant qu'elle n'avait guère envie de s'y attarder : si l'ensemble était propre, rien ne semblait avoir été épargné par les petits. Tout était cassé, abîmé, rayé, ébréché, fendillé, déchiré, écrasé ou effrangé. Avec une famille aussi nombreuse, les Hanif devaient toucher des allocations conséquentes, mais ils ne les consacraient manifestement pas à l'entretien de leur intérieur.

Sans y être invitée, Hannah s'assit près du bébé. Tous les autres sièges du salon étaient endommagés : l'une des chaises, à laquelle il manquait un pied, était calée sur des briques, une autre présentait une assise fendue, et sur une troisième le revêtement avait été arraché, révélant en dessous du bois abîmé et des clous pointus. Mme Hanif prit place sur la chaise calée par des briques, qui vacilla légèrement sans pour autant céder sous son poids.

— J'ai entendu dire que c'était une amie de votre fils Rashid, commença Hannah.

— C'est qu'un gosse, répliqua Fata Hanif. Il s'intéresse pas aux filles. Son père et moi, on le tolérerait pas.

Hannah jugea plus prudent de ne pas dire qu'elle avait aperçu les deux jeunes ensemble.

— Vous comptez arranger son mariage, plus tard ? demanda-t-elle.

Durant un moment, elle crut que son interlocutrice ne répondrait pas. Fata Hanif resta longtemps silencieuse. Puis, elle se leva pour aller chercher le bébé – garçon ou fille, Hannah n'aurait su le dire. L'enfant dans la chaise haute avait fini de vider son assiette et contemplait avec fierté – du moins Hannah en eut-elle l'impression – les petits tas de bouillie sur le sol.

Enfin, Mme Hanif déclara :

— Sûrement, oui.

— Avec une fille de la région ?

Soudain, son interlocutrice se montra plus loquace :

— On n'a pas de famille dans le coin, sauf Nicky et son père – c'est mon frère. Presque tous les proches de mon mari sont au Pakistan. Rashid a des cousines là-bas.

En essayant d'adopter un ton léger, comme si elle n'envisageait pas sérieusement cette hypothèse, Hannah lança :

— Vous ne considérez pas Tamima Rahman comme une fiancée possible ?

— On connaît pas les Rahman. Rashid et elle sont dans le même lycée, c'est tout. Mes fils Hussein et Khaled vont là-bas aussi, et aucun d'eux a l'intention d'épouser Tamima Rahman. Vous autres, vous croyez qu'entre musulmans, on se connaît forcément tous… Eh bien, vous vous trompez, c'est pas le cas. Bon, vous avez fini ? Faut que je nourrisse le bébé, moi.

Celui-ci, toujours endormi, ne manifestait aucun signe d'impatience, mais Mme Hanif dégrafait déjà le haut de sa longue robe lilas. Hannah s'éclipsa.

Il n'était plus vraiment nécessaire de se concentrer sur l'affaire Nicky Dusan maintenant que le meurtrier, Tyler Pyke, avait été placé en détention en attendant un procès qui ne se tiendrait vraisemblablement pas avant plusieurs mois. Wexford songeait parfois combien le système devait dérouter le grand public – en tout cas ceux qui lisaient la presse ou regardaient les informations télévisées. Lorsqu'un crime était commis, les médias se déchaînaient : les photos de la victime et de sa famille apparaissaient partout, à la une des quotidiens comme sur les écrans ; les journaux dits « sérieux » publiaient des statistiques et donnaient la liste de meurtres semblables perpétrés dans la région. Les proches de la victime étaient interviewés ou témoignaient devant les caméras, la décrivant invariablement comme parfaite, toujours prête à rendre service, l'incarnation même de la gentillesse et de la gaieté. Or, de son vivant, elle n'était sans doute ni meilleure ni pire que la plupart des gens, se disait souvent Wexford. Quelques-uns de ces morts avaient peut-être été aussi angéliques que l'affirmaient leurs parents et amis en deuil, mais d'autres s'étaient vraisemblablement révélés aussi démoniaques que… Targo.

Il ne l'avait pas revu depuis le jour où il l'avait aperçu qui entrait au 34 Glebe Road muni de sa sacoche, laissant l'épagneul sur le siège passager de la camionnette blanche. Avait-il jamais croisé Targo sans un chien ? se demanda-t-il. À l'agence de voyages, il était accompagné d'un corgi, à Myringham il en avait plusieurs chez lui en plus des pensionnaires du chenil, et à Stowerton, quand il se promenait du côté des prés bordant le Kingsbrook, il était toujours flanqué de celui que Wexford appelait « le premier épagneul ». Mais oui, il l'avait rencontré une fois sans un chien, dans le bar de cet hôtel à Coventry qui interdisait les animaux…

Cela devait bien faire un mois maintenant que Targo avait rendu visite aux Rahman. Craignant d'avoir été repéré, Wexford s'était plus ou moins attendu par la suite à le voir rôder autour de chez lui. Comme rien de tel ne se produisait, il s'était dit qu'il avait eu peur pour rien, que Targo avait définitivement abandonné toute velléité de harcèlement. L'incident du serpent mis à part, ce dernier n'avait plus jamais tenté de le provoquer, et, depuis la mort de Billy Kenyon, ils ne s'étaient parlé qu'en une occasion, quand Targo avait mentionné le chiot qu'il avait donné à la mère du jeune garçon.

Mullan avait été condamné à perpétuité pour le meurtre de Shirley Palmer à Coventry, mais Wexford se posait encore des questions. Tous les policiers qui avaient enquêté sur le meurtre affirmaient que la sanction était justifiée : Mullan avait tué Shirley tout comme Christopher Roberts avait tué sa femme Maureen. N'empêche, Wexford continuait de s'interroger. D'autant que Mullan, après avoir passé plusieurs décennies en prison, n'avait toujours pas avoué le crime, ce qui lui aurait peut-être permis de négocier sa libération. Fallait-il voir dans sa détermination le signe qu'il n'était pas coupable ?

Pour autant, était-il possible que Targo soit responsable de la mort de Shirley Palmer ? Difficile à dire. Dans la région de Kingsmarkham, les agressions mortelles récentes avaient été perpétrées à l'arme blanche, alors que Targo avait étranglé ses victimes. Et puis, songea Wexford, peut-être que les tueurs en série finissent par renoncer à nuire en vieillissant… À peine cette pensée lui avait-elle traversé l'esprit qu'il l'écarta résolument. Comment pourrait-il le savoir ? La plupart des *serial killers* connus avaient été arrêtés bien avant d'atteindre un âge canonique. Sans compter que Targo n'avait pas vraiment le profil : s'il semblait désireux de revendiquer plusieurs meurtres, Wexford le soupçonnait d'en avoir réellement commis deux, voire trois tout au plus.

Aujourd'hui, aurait-il encore la force d'étrangler quelqu'un ? Une femme, à la rigueur… Wexford revit la petite silhouette musclée digne d'un lutteur de sumo modèle réduit. Soulevait-il toujours de la fonte, faisait-il toujours des pompes ? En avait-il seulement envie ? Peut-être s'estimait-il satisfait de sa vie, entre sa femme, sa maison, ses voitures, et bien sûr ses chiens…

Je le confondrai, se promit Wexford. Ça prendra le temps que ça prendra, mais je finirai par le démasquer. L'assassinat d'un être aussi innocent et inoffensif que Billy Kenyon m'a affecté bien plus que la plupart des autres affaires sur lesquelles j'ai travaillé. Pour un peu, j'en pleurerais, même encore maintenant, après toutes ces années… Alors je ne vais pas le lâcher, et un jour je le traînerai en justice au nom de Billy Kenyon, d'Elsie Carroll et peut-être aussi de Shirley Palmer.

# Chapitre 12

Trois semaines plus tard, elles vinrent toutes les deux lui parler du sujet qui leur tenait à cœur : d'abord Hannah, qui glissa ses informations avec son rapport sur l'agression de Nicky Dusan par Tyler Pyke, dont l'état de santé laissait à désirer, et ensuite Jenny, qui préféra passer le voir chez lui plutôt qu'au poste de police. Elles avaient la même nouvelle à lui annoncer : Yasmin Rahman était revenue du Pakistan avec Tamima, celle-ci n'était toujours pas mariée, et elles étaient rentrées plus tôt que prévu car l'adolescente s'ennuyait de l'Angleterre.

— Les enfants d'aujourd'hui n'en font qu'à leur tête, n'est-ce pas ? avait dit Yasmin Rahman à Hannah, répétant les paroles de son mari.

— J'aurais aimé lui parler, avait une nouvelle fois insisté Hannah.

Mais Tamima n'était pas là. Contre l'avis de sa mère, elle était retournée travailler chez son oncle au Raj Emporium.

— Elle va bientôt aller voir sa tante à Londres, avait ajouté Yasmin Rahman.

Mohammed Rahman avait mentionné ce voyage, s'était rappelé Hannah. Elle avait voulu savoir à quelle date la jeune fille comptait partir, mais Mme Rahman avait répliqué qu'elle l'ignorait. À ce stade, elle paraissait exaspérée par l'insistance de la visiteuse.

— Je ne comprends pas pourquoi vous me posez toutes ces questions, mademoiselle Goldsmith. Ma fille est libre d'aller où elle veut, non ? Qu'est-ce qu'elle a fait de mal ? Qu'avons-nous fait de mal, son père et moi ?

— Rien, madame Rahman. Rien du tout… (Hannah se sentait atterrée à l'idée qu'elle puisse donner l'impression de les soupçonner juste parce qu'ils étaient étrangers. Elle qui était si soucieuse de ne pas tomber dans le racisme !) Je suis désolée, vraiment. Je n'avais pas l'intention de vous offenser.

— Tamima a seize ans passés. Elle a le droit de quitter la maison si elle en a envie. Je connais les lois de votre pays.

Jenny Burden avait eu droit à un accueil encore plus froid, cette fois de la part de Mohammed Rahman.

— Tamima est employée par son oncle, avait-il déclaré. Elle a accepté ce travail parce qu'elle veut gagner sa vie, comme beaucoup de jeunes. Vous souhaitez parler à son oncle, peut-être ? Ou mieux, votre mari souhaiterait-il lui parler ? C'est lui le policier, si je ne m'abuse…

Ébranlée, Jenny avait répondu :

— Non, non, bien sûr que non… C'est juste que j'aime beaucoup Tamima et que je voudrais la voir heureuse, avait-elle ajouté maladroitement.

— Pourquoi ? Vous croyez que je n'aime pas ma fille ? Ma seule fille ? Vous croyez que je ne veux pas son bonheur ? Je vous rappelle que mon métier m'amène à m'occuper d'enfants, madame Burden, et plus spécifiquement des adolescents de Myringham !

Vous ne pensez pas que je les connais au moins aussi bien que vous ?

— Si, si, naturellement. (Jenny ne savait plus où elle en était. De toute évidence, son interlocuteur était beaucoup plus intelligent, posé et astucieux qu'elle ne l'avait imaginé.) Je voulais juste…

— Désolé, madame Burden, l'avait-il interrompue, mais j'ai beaucoup à faire, je vais être obligé d'écourter cet entretien. Tamima a prévu de partir bientôt chez sa tante. Elle pourra s'amuser un peu avec ses cousines. Ce sera à elle et à ma sœur de décider combien de temps elle restera là-bas. Ensuite, elle rentrera à la maison et réfléchira à son avenir. D'accord ? Nous nous sommes bien compris ?

Plus tard, Jenny confia à Wexford :

— J'ai dû me contenter de cette explication.

— Comment ça, vous contenter ? (Il haussa les sourcils.) Où est le problème, franchement ?

— Si vous le prenez comme ça, j'abandonne, déclara-t-elle.

— Excellente nouvelle. (Il changea de sujet et s'adressa à Dora.) Est-ce qu'Andy Norton est venu, aujourd'hui ?

— Oui, comme tous les jeudis. Oh, c'est vrai, il a changé deux fois pour un mardi, mais il a téléphoné à l'avance pour me prévenir. Il se présente toujours à trois heures tapantes. Je pourrais régler ma montre sur son arrivée.

Le jeudi suivant, Wexford rentra chez lui de bonne heure. Andy Norton était toujours là, occupé à tailler les arbustes exubérants et les plantes grimpantes qui couvraient le mur au fond du jardin. De la cuisine, Wexford vit un homme aux cheveux blancs, grand et mince, presque maigre, même. Il se porta à sa rencontre, se présenta et nota tout de suite chez son interlocuteur la diction soignée typique des anciens étudiants d'Eton.

— Vous faites des heures supplémentaires, observa-t-il avec un sourire.

— Je voudrais que tout soit impeccable avant qu'il pleuve.

« Impeccable »… Le même mot que Targo avait employé des années plus tôt. Wexford raccompagna le jardinier, le regarda s'installer au volant de sa Morris Minor – un modèle ancien mais entretenu avec soin –, puis démarrer en agitant la main.

Ce fut plus tard dans la soirée que Dora lui raconta l'incident. Ce jour-là, il avait remarqué en rentrant qu'elle était particulièrement élégante dans sa belle robe vert foncé assortie à ses escarpins. La tenue mettait en valeur ses jambes aux mollets joliment galbés et aux chevilles fines. Elle portait également le collier en or rehaussé de grenats qu'il lui avait offert autrefois. Aux yeux de Wexford, elle n'avait rien perdu de son charme ; elle seule se trouvait moins séduisante. Combien de fois au fil des années l'avait-il comparée aux femmes des autres, pour conclure qu'elle l'emportait haut la main ? Un sourire aux lèvres, il la complimenta sur son apparence.

Elle lui rendit son sourire, le remercia, puis déclara :

— Au fait, je voulais te dire, une camionnette blanche est restée garée devant la maison presque tout l'après-midi. C'est la seconde fois cette semaine que je la remarque. Elle était là mardi aussi. Je suis sortie pour vérifier s'il y avait une vignette résident sur le pare-brise, mais non. Quoi qu'il en soit, les contractuelles ne sont pas passées. Elles ne sont jamais là quand on a besoin d'elles, celles-là !

Wexford sentit son sourire se figer tandis qu'un frisson glacé lui parcourait l'échine.

— J'ai relevé le numéro, au cas où, ajouta-t-elle.

Il regarda le bout de papier qu'elle lui tendait. C'était bien le numéro de Targo. Évidemment.

— Tu vois, ça sert d'être mariée à un policier !

Il s'efforça d'adopter un ton neutre :

— Ne refais plus jamais ça, Dora. Ne va plus jamais voir si un véhicule a le droit de se garer là.

— Mais pourquoi, chéri ?

— Si je te répondais « parce que », ça te suffirait ?

— C'est ce qu'on dit aux enfants, Reg ! Bon, bon, d'accord... N'empêche, j'aimerais bien que tu m'expliques.

La camionnette blanche ne reparut ni lendemain ni le surlendemain. Pour autant, Wexford ne se sentit pas rassuré ; après tout, Eric Targo possédait au moins un autre véhicule. Il décida néanmoins de ne pas affoler Dora en lui demandant si elle avait vu une Mercedes grise inconnue stationnée dans la rue. De même, il s'abstint de l'interroger sur l'éventuelle présence d'un chien dans la camionnette. De toute façon, rien ne disait que Targo ne poursuivait pas sa surveillance à pied, après s'être garé à une certaine distance... Peut-être même promenait-il l'épagneul tibétain pour donner le change.

Mais qui surveillait-il exactement, et pourquoi ? La question ne laissait pas de dérouter Wexford. Ce n'était pas lui que Targo épiait, puisqu'il le savait absent presque toute la journée. Donc, ce ne pouvait être que Dora... Cette idée le fit frémir. Quelques jours plus tôt, il avait plus ou moins réussi à se convaincre que Targo avait renoncé à tuer. Il se remémora les deux fois où il avait lui-même vu la camionnette blanche dans Glebe Road. Dans les deux cas, Targo s'était rendu chez les Rahman parce qu'un des fils était consultant en informatique, ce qui pouvait se comprendre. En attendant, Ahmed Rahman aurait peut-être des informations précieuses à lui communiquer sur son client, songea Wexford. Ses pensées revinrent à sa femme.

Deux ans plus tôt, en compagnie de quatre autres personnes, elle avait été enlevée et retenue en otage par un groupe de défenseurs de la nature. Il pensait toujours à ces trois nuits et quatre jours comme à la période la plus sombre de sa vie. Et si je la perdais ? s'était-il dit alors. Si je devais ne pas la revoir ? Quand elle était enfin revenue, il s'était juré de se montrer plus attentionné, et il avait fait de son mieux pour tenir parole. Mais bon, aujourd'hui, il n'avait aucune raison de soupçonner un autre enlèvement. Pour autant qu'il le sache, Targo n'avait jamais kidnappé personne. Une nouvelle fois, Wexford éprouva une sensation de froid glacé quand il prononça les mots à haute voix :

— Targo tue. C'est un meurtrier.

Targo avait assassiné au moins une femme et un homme, peut-être même deux femmes. Qui sait s'il n'y avait pas d'autres victimes, restées à jamais dans l'ombre ? Il se souvint de ce que Kathleen Targo lui avait dit quand ils s'étaient rencontrés dans le centre commercial de Kingsbrook :

— Il a toujours préféré les animaux aux humains. En fait, il a une sainte horreur des humains, c'est tout le problème.

Que devait-il faire ? Il ne pouvait quand même pas poster un agent devant chez lui ! D'autant qu'il était le seul à soupçonner Targo d'avoir commis des crimes. Peut-être ferait-il mieux de recommencer à chercher des preuves pour le confondre… Dehors, en ce vendredi après-midi d'octobre, l'air était doux, le soleil pâle, et des nuages s'effilochaient dans le ciel bleu clair. Les feuilles mortes tombaient déjà.

Le trajet à pied jusqu'à Glebe Road représentait à peu près la moitié de sa séance quotidienne d'exercice, mais il fut ralenti – presque submergé – par la foule de musulmans qui, sortis de la mosquée de Stowerton, rentraient chez eux ou retournaient travailler. L'atmosphère était à la gaieté, tous riaient et plaisantaient dans un esprit bon enfant, et il lui sembla que l'ambiance était bien différente parmi les fidèles à la sortie de la messe. Attention à ne pas faire du racisme à l'envers, comme Hannah, se dit-il. Peu à peu, il se laissa distancer par le groupe. La plupart vivaient dans le quartier, et, lorsqu'il atteignit Glebe Road, il ne restait plus devant lui que trois hommes, dont deux jeunes et un plus âgé. Parvenu à la hauteur du Webb & Cobb, celui-ci s'arrêta pour regarder entre les planches clouées sur ce qui était autrefois la vitrine, et, apparemment satisfait, poursuivit son chemin. Ils entrèrent tous les trois au 34. Mohammed Rahman et ses fils, sans doute, conclut Wexford. Le père et les frères de Tamima. Quelques instants plus tard, il sonnait chez eux.

La porte fut ouverte par le fils barbu – l'aîné, lui avait expliqué Hannah.

— Inspecteur principal Wexford, brigade criminelle de Kingsmarkham, se présenta-t-il en tendant sa carte.

Il avait bien failli dire « police de Kingsmarkham », comme avant, car les vieilles habitudes ont la vie dure.

Sans compter que la nouvelle dénomination lui faisait invariablement penser à une bande de voyous, de « criminels ».

— Vous voulez voir mon père ? Il est à l'intérieur avec mon frère. Moi, je pars travailler.

Wexford fut introduit dans un étroit vestibule où un homme d'une cinquantaine d'années aux cheveux noirs mais à la barbe grisonnante se porta à sa rencontre. Il ne se rappelait pas l'avoir déjà vu, et pourtant son interlocuteur parut le reconnaître.

— Mohammed Rahman, dit-il, la main tendue. (Il indiqua ensuite le jeune homme derrière lui.) Et voici mon fils Ahmed.

Si le père semblait calme, quoique sur ses gardes, le fils avait l'air tendu. C'était un beau jeune homme d'environ vingt-cinq ans, à la peau claire, aux yeux noirs et aux cheveux de jais. Il avait le visage d'un jeune empereur moghol, songea Wexford. En attendant, tous trois se retrouvaient serrés comme des sardines dans ce petit espace, à tel point que le père et le fils devaient se raidir pour éviter de toucher Wexford qui, lui, se plaquait contre le mur.

— Si nous passions au salon ? suggéra Mohammed Rahman.

Wexford leur emboîta le pas jusqu'à une pièce spacieuse où la lumière venue du jardin d'hiver pénétrait à flots. Un vase rempli de fleurs séchées ornait l'âtre d'une grande cheminée de pierre avec un manteau en granit poli. Des kilims réchauffaient le sol, et le jardin d'hiver abritait de nombreuses plantes – Wexford identifia entre autres un plumbago et un laurier-rose – qui, si elles étaient restées dehors, auraient été brûlées par le gel. À part les tapis, aucun autre objet n'était de style oriental.

Un peu honteux, Wexford dut bien s'avouer qu'il pensait découvrir un décor de restaurant indien.

Il fut invité à prendre place dans un fauteuil de cuir noir. Les deux Rahman le regardaient d'un air interrogateur, le père en souriant, le fils toujours en proie à un malaise évident.

— Vous connaissez un certain Eric Targo ? commença Wexford.

La tension s'allégea aussitôt. En voyant le visage des deux hommes s'éclairer, Wexford se demanda s'ils s'attendaient à des questions sur Tamima. Ahmed Rahman prit la parole pour la première fois.

— C'est un client, dit-il.

— Ah bon ? Vous êtes consultant en informatique, je crois…

Le jeune homme hocha la tête.

— Je travaille chez moi. J'ai un bureau à l'étage.

— C'est vous qui vous occupez de l'ordinateur de M. Targo ? Vous l'entretenez, c'est ça ? Vous le réparez quand il tombe en panne ? s'enquit Wexford, conscient de ne pas employer la bonne terminologie.

De toute évidence, Ahmed s'en aperçut, car il sourit.

— M. Targo possède trois ordinateurs. S'il a un problème, je l'aide par téléphone ou je passe chez lui.

— Il lui est déjà arrivé de t'apporter une de ses machines, Ahmed, lui rappela son père.

— C'est vrai, il est déjà venu. Pour son Toshiba. Bon, laissez-moi vous expliquer, monsieur Wexford. Certains de mes clients ne sont pas totalement allergiques à l'informatique, non, mais disons que ça les rend nerveux. Ils ne comprennent pas bien que je puisse intervenir sur leur ordinateur si je suis – enfin, si nous sommes connectés à Internet ; pourtant, c'est souvent le moyen le plus rapide de régler leur problème… (Il scruta les traits de Wexford comme pour s'assurer qu'il suivait.) Bref, il y en a certains qui préfèrent m'apporter leur PC. C'est ce qu'a fait M. Targo.

— Je vois.

En fait, Wexford ne voyait pas du tout comment on pouvait réparer une machine sans la toucher ni même la regarder, mais il s'estima satisfait de ces explications – d'autant qu'il ne savait pas trop ce qu'il était venu chercher chez les Rahman. De toute évidence, Targo n'entretenait avec eux que des liens professionnels.

Wexford retourna à pied au poste de police, se rappelant le plaisir qu'il prenait enfant à écraser les feuilles mortes, à les sentir s'effriter sous ses pieds. Il marcha délibérément sur une grande feuille de platane desséchée, pour s'apercevoir qu'il y trouvait toujours une certaine satisfaction. Puis il repensa à la discussion qu'il venait d'avoir avec les Rahman, avant de conclure de nouveau que les rapports entre eux et Targo n'avaient rien d'inquiétant. Mais celui-ci avait recommencé à l'espionner – ou, du moins, il espionnait Dora, sa femme, sa « moitié ». Si ce meurtrier s'en prenait à elle, c'était leur couple qu'il atteindrait. La première chose qu'il fit en arrivant dans son bureau fut de convoquer l'agent Damon Coleman, et, tout en se demandant s'il n'allait pas un peu loin, il lui ordonna de surveiller leur maison. D'espionner l'espion, ajouta-t-il en son for intérieur.

Quelques années plus tôt, à l'époque où sa fille Sylvia suivait des cours de psychologie, elle lui avait parlé de « la boîte » comme moyen de gérer ses angoisses.

— Quand quelque chose te tracasse, papa, tu n'as qu'à imaginer une boîte, même petite, pas plus grande qu'une boîte d'allumettes. Tu l'ouvres, tu fourres tes problèmes à l'intérieur et... Non, non, ne rigole pas ! Je t'assure que ça marche... Tu refermes la boîte et tu la ranges quelque part – dans un tiroir, mettons.

— Autant la jeter à la mer, non ?

— Ce serait trop définitif. Tu peux avoir besoin de la ressortir un jour ou l'autre.

— Et ça suffit à faire disparaître les problèmes ?

— Bien sûr que non ! Je dis juste que ça peut t'aider. Si tes soucis t'embêtent, tu les imagines piégés dans la boîte, inaccessibles.

Sur le coup, il avait ricané, ce qui ne l'avait pas empêché d'essayer. À plusieurs reprises depuis, il avait placé Targo dans la boîte, et force lui était d'admettre que parfois le stratagème fonctionnait. Ce jour-là, il fit une nouvelle tentative pour loger dans la boîte Targo, la camionnette blanche, quelques chiens et ses propres peurs en prime. Or la camionnette ne réapparut plus. Aucune Mercedes grise ne se gara dans la rue de Wexford, aucun individu aux cheveux blancs ne fut surpris à rôder dans le quartier en compagnie d'un épagneul tibétain. Wexford n'avait pas jugé utile de mettre Damon Coleman au courant de la marque de naissance caractéristique, puisqu'elle n'existait plus que dans son souvenir.

Damon avait vu Dora Wexford quitter la maison deux fois à pied et deux fois dans sa voiture. De son côté, il était certain qu'elle ne l'avait pas repéré ; après tout, il était expert dans l'art de la surveillance discrète. Il avait reconnu Sylvia, venue une fois rendre visite à sa mère, avec qui elle était restée une heure. Jenny Burden était également passée avec son fils. Sinon, un homme d'une soixantaine d'années s'était présenté le jeudi à trois heures de l'après-midi au volant d'une vieille Morris

Minor. Lorsque lui-même avait quitté son service, à dix-sept heures, l'inconnu n'était pas encore parti.

Ce n'était pas tout à fait ce que Wexford pensait apprendre lorsqu'il avait envoyé son collègue sur place : pour lui, il ne s'agissait pas de surveiller sa femme, mais plutôt de repérer tout individu qui serait manifestement en train de la surveiller, elle. Le rapport de Damon lui fit penser à ceux que les détectives privés établissent pour le compte d'un mari qui se croit trompé. Il sourit. L'idée d'une possible infidélité de Dora lui paraissait tellement absurde… Même la plus infime déloyauté de sa part était inconcevable.

En attendant, ses craintes se trouvaient emprisonnées dans la boîte, elle-même enfermée dans le tiroir supérieur gauche de son bureau. Comme souvent quand il avait recours à l'image de ce contenant invisible créé par son esprit, il sentit ses inquiétudes refluer. Elles n'avaient désormais pas plus de réalité que la boîte elle-même.

Rashid Hanif venait de franchir les grilles du lycée situé sur la voie de contournement de Kingsmarkham lorsque Hannah lui adressa la parole. Il considéra d'un air stupéfait cette belle jeune femme qu'il avait déjà vue au Raj Emporium, puis la carte qu'elle lui montrait. Lui-même était un grand et beau jeune homme au teint clair, aux cheveux bruns et aux yeux gris-bleu.

En décelant de la peur dans son regard, Hannah se demanda ce qui pouvait motiver une telle réaction. Il n'avait peut-être que dix-sept ans, mais en général les représentants de la gent masculine – du moins ceux qui n'avaient rien à se reprocher – ne voyaient aucun inconvénient à discuter avec elle, bien au contraire.

— Je souhaiterais te poser quelques questions sur Tamima, expliqua-t-elle. Je te raccompagne ? On pourrait parler dans ma voiture, si tu veux.

À son expression, Hannah comprit qu'elle venait de commettre une erreur.

— Oh non, non, merci, bredouilla-t-il. Je… je peux marcher.

— Je sais bien que tu peux marcher ! Si tu préfères, je te dépose au coin de la rue, d'accord ? Ce sac que tu portes me semble lourd…

Il finit par accepter de prendre place sur le siège passager. Hannah ne démarra pas tout de suite.

— Je t'ai vu plusieurs fois bavarder avec Tamima au Raj Emporium, Rashid. C'est ta petite amie ?

Il secoua la tête en répondant à voix basse :

— J'aimerais bien.

— Et elle ne veut pas de toi ? Pourquoi ? À cause de tes parents ou des siens ?

Dans le silence qui suivit, Rashid Hanif referma ses doigts sur la poignée de son sac.

— Les deux, répondit-il, avant d'ajouter aussitôt : Écoutez, on ne devrait pas parler de ça. Je risque d'avoir des ennuis. Mon père m'a demandé de ne plus la fréquenter, c'est tout ce que je peux vous dire.

Hannah tourna la clé de contact, puis démarra en silence. Elle venait de s'engager dans Hartwell Lane en direction de la cité Hart lorsqu'elle reprit :

— Tu ne peux la voir qu'au magasin, c'est ça ?

— Je ne veux pas en parler, s'obstina-t-il.

Et d'expliquer dans la foulée :

— Ils l'ont emmenée au Pakistan pour l'éloigner de moi, mais je lui manquais, alors elle a voulu revenir. Du coup, ils vont l'envoyer chez sa tante à Londres.

— C'est elle qui te l'a dit ?

— Non, mais j'en suis sûr. Je vous le répète, je n'ai pas le droit d'en parler. Je peux y aller, maintenant ? Je ferai le reste du trajet à pied.

— OK, si tu m'indiques le nom de cette tante et son adresse, je te déposerai au bout d'Hartwell Lane.

Le jeune garçon changea de position en plaquant son sac contre lui.

— Elle habite Kingsbury. Mais Tamima n'est pas encore partie. Elle n'ira peut-être pas, je ne sais pas…

— Le nom, Rashid ?

Ils arrivaient en vue de la cité. Hannah se gara sur le bas-côté sans couper le moteur.

— Alors ?

D'une voix étranglée, l'adolescent répondit :

— Mme Qasi.

Puis il ouvrit la portière et s'enfuit.

Hannah savait qu'elle ne devait rien précipiter ; après tout, il était fort possible que Tamima n'aille pas à Londres. Si elle acceptait de renoncer à Rashid, par exemple, ses parents l'autoriseraient peut-être à rester ? Non, à la réflexion, c'était peu probable. Les Rahman auraient trop peur qu'elle revienne sur sa promesse, surtout si elle continuait de travailler dans ce magasin où elle pouvait faire de multiples rencontres. De plus, leur but n'était pas de la séparer de Rashid, mais de la marier à quelqu'un d'autre.

— En attendant, j'ai du mal à imaginer qu'ils puissent la forcer à épouser quelqu'un, ici, dans cette ville où tout le monde connaît tout le monde, dit-elle à Wexford.

— Avant, tout le monde connaissait tout le monde, répliqua-t-il en se rappelant le gros village qu'était Kingsmarkham dans sa jeunesse.

— Oh, c'est toujours le cas, affirma-t-elle. Et les immigrants sont particulièrement épiés, car on s'attend toujours de leur part à un comportement bizarre, incompréhensible, ou du moins différent de ce que feraient les Anglais. Vous vous rendez compte du scandale si Tamima prenait la fuite au moment d'entrer à la mosquée ou à la mairie ? À Londres, elle ne chercherait probablement pas à s'échapper, parce qu'elle ne saurait pas où aller. Pensez-y, chef.

— Je suis surtout en train de me demander pourquoi vous vous montez la tête comme ça alors que cette gamine va juste passer quelques jours à Londres. Elle en profitera sûrement pour faire les boutiques, aller au cinéma ou au spectacle… (Il sourit en voyant l'expression butée de sa collègue.) Elle n'est même pas encore partie, Hannah. J'ai rencontré les Rahman, et ils m'ont fait l'effet de personnes intelligentes et avisées, certainement pas du genre à obliger leur enfant chérie à respecter des coutumes dépassées. À mon avis, Tamima va prendre quelques semaines de vacances, elle s'amusera, et à son retour elle cherchera un travail plus intéressant.

En rentrant chez lui, il se dit qu'il avait peut-être été un peu trop dur avec Hannah. Les soupçons dont elle lui avait fait part étaient-ils si fantaisistes que cela ? Quoi qu'il en soit, il se sentait touché par sa détermination farouche à prouver cette histoire de mariage forcé quand elle n'avait pas le moindre élément concret pour étayer son hypothèse. Elle n'avait rien, sinon sa conviction, tout comme lui-même était convaincu que Targo avait tué au moins deux personnes. Il n'avait pas de preuves non plus, juste une certitude absolue. En ce moment même, Hannah devait tenir un raisonnement semblable car, malgré l'absence de preuves, elle était persuadée que les Rahman projetaient d'unir leur fille à un vieil homme qu'elle n'avait jamais vu. Avait-elle tort d'écouter son intuition ? Auquel cas, la question se posait peut-être pour lui aussi…

Pour une fois, il n'y avait pas beaucoup de voitures garées dans sa rue, constata-t-il. Aucun signe d'une camionnette blanche ou d'une Mercedes grise. Et parmi les quelques véhicules en stationnement, pas un seul n'avait de vitre entrouverte pour laisser respirer un chien. Il rentra chez lui en criant « C'est moi ! », comme s'ils étaient plusieurs à posséder les clés de la maison.

Dora le rejoignit dans le vestibule. Il la prit dans ses bras et l'embrassa avec plus de fougue que d'habitude.

— On va dire que tu es content de me voir parce que tu m'imaginais morte quelque part, le taquina-t-elle.

— Ah non, ne commence pas…

— Et ne t'avise plus d'envoyer Damon Coleman surveiller cette maison sans me prévenir. Le pauvre, il avait l'air de s'ennuyer ferme ! J'ai failli sortir pour lui dire que mon amant n'arriverait pas avant deux heures de l'après-midi.

Wexford éclata d'un rire légèrement forcé.

— C'est à cause de cette camionnette blanche, n'est-ce pas ? reprit sa femme.

— Apparemment, je me suis inquiété pour rien. Si on fêtait ça ? Je vais nous servir un verre, d'accord ?

# Chapitre 13

Si la perspective d'un second verre de vin rouge était tentante, Wexford y avait cependant résisté. Non parce qu'il pressentait un appel de ses collègues – cette éventualité ne lui avait même pas traversé l'esprit –, mais parce qu'il était encore tôt, qu'il venait de se mettre à table devant son dîner, et que s'il prenait un autre bordeaux maintenant, il aurait sûrement envie de s'en offrir un dernier avant d'aller au lit. Aussi ne toucha-t-il pas à la bouteille fermée par le bouchon en argent que sa fille Sheila lui avait offert, préférant se concentrer sur les *fusilli alla carbonara* accompagnés de cette roquette qu'il n'aimait pas beaucoup mais que Dora estimait bonne pour sa santé. Quand on vieillit, songea-t-il machinalement, on a la nostalgie des plats de son enfance. La maturité aidant, il avait appris à apprécier les beignets de fleurs de courgette, la pâte *filo* et le chorizo, et pourtant aujourd'hui il rêvait de ce qu'il ne pouvait pas avoir – à savoir des saucisses, de la tourte au bœuf et aux rognons, de la compote de prunes et de la crème anglaise. D'un autre côté, avant il avait une prédilection pour la bière, et il n'en buvait presque plus. Il était plongé dans ses réflexions, à se demander si Dora partageait son point de vue tout en se doutant que ce n'était pas le cas, quand le téléphone sonna.

Sachant que ce serait pour lui, sa femme lui tendit le combiné sans répondre elle-même.

— Il faut que j'y aille, déclara-t-il quelques instants plus tard. (Il se leva, abandonnant son assiette de pâtes à moitié pleine.) C'est grave, ajouta-t-il.

C'était l'expression dont il usait toujours avec elle lorsqu'on lui signalait un décès inexpliqué ou une agression mortelle – celle qu'il avait employée quand le corps de Billy Kenyon avait été découvert dans le jardin botanique ou quand Nicky Dusan avait été poignardé. Après coup, il se félicita d'avoir opté pour cette formule laconique qui le dispensait de donner des explications. S'il lui avait indiqué tout de suite l'adresse où il devait se rendre – qui, sur le moment, ne lui avait pas paru familière –, Dora aurait probablement été tellement horrifiée et choquée qu'il aurait hésité à la laisser seule ce soir-là.

Résignée, elle se borna à hocher la tête. Il y avait bien longtemps qu'elle ne se plaignait plus s'il ne finissait pas son assiette ; au contraire, dans la mesure où il avait du mal à perdre du poids et même tendance à en prendre, elle était ravie quand il sautait un repas ou n'en avalait que la moitié.

Soulagé d'avoir limité sa consommation de vin à un seul verre, Wexford prit le volant jusqu'à Pomfret. Deux voitures de patrouille, une fourgonnette de la police et une ambulance – dont la présence devait se révéler superflue – stationnaient déjà devant la rangée de cottages en stuc blanc. Wexford se gara une cinquantaine de mètres plus loin dans Cambridge Road. Une sorte de tente rayée de bleu et de blanc, comportant une entrée, avait été dressée devant la porte du numéro 6. Barry Vine souleva le rabat de toile pour sortir au moment où Wexford approchait.

— Le légiste vient d'arriver, monsieur, annonça-t-il. Il est auprès du défunt.

— Qui est-ce ?

— Le Dr Mavrikian.

— Mais non, pas le légiste. Qui est l'homme que vous appelez « le défunt » ?

Sachant combien Wexford détestait le jargon et le verbiage, Vine s'empressa de répondre :

— Désolé, monsieur. Le mort est un certain Andrew Norton. Nous sommes chez lui, et une voisine... (Il s'interrompit brusquement en voyant l'expression de son supérieur.) Vous le connaissiez ?

— Vous pouvez me répéter le nom de la victime ?

— Andrew Norton, monsieur.

Wexford sentit s'accélérer les battements de son cœur.

— Il s'occupe – enfin, il s'occupait – de mon jardin, expliqua-t-il.

— On l'a étranglé avec une corde.

— Il vaudrait mieux attendre l'avis du Dr Mavrikian avant de tirer des conclusions de ce genre, le tança Wexford.

Il était encore sous le choc. Heureusement qu'il n'avait pas dit à Dora où il allait ! Elle appréciait leur jardinier, prenait le thé avec lui lorsqu'il faisait une pause le jeudi après-midi... Toujours abasourdi, Wexford se dirigea vers le salon où le corps avait été découvert, étendu sur le sol entre le canapé et le poste de télévision. Le Dr Mavrikian, à genoux, se redressa en gratifiant le nouveau venu de son regard impassible.

Grand, maigre, ce praticien d'origine arménienne à la peau claire sillonnée de rides et aux cheveux d'un blond presque blanc était connu pour son absence totale d'humour aussi bien que pour son flegme. On disait que la seule fois où il avait manifesté un semblant d'émotion, c'était le jour où on lui avait annoncé que sa femme venait d'accoucher d'une fille.

Pour Wexford, les éventuels défauts du Dr Mavrikian étaient largement compensés par sa capacité à déterminer rapidement (et avec précision) l'heure et la cause du décès.

— Il est mort entre sept et neuf heures ce matin, déclara le légiste. Soit depuis environ douze heures. On lui a passé une corde autour du cou pour l'étouffer. Vous trouverez tous les détails dans mon rapport. Bonne soirée.

Il quitta la maison au moment où Hannah Goldsmith y entrait.

— C'était mon jardinier, lui révéla Wexford.

— Navrée, chef.

— Il était chez moi hier après-midi.

— Votre conjointe sait peut-être quelque chose, alors…

— Ma femme, vous voulez dire, répliqua Wexford, exaspéré.

Andy Norton avait été un bel homme aux traits réguliers dont le visage toujours lisse était gonflé par le traitement qu'on lui avait infligé. Il avait une épaisse chevelure blanche aussi brillante qu'une perruque, sauf que ce n'en était pas une. Comme le technicien de scène de crime commençait à s'impatienter, Wexford se tourna vers Hannah pour lui demander de l'accompagner chez la voisine.

— C'est une certaine Mme Catherine Lister, monsieur, l'informa Barry Vine. Elle est veuve et vit seule. Apparemment, elle entretenait de très bonnes relations avec le défunt.

— Qu'est-ce que vous entendez par là au juste ?

— Oh, rien. La nouvelle l'a complètement retournée.

Ils furent accueillis par la fille de Mme Lister – une femme d'environ quarante ans, très maigre, dont les cheveux noirs étaient rassemblés en queue-de-cheval.

— Je suis passée voir ma mère cet après-midi, et je préférerais ne pas la laisser seule, expliqua-t-elle. Je voudrais l'emmener chez moi ce soir. C'est possible ?

— Oui, dès que nous lui aurons parlé, répondit Wexford.

Il éprouvait une étrange impression de déjà-vu, et pourtant il savait bien qu'il n'avait jamais mis les pieds dans cette maison ; depuis le temps qu'il vivait à Kingsmarkham, il n'avait même jamais remarqué cette rangée de cottages nichée à la sortie de Pomfret. En attendant, le petit vestibule, l'escalier intérieur situé juste en face de la porte d'entrée, le salon agrandi par la réunion de deux pièces, le portail au fond du jardin… Il dut fournir un gros effort pour se concentrer sur la voisine d'Andy Norton.

Cette dernière ressemblait beaucoup à Dora ; c'était le même genre de femme – le genre qui lui plaisait. Elle conservait une silhouette élégante, une taille menue et des chevilles fines. Elle avait des cheveux gris acier qui avaient sans doute été bruns autrefois, de grands yeux sombres et le teint clair, radieux, d'une personne épargnée par la maladie. Si elle avait pleuré, elle paraissait désormais calme. Elle prit la parole sans attendre d'être interrogée.

— Nous étions très proches, Andy et moi, commença-t-elle. Nous vivions plus ou moins ensemble, mais ces cottages sont un peu petits pour deux. Alors j'ai une clé de chez lui et il en avait une de chez moi… (Elle baissa les yeux vers ses mains croisées sur ses genoux.) J'ai passé la nuit dernière avec Andy, comme deux ou trois fois par semaine, et je suis rentrée à sept heures du matin.

Elle s'était exprimée d'un ton ferme et posé. Sa fille lui saisit la main sans que Catherine Lister parût le remarquer.

— À quelle heure êtes-vous retournée chez M. Norton ? s'enquit Hannah.

— Dans l'après-midi. J'ai d'abord remis un peu d'ordre chez moi et fait une lessive avec mon linge et celui d'Andy. Il n'avait pas de machine, vous comprenez. J'avais prévu de partir en courses plus tard… (Sa voix se brisa, et elle fut obligée de prendre sur elle pour continuer.) Il devait être quatre heures quand je suis allée lui demander s'il avait besoin de quelque chose… (De nouveau, elle dut lutter contre les tremblements de sa voix.) Je suis entrée et je… je l'ai découvert par terre. Mort. J'ai tout de suite vu qu'il était mort.

— Vous l'avez touché, madame Lister ? interrogea Wexford.

Elle détourna les yeux

— Je lui ai soulevé la tête pour… pour l'embrasser.

Cette fois, elle fondit en larmes. Sa fille la serra contre elle, et Catherine Lister sanglota contre son épaule. Hannah et Wexford échangèrent un coup d'œil consterné. Le silence se prolongea durant une bonne minute, seulement troublé par les pleurs de la malheureuse.

— Je suis vraiment navré, madame Lister, dit enfin Wexford, mais je vais être obligé de vous poser d'autres questions.

— Vous ne pourriez pas laisser ma mère tranquille ? s'interposa la fille.

— Je crains que ce ne soit pas possible, hélas. Avez-vous entendu du bruit chez M. Norton ce matin ?

— Non, rien du tout, répondit Catherine Lister d'une voix enrouée par les larmes. Je n'ai rien vu ni entendu.

— M. Norton avait-il des ennemis ? intervint Hannah. Des gens qu'il n'aimait pas ou qui ne l'aimaient pas ?

— Non, non, tout le monde l'appréciait, affirma Catherine Lister.

Déjà, elle s'essuyait les yeux et recouvrait suffisamment de calme pour leur donner toutes les informations dont ils avaient besoin sur Andy Norton. Wexford sortit quelques instants plus tard. S'il faisait sombre dehors – la nuit tombait plus tôt depuis le passage à l'heure d'hiver –, la lumière en provenance des portes-fenêtres du numéro 6 lui permit de voir le jardin d'Andy Norton, manifestement entretenu avec soin, où quelques chrysanthèmes et asters fleurissaient encore. Pour décrire la pelouse, le terme « manucurée » s'imposa d'emblée à son esprit. Il s'engagea dans l'allée, passa devant la remise à droite et atteignit le portail peint en vert. Il ne comportait ni serrure ni verrous, constata Wexford. Il l'ouvrit, puis s'avança dans le passage pavé qui longeait l'arrière des maisons. Il savait maintenant pourquoi l'endroit lui paraissait si familier.

Cette rangée de cottages était la réplique exacte de celle qui se trouvait dans Jewel Road, à Stowerton. Le logement lui-même était agencé comme celui des Carroll autrefois, de l'étroit vestibule à la remise dans le jardin et au portail donnant sur un chemin extérieur. Quand avait-il été construit ? En 1870, peut-être, ou en 1880 ? Probablement. Et sans doute y avait-il d'autres cottages mitoyens de ce genre à Kingsmarkham, à Stowerton et à Pomfret. Bien sûr, ils avaient été modernisés depuis : des pièces avaient été réunies, des portes-fenêtres avaient été installées, on les avait équipés de cuisines, de salles de bains et du chauffage central… Mais quiconque avait eu l'occasion d'entrer, voire de vivre dans ces maisons quarante ans plus tôt ne pouvait que reconnaître la configuration initiale.

Songeur, Wexford retourna dans le jardin d'Andy Norton et referma le portail derrière lui. La lune se levait, rousse, striée de nuages sombres, apportant, lui semblait-il, une fraîcheur nouvelle. Il ferma les yeux et se revit dans Jewel Road au moment où un homme lui ouvrait, exposant durant quelques secondes seulement une marque de naissance semblable à un crabe pourpre montant de son cou vers sa joue, puis attrapait un foulard pour la dissimuler.

Il ne pourrait rien faire de plus ce soir-là. Le sergent Vine et l'agent Coleman étaient partis interroger les voisins, le technicien de scène de crime avait terminé ses relevés… Wexford traversa la tente bleu et blanc dressée à l'entrée de la maison et déboucha sur le trottoir. Un homme promenait son chien en direction de la rue transversale, nota-t-il. L'inconnu était âgé, grand, il ne portait pas d'écharpe et le chien qu'il tenait en laisse était un boxer. Wexford en eut néanmoins des frissons.

Il s'attendait presque à devoir affronter deux yeux bleus à l'expression glaciale. Or, l'homme se borna à regarder d'un air intrigué la tente et le cordon de sécurité avant de poursuivre son chemin.

Wexford rentra chez lui mettre Dora au courant avant que quelqu'un d'autre ne le fasse ou qu'elle n'apprenne la nouvelle aux informations. Alors qu'il coupait le moteur devant son garage, il eut une vision de Targo ouvrant le portail du jardin d'Andy Norton, puis allant se cacher dans la remise en attendant le moment de frapper. Il possédait une telle confiance en lui qu'il n'avait sans doute pas estimé nécessaire d'apporter une arme. Le monde regorgeait de bouts de tissu, de cordes, d'écharpes, de cravates, de sangles et de ceintures ; Targo avait dû se dire qu'il n'aurait aucun mal à trouver ce qu'il lui fallait chez sa victime.

Andy Norton était veuf et père de trois enfants, dont un seul, une fille, vivait encore en Angleterre. L'un de ses fils était installé aux États-Unis, l'autre en Italie. Avant de prendre sa retraite, il avait été employé par la sécurité sociale, avec probablement un statut de secrétaire permanent. Sa femme était morte quinze ans plus tôt. Ils avaient habité pendant longtemps une banlieue du sud de Londres, puis, lorsqu'il avait quitté la vie professionnelle, Andy Norton avait vendu leur maison pour acheter ce cottage à Pomfret. Mme Lister, veuve, occupait déjà le pavillon voisin.

Mary Norton, enseignante à Leicester, se présenta au poste le lendemain matin. Quand il la reçut dans son bureau, Wexford commença par lui demander :

— Quand avez-vous vu votre père pour la dernière fois, mademoiselle Norton ?

Blonde, mince, elle avait une voix sèche et cassante, bien différente de celle de Mme Lister.

— Il était chez moi non pas le week-end dernier, mais celui d'avant. Il venait souvent. Quand il avait un empêchement, j'allais chez lui. Nous étions très proches, ajouta-t-elle d'un ton neutre. Aussi proches qu'un père et une fille peuvent l'être.

« J'ignore ce que vous avez appris sur lui. Mon père était fonctionnaire, il s'est arrêté de travailler il y a huit ans et il a décidé de s'établir ici. Il avait une excellente retraite, et pourtant il tenait à conserver une activité, alors il jardinait pour les autres. Il était doué, il adorait ça. Sans compter qu'il aimait aussi beaucoup bavarder devant une tasse de thé avec les ménagères d'un certain âge chez qui il était employé…

Ses insinuations déplurent à Wexford. Quand elle se tut, il garda le silence un moment, déplaça un stylo sur son bureau et redressa son sous-main.

— Et Mme Lister ? demanda-t-il. Que pensez-vous d'elle ?

De toute évidence, Mary Norton n'apprécia pas le changement de sujet. Avant de venir, elle s'était probablement imaginé qu'elle dirigerait l'entretien, conclut Wexford. Elle en organiserait le déroulement, transmettrait à la police les informations qu'elle estimait utiles, dirait ce qu'elle avait à dire, puis s'en irait. Même si elle ne lui ressemblait en rien, il y avait cependant quelque chose chez elle, en particulier dans sa façon de le dévisager avec insistance, qui lui rappelait Eric Targo.

— Quel rapport avec la mort de papa ? répliqua-t-elle.

— C'est moi qui pose les questions, mademoiselle Norton, déclara-t-il d'un ton ferme mais courtois. Pourriez-vous répondre ?

— Si vous voulez tout savoir, je la trouve plutôt agréable. C'était bien pour lui d'avoir de la compagnie.

Sauf qu'il y avait plus que ça entre eux, songea Wexford. Beaucoup plus. Il lui demanda si son père avait laissé un testament, et auquel cas si elle en connaissait les termes.

Cette fois, elle se montra plus loquace, optant même pour un jargon juridique :

— Il a partagé entre mes frères et moi-même tout ce qu'il lui restait – à savoir ce cottage et ses économies, ce qui ne représente pas grand-chose… (Elle hésita, puis parut se radoucir.) Il nous avait déjà cédé presque tout ce qu'il avait. Il avait vendu sa maison un bon prix, ce qui lui a permis de faire une donation à chacun de nous en vertu de la loi des sept ans. Vous en avez entendu parler ? Les bénéficiaires ont droit à un abattement fiscal si le donateur vit encore sept ans. Ç'a été le cas pour papa. De justesse.

— Très bien, mademoiselle Norton. Ce sera tout pour le moment.

Même s'il n'avait pas encore reçu le rapport du Dr Mavrikian, Wexford savait qu'Andy Norton avait été étranglé. Il s'avéra que l'arme n'était pas une corde, comme il l'avait pensé au début, mais l'embrasse d'un rideau.

— Toutes les embrasses étaient encore là, monsieur, lui fit remarquer Barry Vine. Celle qui a servi à tuer la victime n'était pas neuve. Elle était un peu usée et effrangée au bout… À mon avis, elle traînait au fond d'un tiroir ou dans un placard.

— Comment ça, à votre avis ?

— J'ai, hum, bien conscience qu'il va falloir déterminer sa provenance, monsieur. Mes collègues sont partis interroger les voisins dans Cambridge Road.

— Parfait. Mais à l'avenir, épargnez-moi vos suppositions, d'accord ?

Wexford se rendit à Pomfret. La vue des policiers frappant à toutes les portes lui rappela l'enquête menée dans Jewel Road autrefois après la mort d'Elsie Carroll. À combien d'interrogatoires de ce genre avait-il procédé depuis ? Il ne les comptait plus, et pourtant, plus que toute autre, la procédure en cours évoquait pour lui Targo, dont la méthode de prédilection était la strangulation. En même temps, c'était absurde. Pourquoi Targo s'en serait-il pris à un homme aussi inoffensif et innocent que Norton ? Cela dit, la même question se posait pour Elsie Carroll et pour Billy Kenyon…

Apercevant Damon Coleman et Lynn Fancourt un peu plus loin dans Cambridge Road, il se dirigea vers eux. Damon sortait du 18 et Lynn du 20.

— Vous avez du nouveau ? leur demanda-t-il.

— Apparemment, la femme qui habite au 5 surveillait la maison de la victime, particulièrement en début de matinée et en fin de journée, répondit Lynn. (Elle sourit.) Elle n'approuvait pas la relation entre Andy Norton et Mme Lister, alors elle les épiait.

— Il va falloir qu'elle se trouve une autre distraction, marmonna Wexford.

— Oui, monsieur. D'après elle, personne n'est entré dans la maison hier matin. Elle entamait généralement son tour de garde au lever du jour, vers sept heures.

Elle a vu Mme Lister sortir de chez Norton et retourner chez elle à sept heures et quart.

Lorsque Wexford pénétra dans le cottage de la victime, au 6, il découvrit Barry Vine à l'intérieur en compagnie d'un agent en uniforme.

— Barry ? lança-t-il. Imaginons que l'assassin se soit faufilé par le portail du fond pendant qu'il faisait encore nuit – vers cinq heures, mettons. Venez avec moi.

Les deux hommes passèrent par la porte de derrière pour sortir. La vue du joli petit jardin soigné, bien entretenu – la pelouse impeccablement tondue et désherbée, les plates-bandes où s'épanouissaient encore les fleurs d'automne, les quatre jardinières de pierre sculptée débordant de bégonias rouges, abricot et roses –, avait quelque chose de poignant car, maintenant que le propriétaire avait disparu, la végétation était appelée à mourir elle aussi. Dès le lendemain, la terre serait un peu plus sèche, l'herbe un peu plus longue, les pétales joncheraient le sol…

— Regardez, Barry, le meurtrier a très bien pu passer par le portail avant sept heures, puis se cacher dans la remise avec l'embrasse pour attendre qu'une lumière s'allume à l'intérieur de la maison. Était-il au courant pour Mme Lister ? Bah, peu importe. Si elle était restée, l'aurait-il également tuée ? Quoi qu'il en soit, elle est partie.

— J'ai l'impression que vous savez qui est le coupable, monsieur…

Pour toute réponse, Wexford secoua la tête.

— Après, il s'est approché de la porte de derrière et il a frappé. Il y a juste un heurtoir, pas de sonnette. Andy Norton est allé ouvrir et l'a laissé entrer. Pourquoi ? Difficile à dire. Peut-être parce que les personnes d'un certain âge, qui ont connu une époque moins dangereuse dans leur jeunesse, ont gardé l'habitude d'ouvrir sans se méfier… Ou alors, peut-être qu'Andy Norton n'avait pas fermé la porte à clé cette nuit-là – voire qu'il ne la fermait jamais. Bref, nous en apprendrons plus quand j'aurai le rapport du légiste.

Il avait l'impression de revivre l'affaire Elsie Carroll. Il y avait tant de chemins qui longeaient l'arrière des maisons dans ces petites villes, tant de jardins auxquels on pouvait accéder par un portail… Et toutes ces habitations étaient aussi dotées d'une porte de derrière. Wexford songea au 32 Jewel Road, où habitait Targo autrefois, puis au 8 Glebe Road, où il avait vécu ensuite ; il était familiarisé avec la disposition des lieux, forcément…

Quelques instants plus tard, il se présenta chez Mme Lister, dont la fille le fit entrer en expliquant qu'au lieu d'emmener sa mère chez elle, elle avait préféré passer la nuit là.

— Maman se repose, ajouta-t-elle.

— J'aimerais que vous montiez la voir pour lui poser deux questions : est-ce que M. Norton avait l'habitude de laisser ouverte la porte de derrière, et avait-elle remarqué une embrasse inutilisée dans la maison ? Vous savez ce que c'est ?

— Oui, une sorte de corde qui permet de retenir un rideau.

— Tout juste. Bon, j'imagine que votre mère devinera sans peine à quoi cette embrasse a pu servir, à moins qu'elle ne l'ait vue quand elle a trouvé le corps. Malheureusement, je n'ai pas le choix, je dois connaître sa réponse.

— Je comprends. C'est l'arme du crime, je suppose.

— Il est très important pour nous de savoir si cette embrasse était déjà dans la maison ou si elle a été apportée par l'assassin.

La jeune femme monta. Wexford s'assit au rez-de-chaussée en pensant à Targo. C'était plus qu'une obsession, c'était de la paranoïa ! Cette fois, Targo ne pouvait pas avoir commis ce meurtre. Imaginer le contraire relevait d'une fixation, d'une sorte de délire… Le retour de la fille de Mme Lister le força à se concentrer sur la réalité.

— Maman a remarqué cette embrasse lorsque… lorsqu'elle a découvert Andy. Elle l'a reconnue, c'était une vieille cordelière qui avait été mise au rebut dans l'appentis du jardin en même temps que d'autres rouleaux de corde. Elle veut faire son possible pour vous aider. Elle tient à ce que le coupable soit arrêté.

— Et pour la porte de derrière ? Était-elle déverrouillée ?

— Elle ne s'en souvient pas. Elle m'a juste dit qu'Andy oubliait souvent de la fermer, et qu'elle l'avait mis en garde, mais il lui avait répondu qu'à la campagne on ne risque pas grand-chose.

Wexford soupira.

La boîte avait été rouverte et Targo en avait jailli, toujours aussi bravache, insolent et provocateur. Et une fois de plus, Wexford se retrouvait confronté au même dilemme : comment justifier l'interrogatoire d'un homme qui n'avait pas le moindre lien avec la victime du meurtre sur lequel lui-même enquêtait ?

— Cette femme, celle qui habite au 5… dit Burden. Elle n'a vu personne d'autre que Catherine Lister entrer chez Andy Norton ou en sortir ?

— Elle n'a pas pu voir Targo s'il est passé par le jardin, comme il l'avait fait avant de tuer Elsie Carroll à l'époque.

— Le meurtrier est sans doute passé par le jardin, c'est vrai, mais ce n'est pas Eric Targo, Reg. Aujourd'hui, il est vieux. En admettant qu'il ait effectivement assassiné Elsie Carroll – ce dont je doute, tout comme je doute de son rôle dans la mort de Billy Kenyon –, aurait-il la force d'étrangler un homme plus grand que lui ? Ou n'importe qui, d'ailleurs ?

— Oh oui ! affirma Wexford. À votre avis, sous quel prétexte pourrais-je aller lui parler ?

— Pourquoi pas au sujet d'une camionnette blanche, ou d'une Mercedes grise, aperçue devant chez Andy Norton à deux reprises ?

— Sauf que personne ne nous a signalé leur présence... Non, non, Mike, inutile d'inventer un scénario ; après tout, on n'a pas besoin d'excuse. Qu'est-ce qui nous empêche de poser des questions à qui bon nous semble à propos d'un homicide dans notre secteur ?

Le lendemain de la mort d'Andy Norton, Donaldson, qui servait de chauffeur à Wexford, les emmena à Stringfield, Lynn Fancourt et lui. En passant dans le village de Stoke Stringfield, Wexford songea brièvement à Helen Rushford, la fille qu'il avait fréquentée pendant quelques mois à Brighton autrefois, qui lui avait dit qu'elle l'aimait, qu'il était l'homme de sa vie. Elle résidait dans les parages, elle devait être grand-mère aujourd'hui, et il n'était certainement plus depuis longtemps l'objet de ses désirs. Habitait-elle dans cette maison près du terrain communal, ou au bout de ce chemin, ou encore dans l'un de ces charmants cottages ? Si elle en sortait maintenant, la reconnaîtrait-il ? Sans doute pas.

Enfin, ils s'arrêtèrent devant Wymondham Lodge. Il n'y avait pas de voitures dans l'allée, mais peut-être étaient-elles dans le garage, qui semblait assez vaste pour en abriter plusieurs.

— Oh, regardez comme ils sont mignons ! lança soudain Lynn. À votre avis, ce sont des lamas ou des alpagas ?

— Aucune idée, répondit Wexford en découvrant les créatures d'allure inoffensive qui s'approchaient de la clôture, sans doute pour réclamer à manger. Targo a aussi des félins, il me semble – pas en liberté, évidemment.

Lorsqu'il sonna, quelques instants plus tard, des aboiements retentirent dans la maison. Lynn penchait pour au moins deux chiens, et de fait, quand la porte s'ouvrit, ils en découvrirent deux : l'épagneul tibétain et un chiot Staffordshire bull-terrier tenu en laisse par une femme d'une cinquantaine d'années aux cheveux rouge vif. Wexford avait déjà vu des géraniums de cette couleur, mais jamais une chevelure. Celle-ci, coupée au carré, encadrait un visage large dont les traits resserrés et le petit nez retroussé n'allaient pas sans rappeler la face d'un pékinois. Trapue et massive, leur interlocutrice portait une tenue d'une élégance surprenante : veste de brocart rehaussée de perles sur un pantalon noir. Elle contempla d'un air impassible les cartes tendues par ses visiteurs, puis ses yeux globuleux aussi bleus que ceux de Targo cherchèrent ceux de Wexford.

— Oui, dit-elle. J'ai déjà entendu Eric mentionner votre nom.

La remarque prit Wexford au dépourvu.

— Vous êtes Mme Targo ?

— Mavis Targo, oui.

Ses manières étaient brusques, son ton revêche.

— Nous voudrions parler à votre mari.

Mme Targo prit le temps de détacher le bull-terrier, qui bondit aussitôt sur Wexford. Elle gratifia le chiot d'un sourire indulgent qui s'évanouit lorsqu'elle répondit :

— Il n'est pas là.

Wexford tenta en vain de repousser les assauts du chiot, étonnamment fort pour sa taille.

— À quelle heure doit-il revenir ?

— Aucune idée, déclara-t-elle. Quand il en aura envie. Il fait bien ce qu'il veut.

— Pouvons-nous entrer, madame Targo ?

D'autorité, Wexford plaça son pied dans l'entrebâillement, ne lui laissant pas le choix. Lynn s'empressa de le suivre pour éviter de se faire claquer la porte au nez. La vieille maison possédait un charme certain que le mobilier faisait toutefois de son mieux pour gâcher. Wexford et sa collègue se retrouvèrent dans un vaste vestibule d'où s'élevait un bel escalier incurvé, mais qui était encombré de tables et de chaises dorées imitant le style français du dix-huitième siècle, disposées de surcroît sur un tapis chinois rose et blanc. Un énorme lustre, véritable cascade de prismes scintillants, était accroché au plafond. Le chiot sauta sur l'une des tables, d'où il regarda les visiteurs en remuant la queue.

— Descends, mon chou, lui ordonna Mme Targo d'un ton qui manquait cependant de conviction. Vraiment, reprit-elle à l'intention de Wexford, je ne comprends pas votre insistance. Je vous ai dit que mon mari n'était pas là et que je ne savais pas quand il rentrerait. Je ne l'ai pas revu depuis hier matin.

— Soixante pour cent des habitants de ce pays possèdent un téléphone mobile, souligna Wexford. Si ce n'est pas le chiffre exact, c'est quelque chose d'approchant. Et je suis bien certain que votre mari en fait partie. Pourriez-vous l'appeler et me laisser lui parler ?

— Maintenant ?

— Oui.

— Bon, alors autant que vous passiez à côté.

Elle les introduisit dans un immense salon meublé dans le même style que le vestibule et recouvert d'une moquette bleue. Le grand tapis en soie bleu, blanc et rose qui en dissimulait une bonne partie avait été méthodiquement mâchouillé, constata Wexford en s'approchant, et presque toutes les franges avaient disparu. Le chiot s'y précipita et, saisissant la bordure entre ses dents, commença à la ronger avec un plaisir manifeste.

— Arrête, mon chou, ordonna Mme Targo, sans paraître remarquer que l'animal ne lui prêtait aucune attention.

Elle récupéra un téléphone portable rose et argent posé sur l'une des tables, puis, avec des gestes lents, presque apathiques, elle composa un numéro. Ses ongles étaient de la même couleur que ses cheveux, nota machinalement Wexford.

Comme l'appel restait sans réponse, elle composa un second numéro en remuant la tête. Wexford croisa le regard de Targo dont le portrait trônait sur le piano, glissé dans un cadre en argent. La photo devait être récente, car la marque de naissance n'y apparaissait pas. L'homme arborait un sourire – un authentique sourire ! –, sans doute fier de sa nouvelle apparence.

Chez tout autre que ce monstre, une telle expression aurait été touchante… Wexford survola ensuite du regard les quatre clichés de Mavis Targo, pris quand elle était plus jeune et plus mince, dont l'un la montrait en robe de mariée rebrodée de paillettes.

— Il ne répond pas, dit-elle enfin. Vous voulez que je laisse un message ?

— Je vais le faire, déclara Wexford. Donnez-moi le téléphone.

Il demanda à Targo de le contacter au numéro qu'il indiqua – si c'était bien Targo qu'elle avait appelé.

— Où est allé votre mari quand il a quitté la maison hier matin ? s'enquit-il.

— Il m'a dit qu'il devait passer voir quelqu'un. Il n'a pas précisé pour combien de temps il en aurait ni quand il rentrerait.

— Il travaille ?

— Il a pris sa retraite, mais il a gardé une petite activité dans l'immobilier.

— Donc, il est promoteur ?

— Il s'occupe d'appartements sur lesquels il y a un droit de priorité, quelque chose comme ça.

— Alors où est-il, madame Targo ?

— Je vous répète que je n'en sais rien. Je viens d'essayer de le joindre, mais il ne répond pas. Qu'est-ce que vous voulez que je fasse d'autre ?

— Votre chien est en train de s'attaquer aux fleurs, l'avertit Lynn.

Wexford se retint de sourire.

— Il est quinze heures dix, madame Targo. Je vous rappellerai à dix-huit heures, et que votre mari soit rentré ou non, je repasserai chez vous à dix-neuf heures. S'il vous téléphone, prévenez-le que je veux le voir.

Tous retournaient vers le vestibule quand un son étrange s'éleva derrière la maison – une sorte de rugissement guttural qui déconcerta les policiers.

— On dirait un lion, observa Lynn.

— C'est un lion, confirma Mavis Targo avec un soupir. Il s'appelle King. Mon mari en est dingue, mais moi, je ne… Bon, il va falloir que j'aille lui donner à manger avant qu'Eric revienne, sinon il va continuer comme ça pendant des heures.

— Il a le droit de posséder un lion ? demanda Lynn à Wexford lorsqu'ils furent sortis.

— Je n'en ai pas la moindre idée, et pour l'instant c'est le cadet de mes soucis. (Un autre rugissement s'éleva, beaucoup plus impérieux cette fois.) Encore heureux que les Targo n'aient pas de voisins proches !

Enferme le lion dans la boîte et glisse-la dans un tiroir ! s'ordonna-t-il.

À dix-neuf heures, quand Lynn et lui retournèrent à Wymondham Lodge, le lion était silencieux, et dans l'obscurité les animaux n'étaient pas visibles. Sous un ciel où ne semblait briller aucune étoile, le terrain autour de la demeure formait une vaste étendue grise parsemée d'arbres noirs qu'une imagination fertile aurait pu comparer aux plaines d'Afrique. Targo n'était toujours pas là. Il avait téléphoné – ou, du moins, il avait demandé à quelqu'un de téléphoner pour laisser un message, leur expliqua sa femme.

— Comment ça, un message ? Vous n'étiez pas chez vous au moment de l'appel ? demanda Wexford.

— J'ai dû nourrir King, figurez-vous ! répliqua-t-elle. Chaque fois, ça me flanque une frousse bleue. Ensuite, j'ai sorti les chiens.

— Qui a passé ce coup de fil ?

— Je ne sais pas. Sur le coup, j'ai cru que c'était quelqu'un de son bureau, et puis je me suis rappelé qu'il n'avait pas d'employés en ce moment.

— Aurait-il pu déguiser sa voix ?

— Peut-être, sauf que je ne vois vraiment pas pourquoi il aurait pris cette peine. De toute façon, je m'inquiétais trop à cause de King pour y prêter vraiment attention.

Vous auriez peut-être besoin de la boîte, vous aussi, songea Wexford.

— Que disait ce message ?

— Juste qu'il allait bien et qu'il me rappellerait.

— C'est tout ?

— Oui.

— Je voudrais l'écouter.

— Ah non, désolée, je l'ai effacé. Je le fais systématiquement pour éviter de m'embrouiller dans les messages.

— D'accord. Donnez-moi l'adresse de son bureau, tous ses numéros de téléphone et le numéro d'immatriculation de sa voiture. L'agent Fancourt va les noter. S'il vous plaît, madame Targo…

Il fallut quelques instants à Lynn pour soutirer toutes ces informations à leur interlocutrice. Après avoir peiné pour obtenir le numéro de la Mercedes, elle apprit que la camionnette blanche se trouvait dans le garage. Mavis Targo commençait seulement à montrer quelques signes d'inquiétude. Si elle avait mis du temps à émerger de son apathie, elle semblait désormais bel et bien ébranlée.

— Je vous répète que j'ignore où il est. Je ne l'espionne pas, mince ! Si je m'y risquais, je ne resterais pas longtemps dans cette maison, ajouta-t-elle avec une pointe d'amertume.

— Son fils et sa fille vivent dans la région. J'aimerais que vous m'indiquiez leurs coordonnées.

— Mais je ne les ai pas ! On se voit à peine. Eric ne les reçoit pas ici, il va chez eux. Je ne sais même pas où ils habitent.

— Alors je vous suggère de regarder dans l'annuaire. Vous connaissez le nom de femme mariée de sa fille ?

Il se trouvait que oui. En fin de compte, ce fut Lynn qui chercha les noms dans l'annuaire tandis que Mme Targo allumait une cigarette. Après s'être servi un gin tonic, cette dernière demanda aux deux policiers s'ils voulaient boire quelque chose. L'offre fut déclinée. L'épagneul tibétain commença à pousser des gémissements de plus en plus aigus, jusqu'au moment où le chiot se mit de la partie, l'accompagnant de brefs jappements qui se muèrent bientôt en aboiements frénétiques.

— Ils réclament leur dîner, fit remarquer Mavis Targo.

Lynn caressa le chiot.

— Il s'ennuie de son maître, j'imagine…

Le bureau de Targo se trouvait à Sewingbury, à six ou sept kilomètres de là, dans un petit immeuble de deux étages en bordure de la zone industrielle. Les réverbères étaient allumés, mais la plupart des bâtiments – y compris celui qui les intéressait – étaient plongés dans l'obscurité. Comme à Myringham quand il avait son agence de voyages, Targo ne louait qu'une seule pièce, dotée d'une fenêtre en verre dépoli et d'une porte vitrée dont Lynn approcha sa lampe torche, révélant une table et deux chaises de l'autre côté. Sur le sol, deux gamelles vides – une pour l'eau, l'autre pour la nourriture. Ne manquaient que l'occupant des lieux et les affiches pour des destinations exotiques… Il n'y avait personne aux alentours et la porte était fermée à clé. Aucune voiture ne stationnait sur les parkings adjacents à l'immeuble. L'endroit semblait totalement désert.

De retour dans son propre bureau, Wexford appela tous les numéros dont il disposait. Celui de Targo le mit en relation avec une messagerie. Alan Targo en revanche répondit, et s'il se montra plutôt aimable, il n'avait aucune idée de l'endroit où se trouvait son père, dont il n'avait pas de nouvelles depuis trois semaines.

— Je suis avocat, expliqua-t-il. Je travaille dans un cabinet de Queen Street.

Wexford envisagea de dire au fils de Targo qu'il l'avait rencontré quand il avait quatre ans, mais finalement il y renonça.

— Ma sœur est là, si vous voulez lui parler, reprit Alan Targo. Elle non plus n'a pas vu papa depuis un bon moment.

Elle confirma. Une nouvelle fois, Wexford se souvint de ce soir, une éternité plus tôt, où Alan Targo s'était assis aux pieds de son père pour caresser le chien de la maison ; la jeune femme à qui il s'adressait en ce moment n'était même pas née. Encore une preuve, s'il en était besoin, que le temps passe…

Ils n'avaient pas progressé, commenta Burden lorsqu'ils se retrouvèrent pour prendre un verre. Wexford lui suggéra également de commander le dîner, car ils ne pouvaient pas rentrer chez eux tout de suite. Lui-même avait téléphoné à Mavis Targo quelques minutes plus tôt, pour apprendre que son mari n'était toujours pas là.

— Je vais retourner à Wymondham Lodge, annonça-t-il. Vous n'avez qu'à venir avec moi, si vous voulez. Targo ne devrait plus tarder…

Délaissant l'Indus, les deux hommes avaient opté pour un restaurant qui se targuait de servir des plats britanniques traditionnels – britanniques et non « anglais », car la panse de brebis, une spécialité cornique, figurait parfois au menu.

— Les Cornouailles font tout de même partie de l'Angleterre, souligna Burden.

— Leurs habitants ne sont pas de cet avis, répliqua Wexford. Ils affirment que l'Angleterre commence de l'autre côté du Tamar.

Cette allusion aux Cornouailles fit remonter à sa mémoire des souvenirs déplaisants de son séjour dans la région et de l'odieuse Medora à Port Ezra, mais aussi des réminiscences plus heureuses, comme celles de ces vacances passées à Newquay, quand il avait rencontré sa femme. Dire qu'à l'époque il avait déjà croisé Targo, qu'il faisait déjà partie de sa vie…

— Pourquoi s'est-il attaqué à tous ces innocents, Mike ? Elsie Carroll, Billy Kenyon et aujourd'hui Andy Norton… Il ne les connaissait pas. Leur seul point commun, c'était d'habiter la même région. Alors pourquoi eux, bon sang ? Est-ce que n'importe qui aurait fait l'affaire ? Oh, je sais que vous n'êtes toujours pas convaincu de sa culpabilité…

S'il attendait une réponse, Burden n'en proposa pas. Au lieu de quoi, il déclara :

— Je vais opter pour la tourte au poisson. La sauce, la purée, tout me tente. Ma mère aurait dit que c'est nourrissant, mais je ne crois pas que ce serait le terme employé par les nutritionnistes aujourd'hui ; ils jugeraient ça trop gras, j'imagine. Vous me direz, je n'ai pas à me soucier de mon poids.

— Ah, ne m'entraînez pas sur ce terrain-là ! Je suis assez contrarié comme ça.

Burden éclata de rire.

— Je boirais bien un verre de sauvignon. Vous croyez que je prends aussi les pommes de terre ou que je me contente des choux de Bruxelles et des carottes ?

— Renoncez aux pommes de terre, ou je vais vraiment finir par me fâcher ! (Wexford détacha son regard du menu pour s'adresser à la serveuse.) Une tourte au poisson pour monsieur, et le rôti de bœuf pour moi – sans le *Yorkshire pudding*, malheureusement. Oh, et une carafe d'eau plate. C'est moi qui conduis, Mike, d'accord ? Mais il n'est pas question que je paie une fortune pour une bouteille d'eau gazeuse, que je considère comme une des plus grandes arnaques de cette époque loufoque !

Burden étudia le décor. Une fresque représentant des danseurs folkloriques couvrait la moitié d'un mur, à côté de la peinture d'une joute entre chevaliers.

— Sur la cloison derrière vous, on voit la relève de la garde à Buckingham Palace, informa-t-il Wexford.

— Ah oui ? « Christopher Robin est parti avec Alice. Alice va épouser un soldat de la garde. "La vie d'un soldat est terriblement dure", dit Alice. » C'est le premier poème que je me rappelle avoir lu.

Burden poussa un léger soupir.

— Au fait, pourquoi tenez-vous tellement à retourner à Wymondham Lodge ce soir ?

— Eh bien, d'abord pour demander à Targo où il se trouvait entre sept heures quinze et neuf heures trente hier matin. (Leurs boissons arrivèrent, et Wexford regarda avec envie le grand verre de sauvignon destiné à son collègue.) Vous ne croyez pas que l'eau serait moins déprimante si elle était colorée ? Je ne sais pas, moi, bleu clair ou légèrement teintée comme le rosé – rien qui fasse trop artificiel…

— Euh, non, j'avoue que je n'y ai jamais pensé. Mais si vous n'étiez pas résolu à partir encore une fois à la chasse au dahu, vous pourriez vous accorder un bon verre de bourgogne !

— Ça m'amuse toujours, cette expression, « la chasse au dahu »… (Une serveuse leur apporta leurs plats, et une autre les garnitures.) N'empêche, je regrette de ne pas avoir pris le *Yorkshire pudding*. (Wexford posa son couteau sur la tranche de rôti de bœuf.) Tout à l'heure, je m'interrogeais sur ce qui peut pousser Targo à tuer des gens qu'il ne connaît pas. En fait, c'est une question de pure forme, parce que je sais comment il choisit ses victimes.

— Allez-y, dites-moi tout. Oh, à propos, cette tourte est excellente.

— Il élimine une personne dont quelqu'un veut se débarrasser.

— Pardon ?

— Vous m'avez bien entendu, Mike. Il est au courant de certaines choses sur sa future victime. Tenez, prenez Elsie Carroll : à part cette malheureuse, personne dans le quartier n'ignorait que son mari souhaitait se débarrasser d'elle pour pouvoir vivre au grand jour avec Tina Malcolm. Quant à Billy Kenyon, il devait disparaître pour que Bruce Mellor puisse épouser Eileen. Il est possible que d'autres à Birmingham et à Coventry aient voulu se décharger d'un fardeau encombrant, mais on n'en sait rien. Et pour ce qui est d'Andy Norton…

— Son amie nous a dit que tout le monde l'appréciait. Je ne vois pas qui aurait voulu se débarrasser de lui.

— Moi, affirma Wexford. Du moins, c'est ce que Targo a dû penser.

— *Vous ?* Mais pourquoi ?

— Attendez, je vais vous expliquer. Quoique tout à fait sain d'esprit, Eric Targo est un psychopathe, un monstre inhumain, indifférent à la souffrance des autres. Mais pour une raison inexplicable, il est prêt à aider certains individus à résoudre leurs problèmes – peut-être parce qu'il a une espèce de conscience pervertie, qui l'amène à se dire : Je ne suis pas si mauvais, puisque je lui ai rendu service. Ou peut-être qu'il a juste besoin d'une raison pour tuer.

— C'est de la folie, Reg ! En quoi vous aurait-il rendu service ?

— Réfléchissez, Mike, répliqua Wexford avant de boire une gorgée d'eau. Il s'est garé devant chez moi à plusieurs reprises pour pouvoir surveiller la maison. Il a dû voir Andy Norton arriver dans sa voiture, puis entrer – non par la porte, mais en contournant la maison – et rester trois heures invisible. Or il savait Dora chez nous. Vous me suivez ?

— Je n'y crois pas…

— Bien sûr que si, Mike, je le lis sur votre figure. Vous me croyez, c'est évident. Il est possible aussi qu'il ait repéré Damon Coleman à proximité, et qu'il l'ait pris pour un détective privé que j'aurais engagé afin d'espionner ma femme. Moi, j'étais le mari trompé, et Andy Norton l'amant de Dora.

Burden secoua la tête, l'air moins incrédule que stupéfait.

— Vous voulez dire qu'il vous aime bien ? Qu'il s'inquiète pour vous ?

— Non, il n'aime que les chiens, les lions et les lamas, déclara Wexford. Tout ce qu'il veut, c'est remédier à ce qu'il pense être un problème, remettre de l'ordre là où il perçoit le chaos. À moins qu'il ne se considère comme une sorte de justicier, d'exécuteur des basses œuvres ? Cette version me paraît assez convaincante. (Wexford reposa couteau et fourchette.) J'arrête, je n'ai plus faim. Toutes ces spéculations au sujet de Targo m'ont coupé l'appétit. Drôle de méthode pour se mettre au régime… Si on ne réussit pas à l'arrêter pour le meurtre d'Andy Norton, qu'est-ce qu'on va faire ? Chercher qui dans cette ville, voire dans ce pays, aurait envie de se débarrasser de quelqu'un ? Autant dire que les suspects vont se compter par milliers !

— Mais il ne demande pas directement aux gens s'ils souhaitent la mort de quelqu'un, alors comment peut-il en être certain ?

— Ce n'est pas parce qu'il ne m'a rien demandé qu'il n'a pas posé la question à d'autres… Surtout s'il est sûr que le mari, le parent ou je ne sais qui sera reconnaissant et ne le dénoncera pas.

Burden s'absorba dans ses réflexions. Au bout de deux ou trois minutes de silence – un laps de temps relativement long quand on est deux convives à une table –, il fit signe au serveur et lui commanda une crème brûlée. Wexford consulta sa montre.

— Il est neuf heures dix, Mike…

— D'accord, je n'en ai pas pour longtemps. Ce n'est pas comme si on avait rendez-vous avec lui !

— Peut-être, et pourtant j'ai l'impression qu'il sera là. Vous croyez qu'il fait encore du sport ? Ou de la « musculation », pour reprendre un terme à la mode ?

— Quelle importance ?

En général, Wexford se fiait à son intuition, qui l'avait aidé à de nombreuses reprises. Cette fois, cependant, elle lui fit défaut. La lune, un peu moins ronde que la veille mais tout aussi rousse, se levait quand Burden pressa la sonnette de Wymondham Lodge. Aucun bruit ne révélait la présence de la ménagerie. Des lumières s'éclairèrent dans la maison et les chiens se mirent à aboyer avec enthousiasme. Dès que la porte s'ouvrit, le chiot se précipita dehors.

— Tu es déçu que ce ne soit pas ton maître, hein, mon beau ? lança Burden en voyant l'animal le flairer, puis s'écarter d'un air malheureux.

— Eric n'est pas là, déclara Mavis Targo.

Une nouvelle fois, Wexford dut insister pour entrer.

— Où est-il, madame Targo ?

— Je n'ai aucune nouvelle.

— Il a un passeport ?

— Bien sûr.

— Pourriez-vous essayer de le trouver ?

Elle n'eut pas à chercher loin : le petit livret rouge était dans le secrétaire du vestibule, protégé par un étui en cuir à motifs dorés.

— Si vous imaginez qu'il est parti à l'étranger, vous vous trompez, dit-elle. Eric déteste les voyages. Il m'a emmenée en Espagne pour notre lune de miel et il a tellement rouspété qu'on a dû rentrer plus tôt que prévu. Il s'est bien juré de ne plus quitter le pays.

Wexford estima l'explication peu convaincante, mais le passeport semblait prouver ses dires : à en juger par son état impeccable, il n'avait pas beaucoup servi.

— Il lui est déjà arrivé de s'absenter aussi longtemps sans vous avertir ? demanda-t-il.

— Oh oui, répondit-elle. Il est très indépendant. Il a toujours des affaires à régler quelque part : Birmingham, Manchester, Cardiff, et j'en passe… Il s'en va parfois plusieurs jours, parfois une semaine. Et la première chose qu'il fait en rentrant, ce n'est pas de demander de mes nouvelles, c'est de s'assurer que King et ses chiens vont bien.

Wexford resta songeur quelques instants.

— Ces appartements que vous avez mentionnés… Où sont-ils situés ?

— Certains dans la région, d'autres à Birmingham, je crois. Je ne sais pas, je ne me suis jamais mêlée des activités professionnelles de mon mari. De toute façon, pourquoi irait-il sur place ? Il n'a pas de loyers à encaisser.

Jugeant inutile de s'attarder à Wymondham Lodge, les deux policiers prirent congé.

— C'est quoi, cette histoire d'appartements ? demanda Burden quand ils remontèrent en voiture. Il rachète des biens, c'est ça ?

— J'ai ma petite idée sur la question, répondit Wexford. Une loi est passée, qui permet aux locataires habitant dans des HLM de racheter leur logement pour un prix inférieur de trois pour cent à celui du marché ; ainsi deux ou trois millions de personnes ont pu devenir propriétaires. Il me semble qu'il y avait un délai pour réaliser les transactions, mais certains en ont profité pour s'enrichir.

— Comment ça ?

— Eh bien, supposons que vous ayez repéré des pavillons en location. Comme vous savez que les occupants ont la possibilité d'exercer leur droit de priorité, vous leur versez une grosse somme d'argent afin d'acquérir le bien pour votre compte. Résultat, même en comptant le pot-de-vin, vous obtenez le logement pour la moitié de ce que vous l'auriez payé en temps normal. Il ne vous reste plus qu'à le louer à la municipalité, qui l'attribue à des personnes sur liste d'attente. Vous pouvez vous en mettre plein les poches. À mon avis, c'est ce que fait Targo.

— D'où les fameuses « affaires » qu'il traite à Cardiff, à Birmingham ou je ne sais où. En tout cas, je ne vois rien d'illégal là-dedans. Et puis, sa femme n'a pas l'air inquiète. Elle est habituée à ses absences, apparemment.

— J'ai essayé en vain de le joindre sur ses deux portables, chaque fois je suis tombé sur une messagerie. Sa ligne fixe au bureau sonne dans le vide, il n'y a même pas de répondeur. Pourquoi se comporterait-il ainsi s'il n'a rien à cacher ?

— Je l'ignore, Reg, et vous aussi. Les gens sont bizarres. Combien de fois vous l'ai-je entendu dire ?

— N'empêche, je voudrais lancer un avis de recherche concernant à la fois la Mercedes et Targo. D'accord, je n'ai aucune raison objective de le faire, aucune preuve matérielle, comme vous ne cessez de me le répéter, mais je vais quand même en parler à Freeborn. (Freeborn était le commissaire.) J'irai le voir demain matin à la première heure. Je crois que je tiens une piste.

— Pas moi, rétorqua Burden. Écoutez-moi. Vous allez lui dire quoi, hein ? Que sur plusieurs décennies Targo a assassiné trois personnes à Kingsmarkham et dans les environs ? Et sur quoi vous fondez-vous ? Juste votre intuition. Quand il voudra savoir de quelles preuves vous disposez, vous lui parlerez de ces proches qui avaient envie de se débarrasser de la victime, et ensuite vous lui raconterez que Targo vous a harcelé autrefois… Vous imaginez sa réaction lorsque vous lui demanderez de localiser le véhicule de votre suspect, et aussi de placer sous surveillance les ports et aéroports du pays au cas où il tenterait de se rendre à l'étranger en utilisant un faux passeport ? Freeborn va vous rire au nez en vous reprochant de lui faire perdre son temps…

À peu de choses près, l'entretien se déroula comme l'avait prévu Burden. Si Freeborn ne lui reprocha pas de lui faire perdre son temps, il refusa tout net de lancer une opération de surveillance. Eric Targo n'était même pas porté disparu.

— Sa femme a-t-elle alerté nos services, Reg ?

Wexford secoua la tête.

— D'après elle, ce n'est pas la première fois qu'il s'absente en coupant son téléphone portable.

— Dans ce cas…

Il n'y avait rien à ajouter.

À Pomfret, Damon Coleman et Lynn Fancourt avaient questionné tous les habitants du quartier de Cambridge Road sans obtenir le moindre résultat. Wexford retourna néanmoins chez Andy Norton pour procéder à la reconstitution des événements tels qu'il les imaginait. Il se glissa dans la remise, où il considéra la caisse remplie de rouleaux de corde et de ficelle dans laquelle l'assassin avait trouvé l'embrasse. En se redressant, il se cogna la tête contre le plafond – ce qui n'avait pas pu arriver à Targo dans la mesure où celui-ci mesurait bien quinze centimètres de moins que lui. Une corde à la main – suffisamment longue pour étrangler quelqu'un –, il s'assit sur un tabouret en se demandant à quelle heure le meurtrier avait pu pénétrer dans le jardin. Cinq heures et demie du matin ? Non, trop tôt. Six heures, plutôt. Et comment Targo avait-il fait le trajet ? Dans l'un de ses véhicules, sûrement, qu'il avait dû garer quelque part à Pomfret avant de s'engager à pied dans Cambridge Road. Après tout, la ville n'était pas bien grande.

La porte de derrière n'était pas fermée à clé, mais à quel moment au juste avait-elle été déverrouillée ? Wexford se leva, quitta la remise, et, tenant toujours la corde, longea l'allée bordée de chrysanthèmes et d'asters jusqu'à la petite courette devant la porte, sur laquelle donnait la fenêtre de la cuisine. Si Targo avait pu profiter de l'obscurité pour s'avancer discrètement jusqu'à la maison, il n'y avait en revanche plus moyen de se cacher dans cet espace à découvert. Selon toute probabilité, la porte n'était pas fermée à clé. Était-il entré d'office ? Ou avait-il frappé pour obliger Norton à descendre lui ouvrir ? Et comment savait-il que Catherine Lister était partie ? Sans doute parce qu'il avait vu une lumière s'allumer dans la maison voisine… Wexford jeta un coup d'œil par-dessus le mur de séparation et constata que c'était tout à fait possible. Il tapa contre le battant, et Lynn l'introduisit à l'intérieur.

La première chose qu'avait dû demander Andy Norton à son visiteur, c'était ce qu'il faisait là. Targo ne s'était peut-être même pas donné la peine de répondre ; après tout, il savait déjà que Norton ne le reverrait jamais.

Wexford se dirigea vers le salon en imaginant l'assassin y pénétrer à la suite de sa victime, avant de lui passer la corde autour du cou par-derrière. Une bouffée de colère l'assaillit à l'idée qu'un être aussi doux et innocent que Norton ait pu succomber lui aussi à la folie meurtrière de Targo.

Tout ce que je voudrais, songea-t-il quelques minutes plus tard, assis dans sa voiture, c'est un petit coup de pouce pour me permettre de progresser. Un tout petit quelque chose qui pourrait amener les autres à me croire, ou au moins à m'accorder le bénéfice du doute. Je ne sais plus quoi faire, à part essayer d'appeler encore une fois tous ces numéros ou retourner à Wymondham Lodge parler à Mavis Targo, au risque de subir les assauts d'une meute de chiens hystériques. Je ne sais pas plus quoi faire…

Il en était là de ses réflexions quand Lynn Fancourt s'approcha de la voiture. Il baissa sa vitre.

— Je viens de parler à une femme qui habite dans Oxford Road, monsieur, dit-elle. C'est la rue parallèle à celle-ci, dont elle est séparée par le chemin entre les jardins. Mais vous le savez peut-être déjà…

— En effet, Lynn. Vous avez du nouveau ?

Je l'espère, ajouta-t-il en son for intérieur.

— Le témoin s'appelle Wentworth, Pauline Wentworth. Le matin où Andy Norton a été tué, elle est descendue répondre au téléphone juste avant six heures. Elle n'a pas de combiné à l'étage. Elle a décroché parce que sa fille est sur le point d'accoucher, elle croyait que c'était l'hôpital. En fait, non, c'était juste un faux numéro. Mais elle n'est pas retournée se coucher car elle savait qu'elle ne se rendormirait pas. Il faisait encore nuit, bien sûr, sauf que la lune était pleine. Mme Wentworth est entrée dans la cuisine, où elle a mis de l'eau à chauffer pour se préparer du thé. C'est à ce moment-là qu'elle a regardé dehors et remarqué que le portail au fond du jardin était resté ouvert. Ça ne l'a pas inquiétée, elle s'est dit qu'elle avait dû oublier de le refermer la veille. Quand elle est sortie pour aller le repousser, elle a aperçu un homme qui pénétrait dans le jardin d'Andy Norton.

— Pourquoi n'a-t-elle pas prévenu la police ?

Lynn leva les yeux.

— Elle pense avoir reconnu l'homme en question. Il y a quelques années, d'après elle, il promenait ses chiens dans le quartier. Un jour, l'un d'eux a poursuivi son chat, et elle a prié le propriétaire de le tenir en laisse. Elle m'a décrit un individu petit, pas plus grand qu'elle, et assez âgé. Et elle a ajouté – écoutez bien, monsieur – qu'avant il avait une grosse marque de naissance dans le cou, mais qu'elle avait disparu.

Prenant sur lui, Wexford parvint à contenir son excitation.

— Elle s'en est rendu compte malgré l'obscurité ? Même si la lune brillait…

— Elle a l'habitude de laisser une lumière allumée toute la nuit au fond du jardin. Apparemment, c'est quelqu'un de chez nous – un policier, je veux dire – qui le lui a conseillé après une tentative de cambriolage.

— Elle ne s'est pas demandé ce que cet homme faisait là ?

— Pas vraiment, parce qu'elle le considérait comme une « personne respectable », d'autant qu'il aimait les animaux. Elle a pensé qu'un de ses chiens était entré dans le jardin et qu'il voulait le récupérer sans déranger les occupants de la maison. À mon avis, monsieur, tous ces amis des bêtes sont un peu dingues…

Il laissa échapper un petit rire.

— Merci, Lynn. Bien joué.

Je le connais, se dit-il. Je sais comment il procède et comment il raisonne ; cette fois, il ne m'échappera pas. Sur cette pensée, il rentra chez lui retrouver sa femme.

## Chapitre 14

— J'ai l'impression de l'avoir bien connu, dit Dora lentement. C'est comme si je venais de perdre un ami. Tu sais que ce n'est pourtant pas dans mes habitudes de m'attacher aussi rapidement aux gens… (Une pensée lui traversa soudain l'esprit, il le devina à son changement d'expression. Il pressentait ce qu'elle allait lui demander.) Est-ce que… est-ce que sa mort a quelque chose à voir avec cette maison ou… ou avec moi ?

— J'ignore pourquoi on l'a tué, répondit-il sincèrement, avant de se réfugier dans le mensonge : Mais il ne peut pas y avoir de rapport avec toi. C'est impossible.

— Si c'était le cas, je ne m'en remettrais jamais. Oh, Reg…

Il la prit dans ses bras, et, quand elle leva son visage vers lui, Wexford se rappela qu'elle l'avait regardé ainsi la seconde fois où ils étaient partis se promener tous les deux le soir à Newquay. Il y avait tant de confiance dans ses yeux…

Il retourna à Pomfret un peu plus tard.

— Vous pourriez décrire cet homme ? demanda-t-il à Pauline Wentworth.

— Pas très grand, répondit-elle. Je veux dire, pas du tout comme vous. (Sous le regard appuyé et légèrement désapprobateur dont elle le gratifiait, il se fit l'effet d'être un géant dans une foire aux monstres.) Je l'ai croisé plusieurs fois quand j'habitais Stringfield, il était toujours accompagné d'un chien. Mais je ne l'avais pas revu depuis des années – depuis que je me suis installée ici, en fait. Au début, j'ai cru l'avoir reconnu – c'est ce que j'ai dit à votre collègue –, sauf que l'homme auquel je pensais avait une marque de naissance dans le cou et pas celui-là. Ça s'enlève, ce genre de chose ?

— Aujourd'hui, la chirurgie esthétique fait des prodiges, affirma Wexford.

— À Stringfield, il portait toujours une écharpe, même en plein été. Quelqu'un m'a expliqué un jour que c'était pour cacher cette marque, et c'était vrai, je l'ai aperçue une fois. Donc, d'après vous, il aurait subi une intervention ?

— C'est possible.

— Alors, dans ce cas, je suis plus affirmative. Entre le clair de lune et la lumière du jardin, j'avais une assez bonne visibilité. Sur le moment, j'étais sûre que c'était lui, mais comme il n'avait pas cette affreuse marque de naissance, je me suis dit que j'avais dû me tromper. En tout cas, il n'y avait pas de chien avec lui, même si au départ j'ai supposé qu'il était dans le jardin de M. Norton pour récupérer son animal.

Serait-ce suffisant pour convaincre Freeborn de la nécessité de rechercher la voiture de Targo et de faire surveiller Heathrow, Gatwick et éventuellement d'autres aéroports ? se demanda Wexford. Qu'il ait laissé son passeport ne signifiait rien ; c'était bien le genre d'individu à posséder plusieurs passeports. Et le temps pressait, cela faisait maintenant deux jours que le corps d'Andy Norton avait été découvert. Quoi qu'il en soit, Wexford se sentait confiant ; pour la première fois depuis des années qu'il soupçonnait Targo sans pouvoir le confondre, il tenait enfin un témoignage crucial.

— Vous me croyez, maintenant ? lança-t-il à Burden.

— Oui, Reg, je vous crois. Et je suis désolé d'avoir douté de vous. En attendant, vous avez réussi à me convaincre parce que vous m'avez donné toutes les informations nécessaires, mais je ne sais pas comment réagiront les autres… D'autant que le témoignage de Mme Wentworth ne me paraît pas très solide. Vous l'imaginez déposer au tribunal ? Le premier avocat venu ne manquera pas de souligner qu'il devait encore faire nuit à six heures du matin fin octobre, et que malgré cette histoire de lune et de lumière dans le jardin, il semble impossible qu'elle ait pu distinguer une marque de naissance dans le cou de cet individu, ou en l'occurrence l'absence d'une telle marque. N'oublions pas qu'elle a soixante-douze ans, elle doit porter des lunettes – un détail que les avocats exploiteront sûrement .

— N'empêche, j'estime qu'on a suffisamment d'éléments pour lancer un avis de recherche au niveau national. Ne me regardez pas comme ça, Mike ! J'irai d'abord en parler à Freeborn. Je ne doute pas un seul instant qu'il dira oui.

De fait, Freeborn dit oui – un « oui » réticent, lâché du bout des lèvres après plusieurs minutes de réflexion. La priorité consistait à localiser la Mercedes. Mais qui avait passé ce coup de téléphone à Mavis Targo et laissé un message sur le répondeur ? se demandait toujours Wexford. Était-il possible qu'un homme puisse déguiser sa voix au point que même sa femme ne la reconnaisse pas ?

Targo avait quitté son domicile le jour où il avait tué Andy Norton, probablement quelques heures après le meurtre, récapitula Wexford. Il n'en revenait pas qu'après avoir commis un crime aussi odieux, cet homme ait pu tranquillement poursuivre ses activités comme si de rien n'était. Cela dit, il était parti sans ses chiens et il avait pris la Mercedes. Pourquoi ? Peut-être parce qu'il prévoyait de rester absent un certain temps. Mais où était-il allé ? Voir ses enfants ? Non, sans doute pas.

Et s'il avait rendu visite à sa première femme ? Lorsque Wexford l'avait croisée dans le centre commercial de Kingsbrook, des années plus tôt, Kathleen Targo s'était déclarée soulagée que le divorce ait été prononcé – « Bon débarras », avait-elle dit –, mais après tout les gens évoluent, on assiste parfois à des réconciliations surprenantes…

Il y avait longtemps qu'il ne l'avait pas vue. La soixantaine passée, Kathleen Targo paraissait robuste et en bonne santé, et elle était manifestement heureuse de sa venue.

— Vous n'avez pas changé, affirma-t-elle.

Galamment, il répliqua qu'elle avait l'air encore plus épanouie que lors de leur dernière rencontre.

— Je sais que vous vous appeliez Mme Varney à ce moment-là, mais n'ayant pas d'autre information à votre sujet que Sewingbury, j'ai eu un peu de mal à vous retrouver.

— C'est parce que je me suis remariée, expliqua-t-elle. Jack est mort il y a quelques années, et j'ai épousé son meilleur ami. Il venait de perdre sa femme.

Elle l'introduisit dans le salon, puis lui proposa du café.

— Non, merci, je n'ai pas trop le temps. (Il se rappela l'enfant dans la poussette.) Comment va Philippa ?

— Elle vient de terminer ses études de médecine et elle travaille sans relâche… Quand on s'installe, les deux ou trois premières années sont toujours difficiles, n'est-ce pas ?

— Vous devez être fière d'elle.

— Oh oui ! J'ai beaucoup de chance, monsieur Wexford. Mes enfants ont fait leur chemin dans la vie, j'ai encore la santé et j'ai eu deux bons maris après mon expérience désastreuse avec Eric. Franchement, je ne peux pas me plaindre.

Elle l'invita à s'asseoir. Des photos de ses enfants ornaient le manteau de la cheminée, les tables et le haut d'un piano droit, constata Wexford. En remarquant un cliché isolé trônant sur une vieille chaîne hi-fi, qui la montrait au bras de son second époux, il se demanda ce qu'il aurait ressenti si Dora avait déjà été mariée et gardait dans le salon une photo de ses précédentes noces. Sans doute ne l'aurait-il pas supporté… Quoi qu'il en soit, leur propre situation n'avait rien de commun avec celle de ce couple choisissant de s'unir à l'approche de la vieillesse.

— À propos, comment dois-je vous appeler puisque vous n'êtes plus Mme Varney ?

— Mme Jones, répondit-elle. Mais appelez-moi Kathleen.

— Votre premier mari a disparu, Kathleen.

Elle éclata de rire.

— Excellente nouvelle ! Bah, j'imagine qu'il avait une bonne raison de le faire.

— Je suppose que vous ne savez pas où il est ?

— Vous supposez bien. Jamais il ne viendrait me voir, il irait plutôt se réfugier chez une autre de ses conquêtes. Il a quitté Mavis, non ? Ils ne s'entendaient pas, d'après Joanne. Alan, lui, ne dira jamais rien contre son père. C'est une question de principe.

C'est étrange, songea Wexford, et au fond assez fascinant de voir que même devenus adultes, certains enfants continuent de faire preuve de dévouement envers un mauvais parent, parfois même plus qu'envers un parent aimant. Parce qu'ils espèrent toujours gagner leur amour ?

— Il n'a quitté Mavis qu'au sens où il s'est inexplicablement absenté de leur domicile, répondit-il. Connaissez-vous le nom et l'adresse de la femme avec qui il vivait à Birmingham ?

— Tracy quelque chose… Attendez. Tracy Cole. Quand j'ai mis Eric à la porte, il a logé un moment chez sa mère dans Glebe Road, et ensuite il a emménagé avec cette femme. J'ai noté l'adresse quelque part… Je suis de ces personnes qui ne jettent jamais rien, alors je devrais pouvoir la retrouver.

— Finalement, je veux bien un café, si ça ne vous dérange pas.

— Pas du tout.

Si elle ne jetait rien, pensa-t-il, peut-être n'oubliaitelle rien non plus ? Il savait par expérience que les personnes qui ont tendance à tout garder, à conserver jusqu'au plus petit bout de papier – une attitude typique du stade anal, comme disent les psychologues –, ont souvent une bonne mémoire. Bon, il allait l'interroger. Le souvenir des jours difficiles qu'elle avait vécus lorsqu'elle habitait dans Jewel Road, à Stowerton, ne s'était peut-être pas perdu à tout jamais ? Comme dans un rêve, il revit Targo assis près du radiateur électrique tandis que le petit Alan allait l'embrasser pour lui dire bonsoir, puis caressait la tête soyeuse de l'épagneul…

Quelques instants plus tard, Kathleen Jones revint avec un plateau sur lequel elle avait posé deux tasses de café ainsi qu'une feuille de papier jauni où figurait une adresse dactylographiée.

— Eric n'aurait jamais pris la peine d'écrire une vraie lettre, dit-elle. Ni d'acheter un timbre, même s'ils n'étaient pas aussi chers que maintenant… Il a glissé ce morceau de papier sous ma porte sans même le mettre dans une enveloppe pour me montrer où il vivait – à savoir, le plus beau quartier de Birmingham. Cette Tracy Cole avait les moyens. Son père était mort et lui avait légué la maison familiale en plus d'une véritable fortune. Eric et elle formaient un de ces couples qui n'arrivent jamais à se séparer, où l'un des deux cherche toujours à renouer.

Si Tracy Cole n'avait pas déménagé depuis tout ce temps, était-il possible que Targo ait pu trouver refuge chez elle ? songea Wexford.

— Kathleen… commença-t-il, un peu gêné d'utiliser le prénom pour la première fois. Vous souvenez-vous du soir où je suis venu interroger votre mari quand vous habitiez encore Jewel Road ? C'était en rapport avec le meurtre de Mme Elsie Carroll. Vous vous rappelez ?

— Bien sûr ! C'est la seule fois où je vous ai vu avant de vous croiser dans la galerie marchande. Et je n'ai pas été très polie en vous raccompagnant.

Il éclata de rire.

— Vous n'avez pas été malpolie, juste un peu brutale. Au fait, votre café est excellent. Vous rappelez-vous également que j'ai demandé à votre mari où il était le soir où Mme Carroll a été assassinée, et qu'il a affirmé avoir gardé Alan ?

— Je venais de donner son bain à notre fils, répondit-elle, et je n'étais pas là quand vous avez posé la question. (Elle avait manifestement une excellente mémoire.) Je vous ai rejoints au moment où il mentionnait mes cours de couture. Je n'ai rien dit quand il vous a raconté cette histoire ridicule, comme quoi il avait passé la soirée à faire des pompes… J'ai gardé le silence parce que j'avais peur de lui. Vous l'avez senti, n'est-ce pas ?

— J'étais très jeune, Kathleen. Et inexpérimenté. Je ne savais rien des violences conjugales. On n'en parlait pas beaucoup en ce temps-là, c'était considéré comme un problème d'ordre privé dont on ne devait pas se mêler.

— Ce qui était bien commode pour les hommes, n'est-ce pas ? Si Eric ne se montrait pas trop violent à l'époque, dans mon état je ne voulais cependant pas courir de risques. Ce que j'essaie de vous dire, c'est que le soir où Elsie Carroll a été tuée, je suis rentrée plus tôt de mon cours de couture parce que notre prof était malade. Oh, je m'en souviens comme si c'était hier… Quand je suis arrivée, Eric n'était pas là, il avait laissé Alan tout seul. Il n'était peut-être pas parti plus de dix minutes, mais je me suis dit que je n'avais plus rien à attendre d'un homme qui laissait son jeune fils seul le soir, qui me frappait pour des broutilles et faisait plus de cas de son chien qu'il n'en ferait jamais du bébé que j'attendais.

Si Wexford était convaincu jusque-là de la culpabilité de Targo, Kathleen venait de lui en fournir la preuve.

— Pourtant, j'ai tenu le coup encore un moment, reprit-elle. Joanne est née deux semaines plus tard. Les femmes restaient à l'hôpital beaucoup plus longtemps, avant, mais Eric n'est venu me voir qu'une fois. Une fois en dix jours, alors que je venais d'accoucher de son enfant… C'était ma mère qui s'occupait d'Alan ; lui, il s'occupait de son chien. J'ai supporté cette vie-là encore presque deux ans. Alan avait six ans et Joanne allait fêter son deuxième anniversaire quand Eric m'a lancé un coup de poing dans la poitrine. On pensait toujours qu'un coup au sein pouvait donner le cancer – on sait maintenant que ce n'est pas le cas –, et c'est ce que j'ai cru aussi, alors je lui ai dit : « C'est fini. Tu vas peut-être me tuer, mais c'est fini. » Le lendemain, les voisins m'ont aidée à le jeter dehors, il s'est réfugié chez sa mère et ensuite chez Tracy, qui était comme une seconde mère pour lui.

Wexford se rendit ensuite dans une maison de retraite, que le politiquement correct exigeait désormais d'appeler une « résidence pour seniors ». C'était l'ancienne voisine d'Eileen Kenyon, dans la cité Muriel Campden, qui lui avait indiqué l'endroit.

— Elle est atteinte de la maladie d'Alzheimer, avait-elle confié à Wexford. Elle n'a qu'une soixantaine d'années, pourtant… Vous ne tirerez rien d'elle, elle n'a plus sa tête. Je le sais, j'ai essayé. Vous allez perdre votre temps.

Cette visite n'allait effectivement pas lui apporter grand-chose. Ce n'était pas la première fois qu'il mettait les pieds dans un établissement de ce genre, et comme d'habitude tout contribuait à le déprimer : le décor, les odeurs, les chaises disposées en demi-cercle devant le téléviseur, les pensionnaires âgés qui y avaient pris place, vêtus d'habits de couleurs vives, mal assortis et mal seyants, qui ne semblaient pas avoir été achetés pour eux… Le plus terrible était peut-être l'émission qu'ils regardaient d'un air apathique – une démonstration de danse acrobatique faite par des adolescents radieux, aux cheveux lustrés et au teint de pêche, en costume scintillant et moulant.

Comme bon nombre de ses semblables, Eileen Kenyon, installée dans un fauteuil, avait adopté l'attitude caractéristique des vieillards malades : épaules voûtées, dos arrondi, tête inclinée sur le côté. Et comme bon nombre d'entre eux, elle contemplait quelque chose qui n'était pas l'écran. Les jeunes danseurs cabriolaient, bondissaient et pirouettaient sous l'œil indifférent des seniors avachis sur leurs sièges. « Les beaux jeunes gens et les belles jeunes filles, tous, doivent comme les ramoneurs aller à la poussière », songea Wexford. Une aide-soignante vint lui chuchoter à l'oreille qu'il ne devait rien attendre d'Eileen Kenyon ; celle-ci ignorait où elle se trouvait et ne savait même plus qui elle était. Quand elle approcha le fauteuil roulant de la fenêtre près de laquelle patientait Wexford, il mesura à quel point Eileen Kenyon avait changé. Elle était méconnaissable : peau grise, cheveux blanchis et clairsemés, yeux éteints, traits brouillés…

— Vous souvenez-vous de moi, madame Kenyon ?

Pas de réponse. Le regard qu'elle fixait jusque-là à côté du téléviseur se porta vers le sol.

Mû par une inspiration subite, il demanda :

— Vous rappelez-vous votre chien, celui que vous avait donné M. Targo ?

Il vit l'une de ses paupières tressauter légèrement. Il tenta en vain de sc remémorer le nom de l'animal. Pourquoi pouvait-il citer les noms de presque tous les chiens de Targo – Buster, Princess, Braveheart –, mais pas celui que possédait Eileen Kenyon au moment de la mort de Billy ? Peut-être parce qu'il n'avait jamais rien oublié de ce que Targo lui avait dit.

— Le petit de Dusty, insista-t-il. Dusty, la chienne de M. Targo…

Cette fois, elle redressa légèrement la tête et ouvrit les yeux.

— Un serpent, articula-t-elle distinctement, avant de marmonner : Il avait un serpent. C'était effrayant, je n'aime pas les serpents. Il m'a demandé…

— Oui ? la pressa Wexford. Qu'est-ce qu'il vous a demandé ?

Mais elle s'était déjà retranchée dans son mutisme. Wexford pouvait seulement supposer qu'elle s'apprêtait à ajouter : « … si je voulais que Billy meure. » Renonçant à pousser plus loin l'interrogatoire, il remercia l'aide-soignante puis s'engagea dans le couloir sombre qui menait jusqu'à la double porte vitrée à l'entrée. Où avait pu aller Targo, bon sang ? Il lui semblait qu'une des remarques de Kathleen Jones aurait dû l'alerter, sans qu'il puisse se la remémorer.

Bien sûr, elle lui avait révélé – et c'était de loin le plus important, même si c'était arrivé de façon impromptue dans la conversation – que Targo n'était pas resté avec Alan ce soir-là. Qu'avait-elle dit d'autre ? Que leur fille Philippa était devenue médecin ? Non, ce n'était pas ça. Était-ce à propos de Tracy

Cole ? Peut-être… Non, c'était Glebe Road, songea-t-il. Elle avait mentionné Glebe Road, où habitaient les Rahman. Or Targo avait rendu visite plusieurs fois à Ahmed Rahman. Et s'il était passé le voir après avoir tué Andy Norton ?

## Chapitre 15

Wexford emmena Hannah. Les Rahman la connaissaient, et, à l'en croire, ne lui en voulaient pas de s'être montrée soupçonneuse. Honnête, elle avoua à son supérieur que Mohammed Rahman l'avait rabrouée d'un ton aimable, quoique ferme. Il savait comme personne infliger des rebuffades avec le sourire, ajouta-t-elle. En arrivant dans Glebe Road, Wexford ne s'attendait pas à le trouver chez lui, mais Yasmin Rahman l'informa que son mari était alité avec la grippe. Il l'avait attrapée deux jours plus tôt.

Ahmed, monté porter une boisson chaude à son père, redescendit au bout de quelques minutes. La dernière fois qu'il l'avait vu, à son retour de la mosquée, Wexford avait été frappé par la beauté du jeune homme, sa vitalité et son air plutôt suffisant. Ce jour-là, étrangement, il lui parut changé. Si les deux fils avaient le teint clair par rapport à Tamima, dont la peau se nuançait d'une chaude couleur dorée, Ahmed était à présent livide, des cernes sombres se dessinaient sous ses yeux et un soupçon de barbe lui ombrait les joues. C'était peut-être la mode chez les jeunes, mais Wexford mit cette apparence négligée sur le compte de l'indifférence plutôt que d'une quelconque préoccupation de style. Peut-être Ahmed avait-il contracté le même virus que son père, tout simplement…

— Oui, M. Targo est passé dans l'après-midi, répondit-il à la question de Wexford.

— Vous l'attendiez ?

— En fait, non. Quand j'ai entendu la sonnette, j'ai cru que c'était le médecin pour papa.

Ahmed hésita, avant d'ajouter :

— J'ai été surpris de voir M. Targo. Il voulait me commander un logiciel.

Consciente que dans ce domaine Wexford manquait de repères, Hannah demanda :

— Il ne pouvait pas le commander lui-même ? Il a préféré s'adresser à vous ?

— Oui, c'est ça.

Ahmed jeta un coup d'œil à sa mère, assise toute droite sur une chaise à dossier haut, la tête voilée. Ce matin-là, elle n'arborait pas d'autres bijoux que ses bagues, et, les mains jointes sur ses genoux, le visage fermé, elle observait une immobilité totale. Quand elle croisa le regard de son fils, elle se leva en disant qu'elle allait faire du café.

— Quel genre de logiciel ? interrogea Hannah.

— Des disquettes et un programme de domotique.

— C'est quoi ?

Soudain, Ahmed parut recouvrer sa confiance en lui.

— Eh bien, une fois dans votre ordinateur, il vous permet de contrôler à distance l'éclairage des pièces et tous les appareils électroménagers en envoyant un signal aux interrupteurs. Il passe par le circuit électrique de votre domicile. Il peut même allumer la radio si vous en avez envie, ou mettre la bouilloire en marche.

— C'est vraiment ce que voulait M. Targo ?

— C'est ce qu'il m'a dit, oui. Il avait lu un article sur ce programme.

— Et vous aviez la possibilité de le lui obtenir ? s'enquit Wexford.

— Bien sûr, affirma Ahmed. Je connais les fournisseurs, alors M. Targo préférait que ce soit moi qui me charge de la commande, même si on peut acheter soi-même ce genre d'articles dans n'importe quel magasin d'informatique.

Yasmin Rahman revint avec le café. Quand elle tendit les tasses aux visiteurs, Wexford remarqua que son regard ne cessait de se porter vers le manteau de cheminée en granit, comme si un détail la chagrinait dans ce coin-là. Ensuite, elle détournait prestement les yeux. Elle finit par se rasseoir, et, au moment où elle saisissait le sucrier pour le faire circuler, il nota le léger tremblement de ses mains. Elle parvint à le maîtriser en raidissant les doigts.

— Vous savez où est allé M. Targo en partant de chez vous ? reprit Wexford.

— Il est rentré chez lui, j'imagine, répondit Ahmed. Je ne sais pas, je ne lui ai pas posé de questions.

— Ça ne vous a pas surpris qu'il soit venu sans son chien ?

— Je ne tolère pas les animaux chez moi, intervint Yasmin Rahman.

Comment Targo avait-il accueilli cette interdiction ? se demanda Wexford. Comme le silence se prolongeait, Hannah finit par le rompre :

— Tamima travaille toujours au Raj Emporium ?

L'expression de Yasmin Rahman se fit encore plus sévère, creusant les deux sillons parallèles entre ses yeux sombres.

— Ma fille est partie chez sa tante, déclara-t-elle. Nous vous avons dit et répété qu'elle devait y aller. Mon fils Osman a pris sa journée pour la conduire à Londres.

Tous burent leur café tandis qu'Ahmed meublait la conversation en leur donnant gracieusement un cours sur les nouveaux systèmes de gestion automatisée de l'habitat. Pour Wexford, c'était du chinois, et il se leva sans même avoir fini sa tasse. Mais avant de se diriger vers la porte, il s'approcha délibérément de la cheminée, posa la main sur le manteau en granit brillant et examina de près l'angle droit. Il l'effleura d'un doigt, et, en entendant Ahmed lâcher un petit hoquet de stupeur, il se retourna, un sourire poli aux lèvres. Mme Rahman n'avait pas bougé un cil. Ahmed les raccompagna jusqu'à la porte.

— C'était quoi, le problème avec la cheminée, chef ? demanda Hannah une fois dehors.

Wexford contemplait la Harley-Davidson garée à côté des autres véhicules dans l'ancienne cour de Burden.

— Il s'est récemment passé quelque chose dans cette maison, répondit-il. Je ne sais pas quoi, mais Yasmin et son fils ont peur d'avoir laissé des traces.

— Vous en avez vu ?

— Non.

— La tante de Tamima, une certaine Mme Qasi, habite Farmstead Way, à Kingsbury. Vous croyez que la petite est vraiment là-bas ?

— Je l'ignore, Hannah, et sincèrement je m'en fiche. Pour le moment, c'est la disparition d'Eric Targo qui me préoccupe.

Wexford estimait qu'à ce stade, et bien qu'elle ne leur ait pas révélé grand-chose d'utile jusque-là, Mavis Targo constituait la meilleure source d'informations dont ils disposaient. À peine avait-elle ouvert la porte de Wymondham Lodge qu'elle déclara :

— Il est tout chamboulé. Il refuse de manger.

Rien d'autre. Pas de formule de politesse, pas même une question relative à l'objet de cette visite. Durant un bref instant, Wexford crut qu'elle lui annonçait que son mari était rentré, qu'il était malade et alité. Il aurait dû se douter, pourtant, qu'elle parlait du chien – probablement l'épagneul crème et blanc qui ne quittait pas son panier installé dans un coin du salon surchargé. Et il se demanda si c'était une passion commune pour les animaux qui avait réuni ces deux personnes mal assorties. Cela dit, étaient-elles si différentes ? À la réflexion, Targo et sa femme se ressemblaient beaucoup, au point qu'ils auraient pu être frère et sœur : même taille, même genre de stature, mêmes traits grossiers, mêmes yeux bleus perçants… Dans un film d'horreur, songea-t-il, on découvrirait sans doute que c'était Targo lui-même qui s'était déguisé en femme, et qu'il y avait un cadavre dans la cave ! Sauf que… comment aurait-il pu s'affubler d'un décolleté aussi généreux ? À cette pensée, il faillit éclater de rire.

Mavis Targo discourait toujours sur les états d'âme de l'épagneul tibétain quand le chiot apparut derrière les portes-fenêtres, jappant et grattant à la vitre. Elle s'empressa de lui ouvrir, et au même moment résonna au loin un cri suraigu suivi d'un long rugissement assourdi. Le chiot gambada dans la pièce, fit fête à Wexford, puis entreprit de laisser des empreintes de pattes boueuses partout sur le tapis clair.

— Lui, il ne s'ennuie pas de son maître, déclara Mme Targo. Il est trop jeune – pas vrai, mon petit chou ? C'est une chance, vous me direz ; je ne sais pas comment je ferais s'ils avaient tous les deux le cœur brisé.

— Vous n'avez toujours pas de nouvelles de votre mari ?

— Rien. Pas un mot. Ça commence à m'étonner, même de sa part.

— Je suis désolé d'avoir à vous poser la question, madame Targo, mais je crains que ce ne soit nécessaire. Le nom Tracy Cole vous dit-il quelque chose ?

— Oh, Seigneur, oui ! Inutile de vous excuser. Tracy, ce n'est pas celle qu'il fréquentait avant moi, c'était l'avant-dernière. Elle ne s'appelle plus Cole aujourd'hui, elle s'est remariée deux fois depuis sa rupture avec Eric.

— Vous auriez son numéro de téléphone ? Ou son adresse ?

— Si vous pensez qu'il est allé chez elle, vous vous fourrez le doigt dans l'œil…

La formule le fit sourire.

— Vous auriez quand même son numéro ?

Elle répondit avec réticence :

— Eric l'a enregistré sur son portable, je le sais même s'il l'a toujours nié. Il n'a pas osé l'écrire dans son carnet d'adresses, je ne l'aurais pas supporté. Mais je dois avoir noté son nom de femme mariée quelque part… Au cas où vous ne le sauriez pas, elle était toujours célibataire quand elle a rencontré Eric. (Wexford garda le silence. Il patienta.) Elle était encore très jeune, poursuivit-elle. Son père venait de mourir et lui avait légué la maison ainsi que ce qu'on appelle un portefeuille d'actions. Elle n'avait que dix-huit ans, elle a dû attendre d'en avoir vingt et un pour hériter du reste.

Mavis était bien différente de Kathleen, la première femme de Targo. Elle lui raconta qu'elle ne gardait jamais rien, qu'il lui arrivait souvent de jeter des choses et de le regretter après coup. Si elle ne put retrouver le papier sur lequel elle avait inscrit le nom de femme mariée de Tracy Cole, elle déclara soudain qu'elle venait de s'en souvenir, car c'était aussi le nom de famille de la seconde femme de Targo : Thompson. Elle s'appelait Tracy Thompson, et la seconde femme, Adele Thompson.

— Ils étaient mariés quand ils habitaient Myringham ? interrogea Wexford.

Il ne pouvait s'empêcher de penser que cette conversation lui aurait paru bien étrange à l'époque où il avait croisé Targo pour la première fois. Non seulement étrange, mais presque surréaliste, sans rapport possible avec la classe moyenne de la société anglaise telle qu'elle était alors, puisque la grande majorité de ses représentants restaient mariés à la même personne jusqu'à la mort d'un des conjoints. Il n'y avait qu'à Hollywood où l'on enchaînait ainsi les unions.

— Je veux dire, lorsque votre époux actuel tenait ce chenil, ajouta-t-il.

— Avec Adele ? Je suppose, oui, déclara-t-elle. Je ne le connaissais pas encore. Leur mariage n'a pas duré longtemps, parce qu'elle n'aimait pas les chiens. Au début, elle a réussi à le lui cacher, mais au bout d'un moment il s'en est rendu compte. On ne peut pas dissimuler indéfiniment ce genre de chose, n'est-ce pas ?

Pour toute réponse, Wexford se borna à l'encourager du regard. La loquacité inattendue de Mavis Targo était une bonne surprise pour lui.

— Tracy Thompson, alors Tracy Cole, vivait à Edgbaston, reprit-elle. Pour autant que je le sache, elle y vit toujours. C'est le quartier le plus chic de Birmingham, Eric m'en rebat tout le temps les oreilles. Elle avait une belle maison, d'après lui – plus un palais qu'une maison, à l'entendre. Et alors ? Ce n'était pas à lui, il n'avait aucune raison de s'en vanter comme ça !

— Vous avez dit tout à l'heure qu'il n'était certainement pas chez elle, mais comment pouvez-vous en être sûre ? Pourquoi ne lui demanderait-il pas de le cacher ?

Elle parut enfin prendre conscience de la situation.

— Qu'est-ce que vous lui voulez, d'abord ? Vous ne m'avez rien expliqué. Vous soupçonnez Eric d'avoir fait quelque chose de mal ?

— Nous avons besoin de son témoignage dans le cadre de notre enquête sur la mort de M. Andrew Norton, répondit prudemment Wexford.

— Qui est-ce ? Je n'en ai jamais entendu parler, et je parie qu'Eric ne le connaît pas non plus.

Lorsque Wexford se leva, le chiot se précipita aussitôt vers lui. Tout en le gratifiant d'un nouveau « mon chou » – peut-être n'avait-il pas d'autre nom –, Mavis Targo lui enjoignit de descendre d'un ton beaucoup plus doux que celui dont elle avait usé avec son visiteur.

— Oh, encore une chose, reprit Wexford au moment de partir. Quand votre mari s'est-il fait enlever son nævus ?

Elle s'esclaffa.

— Au début de notre mariage. C'est moi qui le lui ai demandé. Il cherchait encore à me faire plaisir, en ce temps-là…

Wexford s'abstint de tout commentaire.

— Surtout, n'oubliez pas de nous prévenir si votre mari essaie de vous joindre, madame Targo.

Allait-il pouvoir la retrouver ? Était-elle encore en vie ? Wexford avait soudain l'intuition qu'Eric Targo avait sûrement essayé de rejoindre Tracy Cole, la riche héritière qui habitait le plus beau quartier de Birmingham, la femme chez qui il s'était réfugié lorsque sa première épouse l'avait flanqué à la porte. Alan Targo avait alors six ans, avait dit Kathleen, sa mère ; aujourd'hui, quel âge avait-il ? La quarantaine, sans doute… Son père avait-il eu envie de revivre avec celle qu'il avait connue trente-quatre ans plus tôt ? Possible, conclut Wexford en songeant à Dora, dont il partageait l'existence depuis si longtemps. D'ailleurs, Kathleen avait elle aussi fait remarquer que le couple formé par Eric et Tracy était de ceux qui ne se séparent jamais vraiment…

Compte tenu des informations dont il disposait, Wexford n'eut finalement pas de mal à localiser la dénommée Tracy. Quand il l'appela, elle affirma ne pas avoir revu Eric Targo depuis plus d'un an, même si elle l'avait eu plusieurs fois au téléphone. Mavis était-elle au courant ? se demanda-t-il. Probablement pas. Tracy, qui se faisait appeler Mlle Thompson, ajouta qu'elle avait beaucoup de choses à dire sur son ancien amant, mais qu'elle préférerait parler de vive voix. Wexford pouvait-il venir chez elle ?

Il commença par solliciter l'autorisation de la police des West Midlands. Son interlocuteur était un certain commissaire Roger Phillips. C'était lui, forcément... songea Wexford. Au fil des années, leurs relations s'étaient espacées, ils avaient échangé quelques coups de téléphone et des courriers de plus en plus rares jusqu'à ne plus se donner de nouvelles du tout.

— J'étais témoin à ton mariage, dit-il.

— Mais oui, bien sûr ! s'exclama Phillips. Et tu as parfaitement joué ton rôle. Je suis toujours avec Pauline, entre nous c'est à la vie, à la mort. Et toi ?

— Pareil. Toujours marié à la même femme, Dieu soit loué ! (Wexford lui parla de Tracy Thompson et des recherches menées pour retrouver Eric Targo.) J'aimerais la rencontrer, si tu n'y vois pas d'objection.

— Non, pas de problème. Tu veux qu'un de mes agents t'accompagne ?

— Merci, j'irai avec mon sergent.

— Venez tous les deux prendre le thé après, d'accord ?

Wexford accepta, puis, après avoir coupé la communication, tenta en vain de sc rappeler comment était Roger Phillips. Seul le joli visage de Pauline lui revenait à la mémoire. Pauline, dont les parents connaissaient bien le couple qui avait amené Medora Holland au mariage...

Barry Vine et lui y allèrent en train, ce qui représentait un long voyage depuis le Sussex. Wexford utilisait rarement ce moyen de transport, mais il savait par la télé et les journaux à quel point les retards ou même les annulations pouvaient paralyser le trafic ferroviaire, et il en venait à redouter le pire. Le train d'Euston à Birmingham ne partit cependant qu'avec cinq minutes de retard, et les deux hommes se présentèrent à l'heure dite devant la porte de ce qui était « plus un palais qu'une maison ».

Des quatre femmes liées à Targo avec lesquelles Wexford s'était entretenu, Tracy Thompson était la plus jeune et la plus petite. À peine plus grande qu'une enfant de dix ans, elle pouvait de loin facilement passer pour une adolescente. De près, cependant, on distinguait des rides sur son visage et des fils blancs dans ses cheveux bruns ternes. Elle était également vêtue comme une adolescente, d'un jean et d'un T-shirt Disney imprimé de dalmatiens – une tenue qui, à première vue, s'accordait mal avec le décor.

Si la demeure avait bel et bien un aspect imposant, presque majestueux, elle n'en était pas moins « un peu bizarre », ainsi que Barry Vine le fit remarquer à Wexford plus tard. Les meubles dans les vastes pièces à plafond haut semblaient occuper la même place depuis plusieurs générations sans que personne les ait jamais entretenus, restaurés ou ne serait-ce que cirés, les rideaux, quoique intacts, étaient décolorés par des décennies de journées ensoleillées, les tapis ternis ou irrémédiablement tachés. L'intérieur évoquait le manoir de Satis, où vivait en recluse Miss Havisham, après un ménage des plus superficiels.

En tout cas, rien ne laissait supposer que Tracy Thompson avait été abandonnée devant l'autel et condamnée à une existence de recluse, songea Wexford. Pour lui, cette riche héritière devait être indifférente à son environnement et probablement s'estimer satisfaite d'avoir un endroit confortable où vivre.

Surprenant le regard qu'il portait sur le décor, elle déclara :

— Un peu miteux, hein ? C'est dommage, je vous l'accorde. Je me dis toujours qu'il faudrait entreprendre des travaux de rénovation, mais je crois que je ne m'y résoudrai jamais. Entre nous, je n'aime pas recevoir des personnes autres que mes amis ; je ne supporte pas la présence de femmes de ménage, d'ouvriers, etc. (Elle rejeta en arrière ses longs cheveux de petite fille.) Que vouliez-vous me demander ?

— Si j'ai bien compris, c'est surtout vous qui avez des choses à nous apprendre, mademoiselle Thompson.

— D'abord, pourquoi vous intéressez-vous autant à Eric ? (Elle énonça ensuite une remarque qui fit pratiquement bondir Wexford du vieux fauteuil tendu d'un tissu fleuri aux couleurs fanées où il avait pris place.) Il n'a pas tué quelqu'un, j'espère…

Barry Vine avait l'air au moins aussi étonné que lui, constata Wexford. Il avait même légèrement pâli.

— Vous ne parlez pas sérieusement ? répliqua-t-il.

— En fait, je n'en sais rien, répondit-elle. (Elle ne paraissait pas le moins du monde inquiète.) En tout cas, j'ignore si Eric plaisantait quand il m'a posé la question.

— Quelle question ?

— Il vaudrait peut-être mieux que je vous explique quel genre de relation nous avions, Eric et moi… Je devrais sans doute vous offrir quelque chose à boire, sauf que je n'aime ni le thé ni le café. Ah, j'ai peut-être du Coca…

— Ne vous dérangez pas, l'interrompit Wexford. Parlez-nous plutôt de vos rapports avec M. Targo.

— Eh bien, nous nous connaissons depuis longtemps. Quand il est arrivé à Birmingham, mon père venait de mourir. Je me sentais tellement seule ! Je n'avais que dix-huit ans, vous comprenez, ma mère était décédée elle aussi et je n'avais pas de famille. Tout le monde me répétait toujours à quel point j'avais de la chance d'avoir autant d'argent et cette maison. Un jour, j'étais assise sur un banc au parc, en train de ruminer ma solitude et mon incapacité à faire des projets pour l'avenir, lorsque son chien s'est approché de moi. C'était un épagneul déjà âgé, mais adorable. Il m'a léché la main, et, quand je l'ai caressé, il a sauté sur le banc pour se blottir contre moi. Il a même posé sa tête sur mes genoux. Là-dessus, le propriétaire – c'était Eric – s'est avancé et m'a dit que son chien se comportait comme ça uniquement avec les personnes qui lui plaisaient. Nous avons bavardé, je lui ai parlé de moi, et il a dit que je devrais prendre un chien, qu'il pourrait m'en donner un. C'est ce qu'il a fait.

Ce genre d'attitude ne ressemblait pas à Targo, et pourtant, d'une certaine manière, elle correspondait au personnage, pensa Wexford. Ce n'était pas tout à fait vrai qu'il aimait les chiens et détestait les humains ; en fait, il aimait seulement les personnes qui aimaient les chiens.

— Continuez, l'encouragea-t-il.

— Ensuite, nous nous sommes revus. Nous sommes tombés amoureux, je suppose… Il n'était pas mon genre et je n'étais pas le sien, ce qui ne nous empêchait pas de bien nous entendre. Sa femme l'avait quitté, il voulait voir ses enfants de temps en temps sans vivre en permanence avec eux. J'avais une maison assez grande pour nous deux, mais si vous imaginez qu'il m'a choisie parce que j'étais riche, vous vous trompez. Il était réellement fou de moi. Et c'est moi qui me suis lassée la première… Je lui ai donné de quoi s'acheter un logement et monter son auto-école – je l'ai payé, en quelque sorte –, et j'ai épousé quelqu'un d'autre. Sauf que je n'ai jamais réussi à l'oublier. De son côté, il a divorcé, et moi aussi. Il n'est pas revenu chez moi, et quand j'ai découvert qu'il partageait sa vie avec une autre, je suis entrée dans une telle rage que j'ai décidé de me remarier.

« Par la suite, nous avons entretenu une relation épisodique, alors qu'au fond c'était l'homme de ma vie tout comme j'étais la femme de sa vie. Je me suis séparée de mon second mari il y a des années, et depuis je suis célibataire. Eric a épousé cette Adele avec qui il vivait et ils sont partis s'installer à Myringham, dans le Sussex, d'où elle était originaire. Lui venait d'un endroit appclé Stowerton. Il avait déjà des biens qu'il louait et il a aussi ouvert un chenil – ce qui n'avait rien d'étonnant pour quelqu'un qui aimait autant les chiens… Là encore, je l'ai aidé financièrement ; j'espérais qu'on pourrait se remettre ensemble, parce que ses relations avec Adele se sont dégradées au bout de quelques mois, et puis là-dessus il a rencontré Mavis, il l'a épousée et je me suis dit que je n'avais plus aucune chance. J'avais également investi dans ses projets immobiliers – il rachetait des logements sociaux, ça lui rapportait beaucoup –, ce qui ne l'a pas empêché d'officialiser la situation avec Mavis et de s'installer avec elle dans une grande propriété qu'elle a sans doute payée en partie. Voilà, vous savez à peu près tout de notre histoire. Jusqu'à l'année dernière, il nous arrivait encore de nous voir, et on se parlait toujours au téléphone, mais quand il m'a demandé si je voulais me débarrasser de quelqu'un… eh bien, cette fois j'ai compris que c'était réellement fini.

Wexford, qui n'avait pas dit un mot pendant ce récit, formula sa question lentement :

— Que vous a-t-il demandé au juste, mademoiselle Thompson ?

— Vous voulez les détails ?

— S'il vous plaît.

— Il m'a téléphoné pour me dire qu'il avait une affaire à régler dans la région et qu'il aimerait passer chez moi. Il y avait eu un temps où il serait d'abord venu avant de trouver un prétexte professionnel pour justifier son voyage… Mais bon, l'eau avait coulé sous les ponts. Quand il est arrivé, j'ai voulu savoir s'il comptait rester un peu. Il m'a répondu que non, il venait juste m'annoncer qu'il n'y aurait plus rien entre nous. Il voulait faire sa vie avec Mavis, pour lui il n'était plus question de s'accorder des petits extras. Je lui ai demandé si c'était tout ce que je représentais à ses yeux, un « petit extra », et il m'a lancé : « Tu vois ce que je veux dire. » Il me répétait toujours ça, que je voyais ce qu'il voulait dire, surtout quand il se rendait compte que j'en souffrais. Après, il a ajouté qu'il aimerait faire quelque chose pour moi, en gage de reconnaissance pour toutes ces années durant lesquelles nous nous étions fréquentés ; y avait-il quelqu'un dont je souhaitais la disparition ? Sur le coup, je n'ai pas bien saisi – et pour cause ! Alors il m'a dit qu'il allait formuler les choses plus clairement : y avait-il une personne dont j'aurais voulu être débarrassée à tout jamais, et ce en toute discrétion ? J'ai cru qu'il était devenu fou, je vous assure.

— Vous pensez qu'il vous proposait de tuer quelqu'un ?

— Oui. Pour lui, c'était une sorte de compensation pour m'avoir quittée, et peut-être pour ne m'avoir jamais épousée.

— Que lui avez-vous répondu ? intervint Barry Vine.

— À votre avis ? Que j'étais heureuse qu'il ne veuille plus me revoir, parce que je n'en avais aucune envie non plus, et que s'il y avait bien quelqu'un dont je voulais être débarrassée, c'était lui.

— Vous n'avez pas envisagé de prévenir la police ?

— Si, bien sûr. Mais je n'avais rien de concret, c'était ma parole contre la sienne. Et puis, j'étais persuadée qu'on mettrait ma réaction sur le compte du dépit amoureux. Vous imaginez ? Eric était marié, heureux en ménage et en affaires ; j'étais célibataire après deux divorces, je lui avais donné beaucoup d'argent au fil des années et il venait de me rejeter. Vos collègues en auraient conclu que je cherchais à me venger, non ?

— Dans ce cas, pourquoi tout nous raconter maintenant ? s'étonna Wexford.

— Parce que si vous m'interrogez aujourd'hui sur Eric, c'est que vous avez une bonne raison de le faire. Alors, pour vous, j'agis par dépit ?

— Non, je vous crois.

Après avoir servi le thé, Roger Phillips alla chercher une bouteille de porto. Si Wexford avait décidé depuis longtemps de ne plus jamais en boire, il en accepta néanmoins un verre tout en parlant à son collègue de son entretien avec Tracy Thompson et de la « compensation » offerte par Targo, puis des meurtres d'Elsie Carroll, de Billy Kenyon et d'Andy Norton. En guise de conclusion, Roger répéta les mots que Wexford avait lui-même adressés à Tracy :

— Je te crois.

— Elle dit qu'elle ne l'a pas revu depuis, poursuivit Wexford. Il a essayé de l'appeler, il lui a laissé des messages, mais elle n'a pas répondu. La proposition de Targo l'a choquée au-delà de tout.

— Tu parles ! s'exclama Roger Phillips. Nous, on est tellement habitués aux affaires de mort violente et aux menaces en tout genre qu'on ne se rend plus compte de leur impact sur le grand public. La société n'est pas devenue totalement dépravée, malgré ce qu'affirment les médias ; la plupart des gens mènent au contraire une vie bien protégée et surtout bien rangée. Pour en revenir à Targo, tu penses qu'il aurait pu faire ce genre de proposition à d'autres personnes susceptibles de profiter de ses crimes ?

— Il ne me l'a pas faite, en tout cas, répondit Wexford. Pourtant, il devait penser que la mort de Norton m'arrangerait. Je suis certain aussi qu'il ne l'a pas faite à George Carroll – sinon, je ne vois pas ce qui aurait pu empêcher ce dernier de le dénoncer quand il a été inculpé de meurtre… Mais je me demande quand même si Eileen Kenyon ne se doutait pas de quelque chose. Targo aurait pu lui suggérer cette possibilité quand il est venu chez elle après lui avoir donné un chiot, et qu'ils ont bavardé… Elle lui a peut-être confié à quel point la vie avec Billy était dure. Après coup, au cas où elle l'aurait su responsable de la mort de son fils, il était dans son intérêt de garder le silence.

— Et tu dis qu'aujourd'hui Targo a disparu ?

— Oui. Et à mon avis, il n'est pas allé retrouver une femme. Il nous faut encore interroger cette Adele, et on prendra contact avec elle, évidemment, mais cette piste-là ne me paraît guère prometteuse ; de toutes ses compagnes, c'est apparemment elle qui est restée le moins longtemps avec lui. Bref, il pourrait être n'importe où.

— Il a besoin d'argent, non ? Tu as consulté ses comptes ?

— Jusque-là, je n'avais aucune raison légitime de le faire. C'est l'étape suivante.

Sur la promesse (aussi creuse pour l'un que pour l'autre) de se donner des nouvelles, voire de dîner ensemble lorsque les Phillips iraient dans le Sussex rendre visite à la mère de Pauline, ils se séparèrent. Dans le train, Wexford sortit de la poche de son imperméable le *Birmingham Post* qu'il avait acheté le matin même, tandis que Barry Vine, grand admirateur de Donizetti, écoutait *L'Elisir d'amore* sur son lecteur de CD.

Lorsqu'il lisait le journal d'une autre ville, ou même celui de Londres, il jetait toujours un coup d'œil au « Carnet du jour » ; au fil du temps, il avait vu des noms familiers apparaître dans la rubrique « Mariages », puis dans celle des « Naissances », et aujourd'hui certains figuraient dans celle des « Deuils »… Ce jour-là, le dernier de la liste des décès attira son attention : Trelawney. Il ne connaissait personne de ce nom-là, et pourtant… « … la douleur de vous faire part du décès de Trelawney, Medora Anne, épouse bien-aimée de James, survenu le 31 octobre à Sutton Coldfield. Les funérailles auront lieu le 3 novembre à dix heures en l'église All Saints. Ni fleurs ni couronnes. Les dons sont à adresser à la British Heart Foundation. »

Il ne pouvait s'agir que d'elle. Le petit ami de Medora qui avait essayé de le faire chanter des années plus tôt se prénommait Jim, et Trelawney était un patronyme répandu dans les Cornouailles. Il n'était pas fait mention de l'âge de la défunte, remarqua-t-il. Avait-elle été emportée par une maladie cardiaque ? Avait-elle passé sa vie à Sutton Coldfield, avec Jim et peut-être des enfants qui aujourd'hui la pleuraient ? Songeur, il replia le quotidien et se concentra de nouveau sur Targo, dont la disparition lui semblait décidément de plus en plus mystérieuse.

# Chapitre 16

Hannah Goldsmith passa chercher Jenny Burden devant le lycée à seize heures trente. Comme il pleuvait à verse, tout le monde se protégeait la tête ou avait ouvert un parapluie, et personne ne s'attardait devant l'établissement, ce qui arrangeait bien Hannah. Elle n'avait en effet aucune envie qu'on la voie rencontrer en secret la femme de Mike Burden. Le café où elles allèrent, situé dans une petite rue perpendiculaire à Queen Street, avait tout de ce qu'on appelait familièrement « un rade ».

C'était un petit bar miteux, mal ventilé, où les gouttes de condensation dégoulinaient le long des vitres. Le thé, couleur acajou, était de ces breuvages dont on disait autrefois qu'on pouvait planter une cuillère dedans, mais qui aujourd'hui étaient qualifiés de « revigorants ».

— Je voulais vous faire part des progrès de l'enquête, commença Hannah, parce que je sais que vous êtes inquiète pour Tamima Rahman tout autant que moi. Je suis allée voir sa famille hier avec mon chef à propos d'une autre affaire, et au cours de la conversation Yasmin Rahman a dit que Tamima était partie à Londres chez sa tante. Son frère Osman – c'est l'infirmier – l'y avait conduite la veille en voiture.

Jenny hocha la tête.

— Donc elle est là-bas, n'est-ce pas ? Où exactement ?

— Cette tante, Mme Qasi, habite Kingsbury, une banlieue du nord-ouest de Londres – à l'ouest d'Hendon, si vous connaissez. Je ne peux cependant pas affirmer que la petite y est. Ses parents le soutiennent, et c'est peut-être vrai, mais j'ai tout de même cherché le numéro de téléphone de Mme Qasi, et je l'ai appelée en demandant à parler à Tamima. C'était ce matin. Elle m'a répondu que Tamima était sortie avec sa cousine – ou du moins une de ses cousines, car si j'ai bien compris, les Rahman ont pas mal de famille dans le coin. Les filles étaient parties faire du shopping dans Oxford Street, a-t-elle ajouté. Et non, elle ne savait pas quand elles rentreraient. J'ai rappelé à trois heures, et cette fois personne n'a répondu. J'ai laissé un message.

— Qu'est-ce que vous soupçonnez au juste ? s'enquit Jenny.

— Je ne sais pas. Depuis que Tamima a quitté l'école en juillet, je me dis qu'il est possible que les Rahman essaient d'arranger son mariage.

— Arranger ou forcer ?

— Je crois que ses parents tiennent surtout à maintenir Tamima et Rashid Hanif éloignés l'un de l'autre, et que c'est l'une des raisons de ce séjour à Londres, répondit Hannah. À partir de là, la notion de mariage arrangé risque de basculer vers celle de mariage forcé.

— Autrement dit, ils l'auraient envoyée à Londres pour lui présenter un parent – puisque apparemment ils sont nombreux à vivre aux alentours de la capitale. Si elle est d'accord, tant mieux, mais si elle ne l'est pas…

— Il ne sera pas trop difficile de l'obliger à épouser quelqu'un à Londres, alors qu'ici tout le monde est au courant de ce qui se passe chez le voisin.

— Et si elle refuse ?

— Je préfère ne pas y penser pour le moment, répliqua Hannah. D'abord, je voudrais être sûre que Tamima est bien chez Mme Qasi et surtout qu'elle est heureuse d'y être.

Or Tamima ne la rappela pas comme Hannah l'avait demandé. Elle ne chercha pas non plus à joindre Jenny, dont elle avait le numéro. Les adolescents n'écrivent pas de lettres, ils envoient des *e-mails*. Jenny en reçut un de son ancienne élève, mais tellement neutre et vague qu'il aurait pu être rédigé par n'importe qui.

*Bonjour, madame Burden. Je profite bien de mes vacances chez ma tante Mme Qasi, au 46 Farmstead Way, Kingsbury. Je ne connaissais pas beaucoup mes cousines jusque-là et je m'amuse bien avec elles. Je vais peut-être rester encore un moment et chercher du travail ici.*

*Tamima.*

— Rien ne prouve que ce soit Tamima qui ait envoyé ce message, observa Hannah.

— Exact. Sans compter que je ne sais pas pourquoi elle me l'a adressé. La dernière fois que je l'ai vue, c'était avant son départ pour le Pakistan. Pourquoi n'a-t-elle pas essayé de vous contacter, plutôt ?

Songeuse, Hannah suggéra :

— Attendons encore quelques jours, d'accord ? Si nous n'avons pas de nouvelles d'ici à la fin de la semaine, que diriez-vous d'aller rendre une petite visite à Mme Qasi ?

— Samedi, ce serait le mieux pour moi, je n'ai pas cours, expliqua Jenny.

Le vendredi, lorsque Hannah accompagna Wexford chez les Rahman pour leur demander si Ahmed avait eu des nouvelles d'Eric Targo, Osman avait pris un jour de congé et se trouvait à la maison.

Adoptant une attitude semblable à celle de son père, allant même jusqu'à arborer un petit sourire hautain, il commença par dire à Hannah qu'il la savait « très concernée par les activités de Tamima ».

— Alors vous serez peut-être contente d'apprendre qu'elle va partager un appartement à Londres avec sa cousine et une amie, et essayer de trouver du travail là-bas. Elle s'émancipe, n'est-ce pas ?

C'était l'une de ces banlieues du grand Londres qui conservent un petit quelque chose de la campagne – une campagne abîmée, où les grillages, le béton et les usines désaffectées gâchent le paysage, mais où il y a toujours des champs. On voyait bien comment Farmstead Way – littéralement « le chemin de la ferme » – avait hérité de son nom. La route que suivait Hannah au volant de sa voiture contournait le réservoir de Brent, et elle aperçut même un petit troupeau de vaches noir et blanc qui ruminaient à l'ombre d'un bosquet de noisetiers. La pluie avait cessé temporairement, laissant apparaître un ciel bleu qui ne tarderait sans doute pas à se couvrir. En ce samedi, Hannah aurait dû profiter de sa journée de congé et Jenny aussi.

Faduma Qasi habitait un des nombreux pavillons de la rue qui, s'ils étaient mitoyens, ne s'en distinguaient pas moins par une architecture variée et des toits de tuiles vertes ou rouges. Hannah avait téléphoné pour annoncer leur visite, aussi Mme Qasi les fit-elle entrer sans hésitation. Tout comme Jenny, elle s'attendait à rencontrer une femme en longue robe noire qui aurait pris soin de se couvrir la tête avant d'ouvrir la porte ; or la tante de Tamima portait une tenue qui ne l'identifiait pas du tout comme musulmane : chemise à petits carreaux noirs et blancs, pull rouge à col roulé et sandales noires.

Une fois les présentations faites, elle s'éclipsa pour aller préparer du thé, laissant Jenny et Hannah s'installer dans le salon. En constatant que ni les meubles ni les objets de décoration n'évoquaient un pays du sous-continent asiatique, Hannah se rappela que Mme Qasi était la sœur de Mohammed Rahman, dont le propre foyer recréait une atmosphère britannique très fin du vingtième siècle. Elle remarqua aussi une bibliothèque garnie de livres anglais, et, à sa grande surprise, une bouteille de sherry posée sur un plateau à côté de deux verres.

Le thé apporté par Mme Qasi se révéla proche de celui servi dans le café de Queen Street : fort, aromatique, d'une teinte presque noire qui virait au brun noisette quand on y ajoutait une goutte de lait.

— Bon, j'aimerais commencer par préciser deux ou trois petites choses, dit la maîtresse de maison en s'asseyant. Je sais ce que vous pensez, toutes les deux, c'est écrit sur vos visages. Je peux lire en vous comme dans un livre ouvert, si vous me permettez l'expression. (Elle tendit une tasse à Jenny et lui indiqua le sucrier.) Vous vous attendiez à rencontrer une vieille femme opprimée en burqa, je suppose… Vous êtes persuadées que toutes les musulmanes sont soumises à ce mode d'existence et que vous avez le devoir de les libérer, de les émanciper. Or je ne corresponds pas à l'image que vous vous étiez faite de moi, n'est-ce pas ? Je suis enseignante tout comme vous, précisa-t-elle en gratifiant Jenny d'un regard appuyé. Sauf que je ne suis pas mariée. Je l'étais, et mon mariage a été arrangé, mais on nous a montré à chacun plusieurs photos de prétendants éventuels et nous avons choisi de sortir ensemble. Les mariages arrangés sont une tradition dans notre famille ; celui de mon frère avec Yasmin l'a été, et on ne saurait trouver couple plus heureux. Moi, je suis divorcée. Et non, mon mari ne m'a pas répudiée avant de me jeter dehors ; notre divorce a été prononcé au tribunal. Depuis, j'ai un ami – je me refuse à qualifier de « petit ami » un homme de cinquante ans –, et il est possible que nous décidions un jour de nous marier.

Hannah prit sa tasse de thé et remercia Mme Qasi qui poussait vers elle le sucrier.

— Mon frère est né au Pakistan, poursuivit leur interlocutrice. Moi, je suis née ici et l'anglais est ma langue maternelle. Oui, je suis citoyenne britannique de naissance, et mes parents étaient des personnes particulièrement instruites et progressistes. Je ne porte pas le voile parce que rien dans le Coran n'oblige les femmes à le porter. J'essaie néanmoins d'être une bonne musulmane et je ne bois pas d'alcool. Oh, je vous ai vues regarder la bouteille de sherry – c'est pour les invités. D'ailleurs, en voulez-vous un verre ? Non ? Il est encore un peu tôt, j'imagine…

— Madame Qasi, l'interrompit Hannah. Nous ne voulions pas…

— Oh non, je sais bien que vous ne vouliez pas sciemment m'offenser. Je sais aussi que vous vous targuez de ne pas avoir de préjugés, mais qu'au fond vous êtes racistes comme tous les Anglais. Moi, j'appelle ça du « racisme bien intentionné ». Bon, maintenant, parlons de ce qui vous amène.

— J'avoue que vous nous avez un peu prises de court, répliqua Jenny. Moi, en tout cas. En fait, nous étions surtout venues vous demander si votre nièce Tamima allait bien, si elle logeait chez vous et si vous étiez d'accord pour qu'elle partage un appartement avec votre fille et une amie. Je veux dire : elles sont encore très jeunes, n'est-ce pas ? Tamima n'a que seize ans, et je ne pense pas que votre fille soit beaucoup plus âgée.

— Mia a également seize ans, confirma Mme Qasi. Mais ce n'est pas d'elle qu'il s'agit. Tamima a une autre cousine, la fille de ma sœur – nous sommes une famille nombreuse et très unie, madame Burden –, qui a vingt-sept ans et partage un appartement avec une amie, Clare, depuis déjà cinq ans.

— Vous pourriez nous donner leur adresse et le nom de votre nièce, madame Qasi ? demanda Hannah.

— Ma nièce, qui possède l'appartement, s'appelle Jacqueline – son père est anglais, voyez-vous. En attendant, je ne vais pas vous donner l'adresse ; vous n'avez ni mandat ni document de ce genre, n'est-ce pas ? Dans ce cas, je ne suis pas obligée d'accéder à votre requête. Tamima n'a rien fait de mal, pas plus que Jacqueline ou Clare. Vous savez sans doute que Tamima est à Londres avec l'approbation de son père et de sa mère, et elle retournera probablement chez elle à la fin de l'année – pour Noël, je crois. Oui, je célèbre cette fête comme presque tous les Britanniques, même si je n'adhère pas à la foi qu'elle symbolise – là encore, comme presque tous les Britanniques, me semble-t-il. Voilà, je peux aussi vous dire que Tamima était là jusqu'à hier. Elle est partie avec Jacqueline et Clare un peu avant que vous me téléphoniez pour prendre rendez-vous. Si vous voulez son adresse, je vous suggère de demander à mon frère de vous l'indiquer.

« Une dernière chose, ajouta-t-elle en s'adressant à Jenny. L'*e-mail* que Tamima vous a envoyé a été écrit sur ma suggestion. Ma nièce m'ayant confié que vous vous intéressiez à elle, j'ai pensé qu'un petit mot serait une attention bienvenue.

L'entretien ne se déroulait pas du tout comme l'avait escompté Hannah. Même si elle n'appréciait pas d'être traitée de « raciste bien intentionnée », elle devait bien admettre que Faduma Qasi avait vu juste lorsqu'elle avait décrit – en termes grinçants – la femme que Jenny et elle s'attendaient à rencontrer. D'ailleurs, certains des sujets qu'elle avait abordés, en particulier la tenue vestimentaire et le mariage arrangé, étaient précisément ceux dont Jenny et elle avaient parlé pendant le trajet depuis Hendon. Elle qui s'enorgueillissait volontiers de son absence de préjugés raciaux, de sa conviction que tous les hommes étaient égaux quelle que soit leur couleur de peau ou leur origine, en venait à se demander si elle ne devrait pas réviser ses opinions. Au fond, elle se sentait humiliée, ce qui lui arrivait rarement. Mais elle était déterminée à n'en rien montrer.

— Combien de temps Tamima est-elle restée chez vous ? s'enquit-elle.

— Environ une semaine. Pour elle, c'étaient des vraies vacances. Jacqueline travaille à domicile, en indépendante, si bien qu'elle a pu s'accorder des jours de congé pour l'emmener visiter la ville. Elles sont allées au théâtre, au cinéma, au musée... Nous ne sommes pas complètement incultes, dans la famille ! ajouta Mme Qasi. Ensuite, Jacqueline et Clare ont suggéré à Tamima de chercher un travail dans la chaîne de supermarchés Spicefield et d'emménager avec elles. Elle a demandé à ses parents s'ils étaient d'accord et ils ont accepté.

— Je crois que M. et Mme Rahman tenaient à éloigner leur fille d'un jeune garçon qu'elle fréquentait, Rashid Hanif, avança Jenny.

— Je ne suis pas au courant, affirma Mme Qasi. Tamima ne l'a jamais mentionné.

Hannah passa le reste du week-end à préparer un rapport pour Wexford. Elle y mentionnait ses soupçons, mais prenait également soin de consigner les faits. Rien ne prouvait que Tamima Rahman ait jamais mis les pieds à Londres, hormis la parole de ses parents et de sa tante Faduma Qasi. Celle-ci avait refusé de donner l'adresse de sa nièce Jacqueline, aussi Hannah n'avait-elle aucune idée de l'endroit où habitait la jeune femme. Elle ne savait pas plus qui était cette amie prénommée Clare avec qui Jacqueline était censée vivre, ou quelle succursale de Spicefield avait embauché Tamima.

Bien que préoccupé par la disparition de Targo, Wexford prit le temps de lire les pages que sa collègue lui avait remises.

— Je vous ai déjà posé la question, Hannah, mais je vais vous la poser encore une fois, déclara-t-il. Que reprochez-vous au juste aux Rahman ?

— De vouloir marier leur fille de force.

— Qu'est-ce qui vous fait penser ça, bon sang ?

— C'est dans mon rapport, chef.

— Je l'ai lu, Hannah. Maintenant, j'aimerais que vous me répondiez sincèrement. Est-ce que Tamima ou les membres de sa famille vous ont déjà parlé de mariage forcé, en disant qu'ils sont pour ou au contraire farouchement contre ? Est-ce que l'un d'eux a critiqué ouvertement Rashid Hanif ou nommé un autre garçon qui conviendrait mieux à Tamima en tant que petit ami, fiancé ou futur époux ? Vous affirmez – même si en l'occurrence ce n'est pas dans votre rapport – que les Rahman sont des gens instruits, tout à fait occidentalisés, et pourtant vous les soupçonnez de vouloir perpétuer une vieille coutume cruelle. Pourquoi ? Et surtout, qu'est-ce qui peut pousser quelqu'un comme vous, qui s'est toujours illustré par ses positions promusulmanes et antiracistes, à manifester des préjugés qui me paraissent de plus en plus infondés ?

Piquée au vif par cette dernière remarque, Hannah se défendit avec fougue :

— Non, chef, vous vous trompez, je vous assure ! J'essaie au contraire de faire preuve d'ouverture d'esprit. Mais en même temps, j'ai peur de perdre mon objectivité si je ne prends pas de recul.

— Aucune crainte, répliqua Wexford. Bon, pour le moment, nous avons du pain sur la planche. Un homme a disparu, qui selon toute vraisemblance a commis au moins un meurtre. Et je viens d'apprendre que sa Mercedes avait été retrouvée dans un village de l'Essex. En attendant, pendant que Targo se cache quelque part, le crime continue et les affaires s'accumulent. Vous allez me dire qu'il s'agit surtout de petite délinquance, mais vous n'auriez sans doute pas le même point de vue si on était entré par effraction chez vous pour piller et saccager votre maison. Dans ces conditions, je vous laisse encore une chance, une seule, de découvrir où est partie Tamima Rahman. Si vous échouez, je vous demanderai de renoncer. Ça vous convient ?

— Je n'ai pas vraiment le choix, chef, répondit Hannah.

En son for intérieur, elle se promit cependant de poursuivre son enquête même si elle était obligée de se passer du soutien de son supérieur et de l'aide de Jenny. Elle commencerait par chercher du côté des succursales du supermarché, pour savoir laquelle avait engagé Tamima.

## Chapitre 17

Ils se retrouvèrent cette fois dans l'arrière-salle de l'Olive & Dove, où les cendriers sur les tables débordaient de mégots, où le plafond était jauni et patiné par la nicotine.

— Si une loi devait passer un jour pour interdire la cigarette dans les lieux publics, cet endroit serait sûrement nettoyé de fond en comble, déclara Wexford. Et peut-être même que les rideaux seraient changés.

— À mon avis, ce serait la faillite, répliqua Burden. Il n'y aurait plus de clients. Les fumeurs aiment bien en griller une en buvant un coup.

— Dans ce cas, on aurait le pub rien que pour nous.

Wexford alla chercher leurs boissons. La salle principale était plus calme que d'habitude, comme si la clientèle, anticipant les restrictions à venir, commençait à déserter les lieux. Deux jeunes filles installées à une table d'angle bavardaient en fumant. Dans sa jeunesse, songea Wexford, elles se seraient plutôt donné rendez-vous dans un salon de thé, où elles auraient pu pareillement sortir leurs cigarettes. Le vieil homme assis seul dans un coin avec son labrador avait quant à lui une pipe à la bouche. Les pipes étaient condamnées à disparaître, se dit-il. Quand ses propres petits-enfants racontaient qu'ils avaient vu quelqu'un fumer la pipe, il avait l'impression de s'entendre gamin parler d'un excentrique en socques ou arborant un monocle. L'homme au chien lui rappela Targo, qui ne quittait jamais vraiment ses pensées.

— Il faut absolument qu'on découvre ce qu'il a fait à Kingsmarkham entre le moment où il a quitté les Rahman, vers quinze heures, disons quinze heures trente, et celui où il est revenu chercher la Mercedes, un peu après vingt heures quinze. On sait qu'il était toujours là à vingt heures quinze parce que la fille du bar à ongles a vu la voiture. Donc, en admettant qu'il soit parti à vingt heures trente, où était-il pendant ces cinq heures ?

— Il n'est pas rentré chez lui, répondit Burden. Mavis Targo l'affirme, et pourquoi mentirait-elle ? Il n'est pas passé non plus chez ses enfants, ni à son bureau de Sewingbury – c'est trop loin, il y serait allé en voiture…

Il avala une gorgée de vin, grimaça, mais ne fit aucun commentaire sur la qualité ou le goût du breuvage.

— Et pourquoi n'a-t-il pas emmené son chien ? poursuivit-il. D'accord, Mme Rahman interdit les animaux dans sa maison, mais on sait qu'au moins une fois déjà il est allé chez eux en laissant le chien enfermé dans sa camionnette. Alors, pourquoi ne l'a-t-il pas pris avec lui ce jour-là ? À cause de ce qu'il comptait faire *après* sa visite aux Rahman ? Il n'a pas bougé sa Mercedes parce qu'il n'y a pas d'interdiction de stationner dans Glebe Road, et ensuite il a mis ses projets à exécution.

— Quels projets au juste, Mike ? Le fait qu'il n'a pas emmené son chien me laisse supposer qu'il préparait sa fuite ; il n'avait pas prévu de rentrer chez lui, sans doute parce qu'il avait appris qu'un témoin l'avait vu pénétrer dans le jardin d'Andy Norton.

— Mais comment aurait-il pu l'apprendre ? objecta Burden. Et dans ce cas-là, vous croyez qu'il aurait perdu du temps à commander des logiciels ? Non, à mon avis, il aurait juste rassemblé quelques affaires avant de s'enfuir.

— Vous avez raison, admit Wexford. Il ne pouvait pas le savoir. Il n'était pas pressé, et apparemment il avait bel et bien l'intention de rentrer chez lui. Sa femme nous a dit qu'il n'avait pas emporté d'affaires. Alors, est-ce qu'il s'est passé quelque chose pendant qu'il était chez les Rahman ou juste après lui révélant qu'il était devenu suspect ? Peut-être... Je pense qu'il faudrait se renseigner auprès des boutiques de confection – j'ignore si on les appelle encore comme ça aujourd'hui – pour essayer de découvrir si l'une d'elles a vendu une garde-robe complète à un client cet après-midi-là.

— Ensuite, il aurait traîné tous ses achats jusqu'à sa voiture toujours garée dans Glebe Road ?

— D'accord, Mike, ce n'est pas très convaincant. Et s'il était allé se procurer un faux passeport auprès de quelqu'un ?

— Bah, je sais que la criminalité a augmenté ici comme dans le reste du pays, mais je ne suis pas sûr qu'on puisse obtenir des faux papiers ailleurs qu'à Londres. Voire à Birmingham, où Targo avait ses habitudes...

— J'avoue que je sèche, Mike. Rien ne se tient. Au fait, j'ai étudié une carte de l'Essex avant de venir. Melstead, le village où la Mercedes a été localisée, est situé à quinze kilomètres de l'aéroport de Stansted – d'où mon idée concernant le passeport et les vêtements. Targo a très bien pu décider de quitter le territoire avant qu'on lance un avis de recherche. Bien sûr, ça n'explique pas pourquoi il a laissé sa voiture dans ce village, où on allait forcément finir par la retrouver, et pas sur le parking longue durée à Stansted.

— Et pourquoi choisir Stansted plutôt que Gatwick, qui est beaucoup plus proche ?

— Je me suis moi-même posé la question. Quand j'ai appelé Mavis Targo pour lui parler de la Mercedes, elle m'a dit : « Lui, partir à l'étranger ? » Elle n'aurait pas été plus sceptique si je lui avais annoncé que son mari avait pris une navette pour Mars. Ensuite, elle m'a répété cette histoire comme quoi Targo ne voulait plus mettre les pieds dans un autre pays depuis qu'ils avaient passé leur lune de miel en Espagne.

« Du coup, je lui ai fait remarquer qu'il avait renouvelé son passeport. Elle m'a expliqué qu'ils avaient prévu de se rendre à New York pour assister au mariage de sa fille – j'ignorais d'ailleurs que Mavis avait une fille ; ce n'est pas celle de Targo, bien sûr. Lui devait y aller aussi, en principe, mais au dernier moment il a refusé ; il avait peur de prendre l'avion, et il a le mal de mer en bateau. Lorsque j'ai dit qu'il était quand même possible qu'il ait quitté l'Angleterre, tout ce qu'elle a trouvé à me répondre, c'est qu'en attendant elle était obligée de nourrir ces satanées bestioles. Chaque fois qu'elle s'approche de la cage du lion, elle est tétanisée de peur.

Burden éclata de rire.

— J'ai du mal à comprendre comment on peut garder chez soi des animaux sauvages, dangereux qui plus est.

— Bah, Targo doit se sentir des affinités avec eux, je suppose. Après tout, c'est lui-même un animal dangereux, un monstre.

— Pourquoi serait-il parti, à votre avis ? Si c'est bien le cas…

— Eh bien, alors que sa voiture était garée devant chez les Rahman et qu'il se promenait dans Kingsmarkham – pour faire des courses, rendre visite à quelqu'un ou, qui sait, peut-être revoir les lieux de ses anciens crimes –, il a entendu, vu ou lu quelque chose qui l'a alerté, déclara Wexford. J'ignore quoi, mais pour moi c'est la seule raison qui puisse expliquer sa disparition. Il a dû estimer nécessaire de fuir, et le plus vite possible.

— Il n'est pas parti si vite que ça, Reg, souligna Burden. S'il a effectivement découvert quelque chose d'alarmant, c'était dans l'après-midi, au plus tard vers dix-huit heures, quand il fait sombre et que les gens vont au pub. Or il était au moins vingt heures quinze lorsqu'il a quitté Glebe Road. Et de là, il n'a pas pris la direction de l'aéroport le plus proche, mais celle de l'Essex, en passant par l'échangeur de Dartford pour emprunter l'autoroute sur des dizaines de kilomètres. Pour moi, ce n'est pas l'attitude d'un homme pressé de fuir le pays…

— Non, vous avez raison, une fois de plus. Sans compter qu'on ne s'est pas encore demandé comment il aurait pu se rendre du village où il avait garé la voiture jusqu'à l'aéroport de Stansted. Est-ce qu'il aurait fait le trajet à pied, en pleine nuit ? J'imagine que la campagne de l'Essex est comme la nôtre, et donc que Targo aurait dû suivre des petites routes étroites mal éclairées, bordées de rares maisons toutes plongées dans l'obscurité à une heure pareille. Connaissait-il le trajet ? Était-il déjà allé là-bas ? Quand j'ai posé la question à Mavis, elle m'a répondu qu'elle ne le pensait pas, que jamais Targo n'avait mentionné l'aéroport de Stansted.

— Sur la Mercedes, on a relevé d'autres empreintes que les siennes ?

— Oui, celles de sa femme. Quoi qu'elle en dise, Mike, je suis pratiquement sûr qu'il a quitté le pays et qu'il n'a aucune intention de revenir. Une seule chose me chiffonne dans cette hypothèse : aurait-il vraiment abandonné tous ses animaux ? ses chiens ? Oh, Mavis s'occupe d'eux, mais ça ne durera qu'un temps, du moins pour ce qui est des lamas et du lion… Voilà, c'est ça qui me pose problème. Bon, il faut absolument que je voie l'endroit où était garée cette voiture. Je vais faire un saut à Melstead demain.

Le paysage qui s'étendait aux abords de la M25 et de la M11 après l'échangeur de Dartford était partout gâché par l'homme. Mais au-delà des affiches publicitaires et de la multitude de panneaux routiers, derrière les étals de fleurs, les cafés en préfabriqué et les terrains de golf, on distinguait au loin des prés et des bois intouchés, ponctués ici et là par le clocher d'une église ou une vieille maison à colombages. Le panorama devint beaucoup plus plaisant quand Donaldson bifurqua en direction de Braintree, et Wexford, qui, comme la plupart des habitants du Sussex, avait toujours entendu dire que l'Essex était une contrée plate sans aucun charme, fut agréablement surpris. Ne connaissant de la région que Colchester, il ne s'attendait pas à découvrir des collines moutonnantes, des cours d'eau bordés de saules et des villages pittoresques qui comptaient plus de cottages au toit de chaume que ceux de son propre comté.

Melstead était de ces villages. On y accédait – exclusivement, semblait-il – par un réseau de petites routes étroites. À un moment, Donaldson fit une brusque embardée, projetant pratiquement la voiture dans la haie pour éviter une conductrice qui arrivait à toute allure en sens inverse. Wexford envisagea de la rappeler à l'ordre, avant de se raviser ; après tout, il n'était pas chargé de la circulation et il avait mieux à faire de son temps.

La rue où la Mercedes de Targo était garée partait du cœur du village, où se trouvaient l'église et le presbytère, ainsi qu'un terrain communal sur lequel se dressait un monument aux morts, et menait à un pub nommé le Prince of Wales Feathers et à un petit lotissement. Quand Donaldson s'arrêta, Wexford et Lynn Fancourt descendirent, marchèrent jusqu'au milieu de la rue et s'immobilisèrent en face des deux seuls magasins de Mealstead : une boucherie qui dégageait une certaine impression d'orgueil, peut-être parce que son propriétaire se proclamait « meilleur boucher de l'Essex », et une épicerie-bureau de poste.

Récemment convertie au végétarisme, Lynn frissonna de façon théâtrale à la vue des faisans exhibés dans la boucherie et sans doute abattus par des chasseurs de la région, puis elle se détourna pour suivre Wexford dans l'épicerie. Une autre surprise les y attendait : le propriétaire et postier de ce commerce rustique et typiquement anglais était un Indo-Pakistanais à la peau très sombre et au nez particulièrement busqué. Alors même qu'il se faisait cette réflexion, Wexford se demanda si le politiquement correct l'autorisait ne serait-ce qu'à formuler de telles pensées. Il montra sa carte à Anil Mansoor avant de lui présenter Lynn Fancourt.

— Vous venez du Sussex, c'est ça ? lança leur interlocuteur. J'ai des cousins dans ce comté. Vous les connaissez peut-être ?

Ces propos rappelèrent à Wexford ceux de gens qui, quand on leur annonce qu'on va à Sydney, parlent de la possibilité de croiser leur frère parti à Perth dix ans plus tôt. Ignorant la question, il entreprit d'interroger le témoin au sujet de la Mercedes.

Il n'avait pas remarqué sa présence jusqu'à ce qu'un client observe qu'elle était là depuis quatre jours et l'interroge sur ce qu'il convenait de faire, raconta M. Mansoor. Apparemment, il avait pour devise de ne pas se mêler des affaires des autres.

— J'ai répondu que ça ne nous regardait pas, enchaîna-t-il. Il n'y a pas d'interdiction de stationner dans cette rue. N'importe qui peut laisser sa voiture ici sans déranger personne.

— Vous habitez au-dessus de la boutique, monsieur Mansoor ? demanda Wexford.

— Non, j'ai une maison à Thaxted, déclara l'intéressé, une note de fierté dans la voix. Je fais le trajet tous les jours, ce n'est pas loin.

— Vous avez vu la personne qui a garé la Mercedes ?

— Comme je vous l'ai dit, je rentre chez moi tous les soirs, à dix-sept heures précises. D'accord, ce n'est pas vraiment le soir, plutôt la fin de l'après-midi, mais en tout cas je pars toujours à la même heure.

— Pour aller du village à l'aéroport de Stansted sans voiture, comment fait-on ?

— On peut toujours marcher, évidemment ! s'exclama M. Mansoor. (L'idée dut néanmoins lui paraître incongrue, car il éclata de rire comme s'il s'agissait d'une bonne blague.) Si on n'a pas un sou en poche ou si on est un peu fou, oui, c'est possible. C'est à quinze kilomètres, alors il vaut quand même mieux prendre un taxi. Le propriétaire de la compagnie de taxis habite en face du pub. Vous verrez, c'est écrit « Tip-Top Taxis » sur le portail – un nom assez idiot, à mon avis.

Ce jour-là, bon nombre de voitures s'alignaient du côté de la rue où se trouvait le commerce de M. Mansoor, ne laissant que deux espaces suffisamment larges pour y loger un véhicule. Si quelqu'un se garait de l'autre côté, il y aurait tout juste la place sur la chaussée pour un vélo.

— Qu'est-ce qui se passe quand deux automobilistes arrivent en sens opposé ? demanda Wexford à Lynn.

— Tenez, regardez, répondit-elle, le doigt tendu.

Une camionnette s'était engagée dans la rue à bonne allure, obligeant la Fiat qui arrivait en sens inverse à faire marche arrière – un véritable défi pour le vieil homme au volant, qui faillit érafler au passage la carrosserie d'une Rolls-Royce, d'une Volkswagen et d'un Transit. Les deux policiers suivirent la manœuvre avec intérêt, se retenant tout juste d'applaudir quand le plus âgé des deux conducteurs réussit à s'en sortir sans abîmer ni sa voiture ni celles des autres, puis ils se dirigèrent vers Tip-Top Taxis.

Wexford était presque sûr que le propriétaire de la compagnie allait leur parler d'un client qui lui avait téléphoné vers minuit le soir en question pour demander qu'on le conduise à l'aéroport de Stansted ou dans une gare des environs. Mais il fut déçu. M. Davis consignait soigneusement ses courses dans ses registres, et il n'avait reçu aucun appel de ce genre.

— Je m'en serais souvenu, de toute façon, ajouta-t-il.

— Pourquoi, monsieur Davis ?

— Parce que j'ai soixante-cinq ans, monsieur, et que j'ai plus l'âge d'emmener un client à Stansted en pleine nuit alors qu'y a pas de vols avant six heures du matin.

— Il vous a peut-être appelé le lendemain matin, justement, intervint Lynn, pensant à Targo endormi dans sa voiture. Avez-vous déposé quelqu'un à l'aéroport ou dans une gare le mercredi matin ?

— Ça risquait pas, mademoiselle. J'ai toujours la même cliente le mercredi matin – une dame que j'emmène voir sa mère dans une maison de retraite à Newmarket. Je l'attends devant, et après je la ramène. Satisfaite ?

Donc, Targo avait laissé sa Mercedes, puis s'était évanoui dans la nature. Après tout, il avait très bien pu marcher ; il était fort, en bonne condition physique et plein de ressource.

— Vous croyez vraiment qu'il serait parti à pied, dans le noir ? demanda Lynn quand ils retournèrent vers la voiture. Vous avez vu comment ils conduisent, par ici ? Il aurait pris le risque de se faire écraser, c'est sûr. Vous vous rappelez cette femme qui nous a croisés en arrivant ?

— Oh oui ! Un vrai danger public.

Lorsqu'elle téléphona au siège de l'enseigne Spicefield, situé dans une zone industrielle à la sortie de Peterborough, Hannah s'entretint avec la directrice du personnel.

— Sergent Hannah Goldsmith, de la brigade criminelle de Kingsmarkham, annonça-t-elle. Pourriez-vous me dire si vous employez une certaine Tamima Rahman dans l'une de vos succursales ? Oui, R-A-H-M-A-N.

— Une minute, je regarde.

Quand de telles informations étaient encore consignées sur papier, l'interlocutrice d'Hannah aurait sans doute été obligée de la rappeler. De fait, elle ne lui demanda même pas de patienter. Trente secondes plus tard, elle déclarait :

— Non, il n'y a personne de ce nom chez nous.

Hannah tenait néanmoins à s'en assurer.

— Pourriez-vous vérifier encore une fois, s'il vous plaît ?

La seconde recherche aboutit au même résultat. Hannah décida ensuite de joindre Mme Qasi, qui l'accueillit d'un ton acerbe :

— Inutile de me poser des questions, mademoiselle Goldsmith. Je n'ai pas revu Tamima depuis qu'elle est partie de chez moi. Je vous ai déjà tout dit : elle habite avec Jacqueline et Clare à Wandsworth.

Elle dut se rendre compte qu'elle venait de laisser échapper une indication précieuse, car elle se tut aussitôt. Forçant la note d'amabilité dans sa voix, Hannah la pria d'être plus précise.

La tante de Tamima hésita – à moins qu'elle n'ait posé le combiné ?

— Madame Qasi ? Vous êtes toujours là ?

— Oh, et puis zut, j'imagine que je ne trahis pas un secret… Mancunia Road, Wandsworth, SW18. Au numéro 46.

— Merci beaucoup.

Alors que sa collègue se renseignait auprès des supermarchés, Damon Coleman faisait aussi le tour des magasins. Des années plus tôt, du temps où Wexford était encore fiancé à Alison, il n'y avait qu'une seule boutique à Kingsmarkham où les hommes pouvaient s'acheter des vêtements – un commerce vieillot (même alors) situé dans la rue principale, baptisé Prior's, où les femmes achetaient également leurs jupes et leurs tailleurs, ainsi que les uniformes scolaires de leurs enfants. Aujourd'hui il y en avait six, dont une dans la galerie marchande délabrée du centre commercial de Kingsbrook, une deuxième (branchée) dans York Street, et les autres dans la rue principale où Prior's occupait encore une place de choix mais sous un nouveau nom, sans l'apostrophe : Priors Prime of Life. Damon commença par celle-ci, sans résultat. Il n'apprit rien non plus dans la boutique branchée de York Street, ni dans les trois magasins Young Adult du centre-ville. Le dernier, qui s'appelait Heyday, présentait en vitrine tout un assortiment de jeans, de pulls, de casquettes de base-ball, de ceintures cloutées et de chapeaux style cow-boy.

Non, M. Targo n'était pas venu l'après-midi en question, mais les vendeurs le connaissaient. S'il ne comptait pas parmi leurs clients les plus fidèles, il leur avait déjà acheté deux ou trois jeans, dont un quelques semaines plus tôt.

— Vous êtes vous-même toujours tiré à quatre épingles, Damon, observa Wexford. D'ailleurs, je me demande si on emploie toujours cette expression…

— Ce n'est pas très courant, monsieur.

— Mmm… Bon, disons que vous soignez votre apparence. Vous quitteriez le pays avec seulement les vêtements que vous avez sur le dos ?

— Non, sûrement pas. En attendant, je n'ai jamais eu à fuir la justice…

Mais Targo avait-il réellement fui ? S'il était monté dans un avion sans même emporter une valise, c'était sans doute parce qu'il pensait se procurer des habits une fois parvenu à destination – pas nécessairement dans les boutiques d'une ville étrangère, peut-être juste chez un ami. Wexford téléphona à Mavis Targo.

— Oh non, il n'irait pas voir ma fille Lois, affirma-t-elle. La seule fois où ils se sont rencontrés, ça s'est mal passé. C'était ici, à la maison, et Lois est allergique aux chiens. Elle n'est restée qu'une nuit, et, comme j'ai dû enfermer ses protégés, Eric m'en a fait toute une histoire.

— Pourriez-vous tout de même m'indiquer son numéro de téléphone, s'il vous plaît ?

— Quelle heure est-il ? Deux heures de l'après-midi ? Eh bien, il n'est que sept heures du matin là où elle habite, déclara Mavis Targo. Je veux bien vous donner le numéro, mais je vous demanderai de l'appeler à une heure plus convenable.

Une précaution dont Wexford ne jugea pas utile de s'embarrasser. Cinq minutes plus tard, il composait le numéro de Mme Lois Lidgett, à Colorado Springs, pour s'entendre répondre un « Jamais je ne le recevrais chez moi » catégorique qui lui rappela quelque chose. Adele Thompson n'avait-elle pas affirmé qu'elle ne voudrait pour rien au monde se retrouver dans la même pièce que Targo, et Mme Rahman qu'elle ne lui permettrait pas d'entrer chez elle accompagné d'un chien ?

Au fil des années, on lui avait souvent dit que le meilleur moyen de s'éclaircir les idées consistait à sortir prendre l'air ; lorsqu'on s'asseyait dans un fauteuil pour réfléchir, il y avait au contraire toutes les chances pour qu'on finisse par s'endormir. Bon, il faudrait faire rentrer le diable dans la boîte, songea Wexford, puis jeter la boîte quelque part. Mais ce n'était pas possible, en l'occurrence, puisque c'était sur ce même diable qu'il devait se concentrer. Il avait toujours considéré la marche comme bénéfique – à condition d'en faire suffisamment – en ce qu'elle permettait de brûler les calories accumulées à force de vin rouge, de noix de cajou, de plats chinois, de cakes aux fruits et de cochonneries à grignoter. Avait-elle aussi un effet psychologique positif ? Pouvait-elle stimuler l'activité de l'esprit ?

Le jardin botanique avait perdu presque tout son charme, constata-t-il. Ou peut-être était-ce juste lié à la saison – cette époque brouillonne de l'année où les pelouses sont brunies par les feuilles mortes, où quelques roses fanées sont encore accrochées aux tiges dénudées. La serre était devenue une brasserie, le pinetum avait été vandalisé par des voyous comme le gang Molloy et les rares parties boisées transformées en aire de jeux pour les enfants (peu fréquentée, cela dit), avec balançoires et autres installations. L'herbe étant mouillée, Wexford commença par longer l'allée principale, avant de bifurquer vers un petit chemin bordé de pelouses ombragées par des cèdres et des hêtres immenses qui se dépouillaient de leur feuillage cuivré.

Une promeneuse venait vers lui, et sachant quel genre de craintes peut inspirer aux femmes la vue d'un homme seul dans un lieu désert, il s'écarta du sentier pour s'engager sur le gazon humide. Au moment où elle le croisait, il huma son parfum, puis l'entendit déclarer :

— Ne marche pas sur l'herbe, Reg. Tu te souviens de me l'avoir dit, avant même la création de ce jardin ?

Interloqué, il regarda plus attentivement cette grande femme mince, très droite, aux cheveux blancs rassemblés en chignon. Elle ne lui était pas familière, et pourtant de son côté elle l'avait reconnu.

— Pourquoi ai-je dit ça ?

— Ensuite, tu as ajouté que presque tous les mots étaient superflus. Enlève le « ne marche », ce qui te laisse « pas sur l'herbe », ensuite retire « sur », qui n'est pas nécessaire, et enfin « l'herbe », pourquoi pas ? Reste « pas », qui d'après toi était bien suffisant. Je n'ai jamais oublié. Tu ne vois vraiment pas qui je suis, hein ?

Cette fois, enfin, il la remit.

— Alison, bien sûr ! Comment vas-tu ? Dis-moi que tu n'habites pas Kingsmarkham, parce que dans le cas contraire j'aurais du mal à comprendre comment on aurait pu ne pas se croiser durant toutes ces années.

Elle éclata de rire.

— Non, je suis installée en France. J'ai perdu mon premier mari et épousé un Français. Je suis ici à cause de ma mère, qui vient de mourir. Elle était très âgée, mais c'est quand même une perte terrible, un choc immense…

— Marchons un peu, suggéra-t-il.

Ils partirent dans la direction d'où Wexford était venu. Renonçant à réfléchir à son problème, il lui parla de sa vie, de ses enfants et petits-enfants, et quand elle le prit par le bras, son regard fut attiré par la bague qu'elle portait au majeur de la main droite. C'était la bague de fiançailles qu'il lui avait offerte à vingt et un ans, et qu'elle avait gardée quand il le lui avait proposé. Si Alison le vit contempler le bijou, elle ne fit aucun commentaire et lui non plus.

Devant les grilles du jardin, elle déclara :

— J'ai réservé une chambre à l'Olive, évidemment. Je rentrerai demain en France par l'Eurostar.

— Au revoir, ma chère, dit-il en la serrant contre lui pour l'embrasser.

Sur un ultime geste d'adieu, elle s'éloigna.

De retour au poste et à la réalité. L'agent Hannah Goldsmith, lui dit-on, était partie à Londres sur la piste de Tamima Rahman et rentrerait sous peu. Wexford sentit l'irritation le gagner. Mais il avait dit qu'il lui laissait encore une chance de retrouver l'adolescente, non ? Alors peut-être était-ce les mots « sous peu » qui l'avaient agacé ; pourquoi ne pas employer « bientôt », tout simplement ? Il tentait de reprendre le fil des pensées que sa rencontre fortuite avec Alison avait interrompu quand Burden entra en fronçant les sourcils, la mine contrite. Il jurait rarement, et pourtant, ce jour-là, il se laissa aller.

— Ce foutu lion s'est échappé !

— Quoi ?

— King, ou quel que soit le nom de cette bestiole, s'est échappé. Mavis Targo vient d'appeler. Quand elle est allée lui donner à manger, la cage était vide.

— Bonté divine, Mike ! C'est arrivé quand ?

— Tôt ce matin. Elle avait peur de nous avertir, et elle pensait qu'il reviendrait peut-être tout seul. Elle a d'abord téléphoné à la SPA, ensuite à un organisme qui s'appelle la Fondation des félins, quelque chose comme ça, et enfin à la police. Les médias ne sont pas encore au courant, mais s'ils l'apprennent, ce ne sera pas par nous. Je suis passé au zoo de Myringham, ils envoient quelqu'un là-bas – un spécialiste des fauves, je crois.

— Comment a-t-il pu sortir ?

— Si j'ai bien compris, Mavis Targo n'entre pas dans l'enclos, contrairement à son mari, qui, en plus, caresse l'animal. Elle, elle se contente de lancer le quartier de mouton ou autre par-dessus le grillage, à l'aide d'une espèce de crochet, sauf que cette fois elle a manqué son coup et la viande est restée coincée au sommet. Ne voyant le lion nulle part, elle a pensé qu'il était dans sa grotte, et elle a pénétré dans la cage pour essayer de déloger la pitance du fauve. Comme elle n'y arrivait pas, elle est allée chercher un escabeau en oubliant qu'elle avait laissé la porte ouverte. Quand elle est revenue, elle a aperçu King dans le pré des muntjacs. Elle a eu tellement peur qu'elle a couru se réfugier dans la maison, où elle s'est enfermée avant de se servir un bon verre de brandy. Je ne sais pas ce qu'elle espérait – qu'une sorte de miracle allait s'opérer, peut-être, ou qu'elle se réveillerait d'un cauchemar –, mais le fait est qu'elle nous a prévenus il y a seulement une demi-heure.

Le téléphone de Wexford sonnait. Il répondit.

— Bonjour, ici Lionel Smith, du *Kingsmarkham Courier*. Que pouvez-vous nous dire au sujet de ce lion qui s'est enfui ?

# Chapitre 18

L'affaire du lion échappé suscita un battage médiatique dont Wexford se réjouit, car si un événement pouvait faire revenir Targo, c'était bien celui-là. L'annonce de la disparition de sa femme ou même d'un de ses enfants l'aurait sans doute laissé indifférent, mais la perte d'un de ses chers animaux de compagnie devait lui apparaître comme une catastrophe majeure.

L'histoire fut relayée principalement par les médias britanniques, et pourtant Damon Coleman trouva sur la Toile des articles à ce propos parus dans les journaux français, allemands et espagnols. Des taureaux pouvaient bien débouler dans les rues, des ours errants terroriser les imprudents, des créatures ressemblant à des lynx faire de prétendues apparitions sur la lande, là il s'agissait d'un lion, d'un mangeur d'hommes, du roi des animaux ! La presse anglaise se régalait. La une du *Sun* était consacrée au fugitif, dont on voyait une magnifique photo pleine page sous un titre énorme : EN CAVALE ! Peut-être montrait-elle King, ou peut-être pas ; après tout, un lion ressemble beaucoup à un autre, et celui-là possédait tous les attributs requis : tête majestueuse, crinière épaisse, poitrail musclé… Le *Guardian* publia un cliché de Targo dans la cage du fauve, qui se tenait à environ deux mètres de lui ; Mavis avait dû le choisir dans ses archives personnelles, songea Wexford. Il préférait de loin la version du *Daily Mail*, dont le titre COUP DOUBLE s'accompagnait d'une photo de Targo joggant en short, T-shirt et écharpe, et d'une autre d'un lion anonyme, ramassé sur lui-même et prêt à bondir.

Journalistes et photographes affluèrent à Kingsmarkham, espérant tous, d'après Wexford, que King émerge de sa cachette pour attaquer et dévorer quelque citoyen sans méfiance – de préférence en public, de préférence une femme et de préférence une blonde.

Burden s'esclaffa.

— « Sans méfiance », ça me paraît difficile, observa-t-il. Toute la région est terrorisée. Dans le centre-ville, la moitié des boutiques n'ont pas ouvert ; leurs employés ne sont pas venus travailler. Personne n'ose plus sortir à pied, tous ceux qui ont une voiture l'ont prise, et la circulation est plus chargée que jamais.

— Vous pensez aussi que Targo va revenir, Mike ? Il va sûrement avoir peur que quelqu'un abatte cette fichue bestiole…

— Même s'il revenait, il ne saurait pas plus que nous où chercher ce lion, objecta Burden.

— Peut-être pas, non. Il n'en demeure pas moins qu'il est profondément attaché à King. Et à ses chiens, d'ailleurs. Si vous étiez à l'étranger et qu'un de vos enfants était porté disparu, vous ne rentreriez pas au plus vite ?

— Si, bien sûr, affirma Burden. Sauf que ce n'est pas la même chose : vous me parlez de mes enfants, d'êtres humains…

— Pour Targo, c'est pareil. Il a aussi des enfants, mais ses animaux comptent plus que tout pour lui. Une seule fois, il y a une éternité, je l'ai vu sourire tendrement à son fils Alan. Pourquoi ? Parce que le gosse venait de caresser l'épagneul de la maison. Je suis presque sûr qu'il va revenir.

— Le spécialiste des fauves m'a dit qu'il endormira King à l'aide d'une fléchette anesthésiante s'il en a l'occasion ; le problème, c'est qu'il n'a jamais fait ça. Le type de la Fondation des félins a un calibre 12 et le permis qui va avec. C'est la première chose que je lui ai demandée. Il préférerait ne pas avoir à l'utiliser, sauf s'il s'agit de sauver des vies humaines. J'espère qu'ils ne seront pas obligés de tuer cette pauvre bête…

— Moi aussi, fit Wexford.

Hannah avait décidé à la dernière minute de proposer à Jenny Burden de venir avec elle à Wandsworth. La femme de Burden accepta, et elles partirent toutes les deux pour Londres dans la voiture d'Hannah. Malgré une circulation assez dense en cette fin d'après-midi, elles arrivèrent assez vite, et sans trop de difficultés, dans Mancunia Road, qui donnait sur le parc de Wandsworth.

L'appartement se situait au dernier étage d'une maison victorienne mitoyenne. La plaque sous la sonnette comportait deux noms : « Clare Cooper » et « Jacquie Clarke ».

— Je croyais que le trajet nous prendrait plus longtemps, dit Hannah. Si elles ne sont pas là, on risque d'attendre un bon moment…

Elle s'était garée sur un emplacement payant près d'un horodateur – un appareil inconnu à Kingsmarkham et qui ne lui était pas trop familier. Après avoir pris en compte la possibilité redoutable de voir sa voiture embarquée à la fourrière, elle s'était résolue à glisser des pièces dans la machine, qui lui avait délivré un ticket l'autorisant à stationner pendant deux heures. Jenny et elle gravirent le perron du numéro 46, puis, sans trop y croire, sonnèrent chez Clare Cooper et Jacquie Clarke. À leur grande surprise, une voix s'éleva dans l'interphone. Leur interlocutrice se présenta comme Clare Cooper et ouvrit la porte. Pourtant, Hannah était sûre que la chance ne continuerait pas à leur sourire, et la suite lui donna raison.

Une grande jeune femme blonde les introduisit dans un vaste appartement lumineux. L'air intrigué, elle examina longuement la carte d'Hannah.

— Tamima n'est pas là, dit-elle enfin. Elle est partie depuis… oh, je dirais au moins une semaine.

— Comment ça, partie ? s'étonna Hannah. Toute seule ? Où est-elle allée ?

— Elle a dû rentrer chez ses parents, j'imagine. Je ne lui ai pas posé de questions. C'est la cousine de Jacquie, je ne l'avais jamais rencontrée avant qu'elle vienne ici. Je sais qu'elle a postulé dans un supermarché mais qu'elle n'a pas eu la place. À la même période, elle a commencé à sortir tous les soirs avec un garçon – je crois que Jacquie l'a vu. Et puis, un jour, elle nous a annoncé qu'elle partait, elle a fait ses bagages et elle a quitté l'appartement.

— Quand Jacquie doit-elle rentrer ? demanda Jenny.

— Pas avant lundi. Elle sera absente tout le week-end.

Une fois dehors, Hannah et Jenny constatèrent que les deux heures de stationnement étaient à peine entamées. Elles restèrent assises dans la voiture, à essayer de déterminer ce qu'elles pourraient faire ensuite.

— Une chose est sûre, elle n'est pas chez ses parents, déclara Hannah. J'ai parlé à Mohammed Rahman ce matin même. Il s'est montré un peu froid, mais je suis certaine qu'il n'a pas menti. Il a ajouté que Tamima reviendrait probablement pour l'Aïd el-Kébir, un truc comme ça… (À peine avait-elle prononcé ces mots qu'elle s'empourpra. Ne venait-elle pas d'utiliser une formule dévalorisante pour parler d'une tradition islamique ancestrale ?) Je veux dire pour la prochaine fête sacrée…

— Alors, où est-elle ?

— Aucune idée. Vous croyez qu'on devrait retourner à Kingsbury interroger une nouvelle fois Mme Qasi ?

— C'est à des kilomètres d'ici, souligna Jenny sans enthousiasme. Surtout, il va falloir traverser Londres à l'heure de pointe… Mais bon, à vous de voir ; après tout, c'est vous qui conduisez.

Hannah démarra. Elle n'allait tout de même pas se laisser arrêter par la perspective d'affronter la circulation de la capitale à dix-sept heures un vendredi soir !

— OK, on y va.

Le trajet leur prit une éternité. Hannah, qui n'aurait jamais téléphoné au volant, confia son portable à Jenny en lui disant d'appeler Mme Qasi, dont elle avait noté le numéro dans son calepin. Elles traversaient le pont de Wandsworth quand la tante de Tamima répondit. Oui, elle était chez elle. Jenny perçut une note d'amusement dans sa voix lorsqu'elle ajouta que, bien sûr, elles pouvaient venir. Elle serait ravie de bavarder devant un thé.

— J'ai cru qu'elle allait se mettre à rire, raconta Jenny. C'était vraiment bizarre. J'en arrive à me demander si les membres de cette famille ne conspirent pas entre eux pour garder Tamima cachée quelque part.

— J'en suis presque sûre, répliqua Hannah. Vous avez remarqué quand Clare Cooper a mentionné « un garçon » ? Vous allez peut-être trouver que je vais un peu loin, mais ce n'est plus à un mariage forcé que je pense, c'est à un crime d'honneur.

Jenny garda le silence pendant quelques instants. Enfin, elle déclara :

— Il y avait un article dans le journal hier au sujet d'une veuve indienne qui s'est jetée sur le bûcher funéraire de son mari devant tous leurs proches réunis. Il s'agit d'une pratique appelée *safi*…

— *Sati*, pas *safi*, rectifia machinalement Hannah. Et c'est une pratique hindoue, pas musulmane. C'est interdit par la loi depuis deux cents ans.

— Et alors ? Les crimes d'honneur aussi vont à l'encontre de la loi, pourtant il y en a toujours.

— Je sais.

Le lendemain, Hannah retourna seule voir Faduma Qasi. Comme la veille, la tante de Tamima refusa de parler de sa nièce, sans pour autant se retrancher dans le mutisme. Au contraire, après avoir proposé à sa visiteuse du thé, du café ou même un verre de sherry Oloroso, assortissant cette dernière offre d'un coup d'œil malicieux, elle ne fut que trop heureuse d'évoquer le temps qu'il faisait, le petit tremblement de terre qui venait de se produire au Pakistan et les longues heures de jeûne que la famille observait pendant le Ramadan. Lorsque Hannah tenta une nouvelle fois d'orienter la conversation sur

Tamima, Mme Qasi déclara qu'elle n'avait aucune envie d'aborder des sujets d'ordre familial.

— Vous avez pourtant accepté de parler d'elle la première fois où je suis venue, souligna Hannah.

— Oui. Et c'était peut-être une erreur de ma part. Mon frère tient beaucoup à ce qu'on respecte sa vie privée.

— S'il est question d'un fait délictueux, madame Qasi, nous sortons du domaine privé. J'ai de bonnes raisons de croire que Tamima fréquente un jeune homme dont son père et sa mère veulent l'éloigner.

— Je ne pourrais pas vous dire.

— Mais vous savez peut-être où elle est. Clare Cooper, la colocataire de votre nièce, m'a dit qu'elle ne logeait plus dans leur appartement. Elle n'a pas trouvé de travail. Elle n'est pas chez elle, à Kingsmarkham. Clare a laissé entendre qu'elle voyait un garçon. Elle n'a que seize ans, bon sang !

— Je ne suis pas au courant. (Faduma Qasi se leva.) Il serait préférable que vous partiez, maintenant.

Hannah n'eut d'autre solution que de s'exécuter. Mais les dérobades de Mme Qasi n'avaient fait qu'accroître son inquiétude. Elle s'imaginait Tamima séquestrée chez un membre de sa famille, sinon ligotée, du moins enfermée en attendant qu'elle devienne « raisonnable »... Supposant que le garçon mentionné par Clare Cooper était Rashid Hanif, elle se rendit chez lui dès qu'elle arriva à Kingsmarkham.

Alors qu'elle se garait sur le seul emplacement libre qu'elle avait trouvé dans Rectangle Road, à Stowerton, Hannah se demanda pourquoi on ne voyait personne dans les rues. Des voitures, oui, des piétons, non. Elle avait presque atteint la maison des Hanif quand une conductrice s'arrêta à sa hauteur et baissa sa vitre.

— Vous ne devriez pas rester dehors ! s'exclama-t-elle. Le lion a été aperçu dans Oval Road. Si j'étais vous, j'irais vite me mettre à l'abri.

Hannah la remercia, résista à la tentation de répliquer qu'elle faisait bien ce qu'elle voulait, puis se dirigea vers le foyer des Hanif. La porte fut ouverte par Fata Hanif, tête nue.

— Je vous ai vue approcher, déclara-t-elle. Je me suis dit : La pauvre, peut-être qu'elle a aperçu le lion… Entrez vite. Mon mari vient d'arriver. Il raconte qu'on a repéré la bête dans le centre-ville.

— Je suis venue vous parler, madame Hanif. Ça n'a aucun rapport avec le lion.

Akbar Hanif était assis au salon, le bébé sur les genoux, entouré de deux enfants plus âgés. C'était un homme grassouillet, à la barbe fournie, qui portait une ample chemise blanche flottant sur un pantalon noir. Il salua Hannah d'un signe de tête, jeta un coup d'œil à sa carte en esquissant un sourire aimable, puis lui demanda quelles mesures la police avait prises au sujet du lion – une question qu'Hannah ignora.

— J'espérais que votre fils Rashid serait là, monsieur Hanif. Il n'est pas encore rentré ?

— Les élèves sont en vacances, mademoiselle.

Hannah le savait déjà.

— Il est sorti, alors ?

Fata Hanif, qui tenait désormais une petite fille dans ses bras, répondit :

— Il est parti camper avec son cousin. Il travaille dur, alors il a le droit de s'amuser de temps en temps… Sa grand-tante est morte en lui laissant de l'argent

– oh, pas beaucoup –, alors il s'est acheté une tente et du matériel de camping. Ça vous dérange ?

— Fata, intervint son mari, formulant toutefois sa réprimande d'une voix douce.

— Où est-il allé camper ?

— Dans un coin appelé Peak District. Mais je vois pas en quoi ça vous regarde.

Cette fois, son mari se borna à remuer tristement la tête.

— Quand doit-il revenir, monsieur Hanif ? interrogea Hannah.

— Pas avant mercredi ou jeudi, répondit Fata Hanif à la place de son mari. Je veux pas de lui ici alors que ce lion traîne en ville. Il est pas question que mes enfants mettent le nez dehors !

Hannah commençait à en avoir par-dessus la tête de cette histoire de lion.

— Et il est parti juste avec son cousin ? reprit-elle. (Combien de membres comptait donc cette famille ? se demanda-t-elle, avant de couper court à ses réflexions par crainte de tomber dans le racisme.) Ils ne sont que tous les deux ?

— Oh non, répondit Mme Hanif. Ils sont au moins quatre ou cinq, un autre cousin et deux amis de lycée les ont rejoints. (Elle gratifia Hannah d'un regard pénétrant.) Mais si vous pensez qu'il y a une fille avec eux, vous vous trompez. Maintenant, je crois qu'il est temps pour vous de vous en aller.

Pour la seconde fois en quatre heures, Hannah se retrouva mise à la porte.

Il n'y avait toujours personne dans les rues envahies par le crépuscule. Hannah retourna au poste de police, où elle rencontra Lynn Fancourt sur le parking.

— Ce lion me flanque une frousse bleue, avoua cette dernière. Surtout la nuit. Les félins sont des animaux nocturnes, non ? Je suis sûre qu'il est déjà en train de rôder dans les parages, à l'affût d'une proie…

— Il ne risque pas de s'aventurer en ville, répliqua Hannah. À mon avis, il a encore plus peur de nous que nous de lui.

— J'espère que tu as raison.

Hannah monta dans le bureau de Wexford.

Celui-ci pianotait sur son ordinateur sous la houlette de Damon Coleman. Il gratifia la nouvelle venue d'un regard peu amène.

— Alors ?

Damon s'éclipsa sans que Wexford ait cherché à le retenir.

— Je reviens de Londres, chef, expliqua Hannah. Et je suis également passée voir les parents de Rashid Hanif. Je suis persuadée que Tamima Rahman s'est enfuie avec lui, qu'ils se cachent quelque part. Les Hanif m'ont raconté qu'il était parti faire du camping avec des cousins et des amis, mais je ne les crois pas un seul instant.

— Donc, elle est « quelque part », pour reprendre votre expression, avec son petit ami. Et je vous rappelle qu'elle a plus de seize ans. Jusqu'à preuve du contraire, il n'y a pas de loi interdisant la fornication dans ce pays !

— Ça va à l'encontre de la *charia*, chef. Des jeunes filles ont été tuées pour moins que ça ! Tamima est peut-être en danger de mort. Vous voulez savoir ce que j'ai découvert ?

— Vous feriez mieux de vous asseoir, maugréa Wexford.

Hannah lui parla de Clare Cooper, de ses deux visites à Mme Qasi et de la réaction des Hanif quand elle les avait interrogés.

— Vous comprenez maintenant pourquoi je m'inquiète ? Personne n'a revu cette gamine depuis des semaines. Et tout le monde invoque une raison différente pour justifier qu'elle ne soit pas là où elle est censée être. Clare Cooper a parlé d'un garçon que Tamima fréquentait, et, comme par hasard, Rashid Hanif n'est pas chez lui ; pour moi, ils sont ensemble, c'est évident. Ou du moins, ils étaient ensemble jusqu'à…

— D'accord, d'accord. Pour autant, vous n'avez rien pour étayer votre hypothèse d'un crime d'honneur. Rien du tout. Ce n'est que pure supposition de votre part.

— Vous permettez que j'aille chez les Rahman demain, pour leur demander si Tamima est absente, eh bien… à cause de ses liens avec Rashid ?

Wexford demeura silencieux quelques instants. Enfin, il déclara :

— Je vais vous dire ce que j'aimerais vraiment, Hannah. D'abord, ne plus jamais entendre prononcer le nom de Tamima Rahman associé à des termes comme « mariage forcé » ou « crime d'honneur ». Ensuite, apprendre que cette gamine est chez elle, vivante, en bonne santé et heureuse au sein de sa famille. Et enfin, mettre un terme définitif à toute cette affaire.

— Message reçu, chef. (Sur le seuil, Hannah se retourna.) À propos, vous savez que vous êtes le seul depuis mon retour à ne pas m'avoir parlé une seule fois de ce fichu lion ?

S'il n'avait pas mentionné le fauve, c'était sans doute parce qu'on lui en avait rebattu les oreilles toute la journée. Quand Hannah était arrivée, il regardait une vidéo sur Internet qui prétendait – à tort, sans doute – montrer King en train d'arpenter l'espace devant sa grotte à Wymondham Lodge. Il téléphona à Mavis Targo. Non, elle n'avait toujours aucune nouvelle de son mari ; dans le cas contraire, elle aurait prévenu la police. Et elle avait tellement peur de sortir qu'elle hésitait à franchir les trois mètres qui la séparaient de la camionnette blanche garée près de la maison. Elle décrivit en détail la terrible épreuve que représentait cette courte distance quand, à tout instant, King risquait de surgir du parc pour se jeter sur elle.

— Un des muntjacs s'est échappé aussi, ajouta-t-elle.

Wexford dut faire un effort pour se rappeler ce que c'était. Un petit chevreuil ?

— Un des vôtres, vous voulez dire ?

— Eric en avait trois, et je n'en ai vu que deux aujourd'hui, enchaîna-t-elle. Je n'ai pas osé m'approcher, je les ai observés avec des jumelles.

Il se rendrait chez elle le lendemain, l'informa-t-il. Cela faisait maintenant près de deux semaines que Targo avait disparu.

# Chapitre 19

Le lion était toujours en liberté. Et il pourrait très bien sillonner la campagne pendant des semaines, peut-être même des mois, du moment qu'il trouvait suffisamment de proies pour se nourrir, songea Wexford. La région était riche en gibier – blaireaux, renards, lièvres et lapins, faisans et perdrix. En se rendant à Stringfield, il se surprit à guetter les dépouilles sanguinolentes au bord de la route et les petits tas de plumes noires et brunes. Un lion mangeait-il des charognes ? Sûrement, s'il était affamé…

Alors que Donaldson s'arrêtait à un feu rouge, Wexford passa un coup de téléphone aux Rahman. Ce fut Yasmin qui répondit, et une nouvelle fois il fut impressionné par ses intonations dignes et posées.

— Allô ? Qui est à l'appareil ?

Wexford l'informa qu'il voulait leur parler, à elle et à son mari, ainsi qu'à leur fils Ahmed si c'était possible.

— Mon mari doit bientôt rentrer, répondit-elle. Ahmed aussi. (Une pointe d'humour inhabituel perça dans sa voix.) Osman sera également là, si vous voulez voir toute la famille.

— Ce qui inclut Tamima, j'imagine…

Cette fois, elle s'indigna.

— Combien de fois faudra-t-il que je vous le dise ? Elle est chez sa cousine à Londres.

— C'est faux, madame Rahman. Mais nous en reparlerons plus tard.

En cette belle journée ensoleillée, le presbytère de Wymondham Lodge et les alentours arboraient leur plus belle parure d'automne. Dans les forêts anglaises, rares sont les arbres qui deviennent rouges en novembre ; ce spectacle est typique de l'Amérique du Nord, où pullulent les érables. Dans le Sussex, les champs étaient encore verdoyants, et les bois déclinaient différentes nuances d'émeraude, de jaune et de brun, égayées par les touches dorées des bouleaux ou rousses des chênes et des hêtres. Une légère brise agitait les cimes, fondant les diverses couleurs des feuillages. Des moutons paissaient sur les flancs des collines au loin, et il y avait des vaches noir et blanc dans les prés au bord de la Brim. Aux abords de la propriété des Targo, la faune était cependant plus exotique : les lamas se chauffaient au soleil, et les deux muntjacs restants filèrent se réfugier près d'une haie lorsqu'ils entendirent le moteur de la voiture. Aucun lion en revanche ne salua leur arrivée d'un rugissement.

Mavis Targo ne leur ouvrit pas tout de suite. Quand il l'entendit demander à travers le battant : « Oui ? Qui est-ce ? », Wexford ne put s'empêcher de sourire. S'imaginait-elle que le lion allait répondre : « C'est moi, King ! »

Elle avait soigné sa tenue en prévision de cette visite. À moins qu'elle n'ait voulu se faire plaisir ? Elle portait un tailleur noir moulant, ainsi qu'un chemisier vert rehaussé par la présence de bijoux en or – plusieurs colliers et de grosses boucles d'oreilles.

Des bagues en or et en diamant brillaient à ses doigts boudinés. Wexford l'imagina enfermée chez elle, terrorisée à l'idée de sortir, décidant pour se changer les idées de faire des essais de tenues devant la glace, telle une petite fille jouant avec les effets de sa mère.

— Toujours aucune nouvelle, annonça-t-elle, et Wexford comprit qu'elle ne parlait pas du lion. Pas un mot depuis qu'il est parti ce matin-là. Je ne crois pas qu'il soit à l'étranger, ça ne lui ressemblerait pas. Et maintenant, Ming est malade… Il se languit d'Eric, voilà. J'ai dû l'emmener chez la vétérinaire hier, et elle m'a dit que c'était un virus. Mais non, ce n'est pas un virus, Eric lui manque…

L'épagneul tibétain était couché en boule sur une pile de coussins en soie dans un coin.

— Le pauvre chéri, il ne veut pas aller dans son panier. Il ne quitte plus ces coussins, et Sweetheart n'arrête pas de venir l'embêter. Bah, il est jeune, il veut jouer…

— Puis-je m'asseoir, madame Targo ? J'aimerais que vous me racontiez encore une fois, en me donnant le plus de détails possible, ce qui s'est passé le jour où votre mari a disparu. Commencez par le matin, s'il vous plaît.

Ils se rendirent dans le salon à la décoration surchargée.

— Eric s'est levé de très bonne heure, dit-elle. Comme souvent. Il est parti au volant de la camionnette, il me semble.

Pour se rendre à Pomfret, et plus précisément dans le cottage d'Andy Norton, où une sinistre besogne l'attendait, pensa Wexford.

— A-t-il emmené un chien ?

— Je ne sais pas, il était cinq heures du matin, répliqua Mavis Targo. Je me suis réveillée en entendant un bruit de moteur et je me suis rendormie tout de suite. Quand je me suis levée, Eric était déjà rentré et les deux chiens étaient là. Ah oui, je me rappelle, il a dit qu'il les avait lâchés. Je suis partie faire des courses plus tard, et, à mon retour, je l'ai vu dehors avec les animaux. (Elle darda sur Wexford un regard exaspéré.) Vous n'imaginez pas combien de fois j'ai revécu cette journée dans ma tête ! Je n'en peux plus d'essayer de me rappeler ce qu'il a pu dire et s'il a précisé où il allait…

— Quand est-il ressorti ?

— Il devait être deux ou trois heures de l'après-midi. Avant, il a téléphoné à quelqu'un sur son mobile, mais j'ignore qui était son correspondant. Ensuite, il a pris la Mercedes.

— Sans chien ?

— Je ne m'en suis aperçue qu'au bout d'une demi-heure. N'ayant pas vu Ming depuis un moment, j'ai pensé qu'Eric l'avait emmené, et puis il a fini par rentrer.

— Vous êtes sûre que votre mari n'a pas mentionné une destination particulière ?

— Oui. D'ailleurs, ce n'était pas la première fois. Si j'avais dû me prononcer, j'aurais dit qu'il était allé à son bureau de Sewingbury ou peut-être visiter un appartement. Et comme il ne revenait pas, j'ai pensé qu'il était parti à Birmingham et qu'il y passerait la nuit.

— Ma question risque de vous paraître indiscrète, madame Targo, mais je dois vous la poser : vous n'étiez pas vraiment heureux en ménage, n'est-ce pas ?

Sur la défensive, elle rétorqua :

— Qu'est-ce qui vous fait croire ça ?

— Eh bien, quand un homme s'en va plusieurs jours sans avertir sa femme et qu'il ne prend même pas la peine de l'appeler…

— Il est comme ça, c'est tout, l'interrompit-elle. Beaucoup de femmes ne le supporteraient pas, mais moi, je m'en accommode. J'ai la maison, les chiens et presque tout ce dont j'ai besoin. Je ne me plains pas.

Wexford n'estima pas nécessaire de poursuivre dans cette voie.

— Concernant ce message qu'on vous a laissé après le départ de votre mari… Êtes-vous bien sûre de ne pas avoir reconnu la voix ?

— Ce n'était pas celle d'Eric et ce n'était pas non plus celle d'Alan, j'en suis certaine, affirma Mavis Targo. Pourtant, elle m'a semblé vaguement familière. Ça va peut-être vous paraître bizarre, mais je me demande si ce ne serait pas celle de quelqu'un qui serait venu travailler ici – un artisan, un jardinier, ou encore une personne chargée de soigner les animaux.

— Vous ne pourriez pas être plus précise ?

— Non. J'ai juste eu l'impression d'avoir déjà entendu cette voix.

— Et s'il s'agissait d'un employé de votre mari à Sewingbury ?

— Eric n'en a eu qu'un, temporairement, et je ne l'ai jamais rencontré. Je n'ai jamais eu l'occasion d'entendre le son de sa voix.

Wexford réprima un soupir.

— La police scientifique a fini d'examiner la Mercedes, l'informa-t-il. On vous la ramènera demain.

Mavis Targo hocha distraitement la tête.

— Je ne m'en sers pas, de toute façon. (Sweetheart, le chiot, entra dans la pièce et se dirigea vers Wexford en remuant la queue. Sa maîtresse l'arrêta au passage et le prit dans ses bras.) Le pauvre, ça fait trois jours que je ne l'emmène plus se promener. Mais je ne vais tout de même pas risquer ma vie à cause d'un chien…

Targo aurait couru le risque, lui, pensa Wexford. Songeur, il se leva pour jeter un coup d'œil par les portes-fenêtres à la vue apaisante sur le parc désert. Il plaça une main sur la poignée.

— Vous permettez que je sorte ?

— Si vous voulez, mais soyez prudent.

— Vous savez, madame Targo, ça m'étonnerait que votre lion soit dehors en train de se chauffer au soleil…

Pourtant, King était bien là.

Wexford recula prestement avant de refermer la porte-fenêtre. Le lion dormait au pied de sa réplique en marbre veillée par une silhouette de femme, roulé en boule sur la terrasse comme le gros chat qu'il était, à un mètre environ de la dépouille pitoyable de ce qui avait été un jour un petit chevreuil. Seules les longues pattes fines de l'animal avaient été dédaignées ; le reste avait constitué le petit déjeuner du royal félin, ou peut-être son souper de la veille.

— J'ai appelé le spécialiste des fauves, au zoo, raconta Wexford à Burden quelques heures plus tard. J'ai eu peur que l'autre, celui de la Fondation, ne soit un peu trop porté sur la gâchette… Après, je me suis rassis avec Mavis Targo dans cet affreux salon surchargé de dorures. Elle n'arrêtait pas de répéter « Qu'est-ce que je vais faire, mon Dieu ? », et moi, de lui enjoindre de se calmer, d'attendre tranquillement les secours. Pour finir, je lui ai suggéré d'aller nous chercher du thé, mais ce n'est pas Yasmin Rahman ! Il lui a fallu quinze bonnes minutes pour nous apporter un breuvage tiède, gris clair et insipide – à croire qu'elle n'en avait jamais préparé avant ! Et pendant que je le buvais, ou du moins que j'y trempais les lèvres, l'épagneul a été malade.

— Le type du zoo est venu ?

— Oui. Et quand il s'est enfin présenté, j'avais eu tout le temps de me demander ce qui allait se passer si le lion se réveillait dans l'intervalle… Bref, il était accompagné par deux collègues, peut-être des gardiens du zoo, et il a tiré une fléchette anesthésiante dans le flanc de King, qui s'est tranquillement retourné avant de s'affalcr mollement sur le sol. Mavis s'est mise à hurler qu'il était mort, qu'Eric allait en faire un drame quand il rentrerait… J'ai bien failli rétorquer qu'il ne rentrerait pas de toute façon, qu'il serait placé en détention.

— Qu'est-ce qui est arrivé au lion ?

— Les employés du zoo l'ont placé sur une espèce de civière et l'ont chargé à l'arrière de leur camionnette – un véhicule noir, orné du logo du zoo de Myringham, qui représente une girafe en train de grignoter la cime d'un arbre. L'un des trois hommes s'est ensuite occupé d'enlever les restes de l'infortuné muntjac. Il m'a dit que si personne ne le réclamait, le zoo garderait King. Si j'ai bien compris, ils ont trois lionnes et pas de mâle.

— Voilà un dénouement heureux pour King et son harem !

— Tout juste. La disparition de Targo aura au moins eu une conséquence positive. Bon, on a le temps de déjeuner avant que j'aille chez les Rahman ?

— J'ai commandé des plats indiens, répondit Burden.

Wexford s'assit derrière son bureau en bois de rose – un meuble qui lui appartenait –, tandis que Burden, dont les tentatives pour se percher sur un coin de table lui avaient valu un regard réprobateur, s'installait finalement sur le seul autre siège confortable de la pièce.

— En fait, expliqua Wexford, je vais voir les Rahman surtout pour essayer de rassurer Hannah, qui est littéralement obsédée par cette histoire de mariage forcé et de crime d'honneur. Mais s'ils ne veulent rien me dire, on en sera réduits à essayer d'imaginer où a pu aller Tamima. Pour moi, c'est simple, elle a fugué en compagnie de Rashid Hanif. La mère de ce garçon a raconté à Hannah qu'il avait hérité d'une petite somme d'argent ; est-ce qu'elle voulait parler de dix mille livres ou de cinquante mille ? Allez savoir… En tout cas, je ne pense pas qu'il soit parti camper comme l'affirme Mme Hanif. Je l'imagine plutôt en virée romantique avec sa petite amie.

— Vous croyez que les parents de la gamine sont au courant ?

— J'en doute. Mais ils ont forcément appris qu'elle n'était ni chez sa tante, Mme Qasi, ni avec les deux filles qui partagent un appartement à Wandsworth… Alors je m'attends à les trouver inquiets, et par conséquent soulagés de me voir. Je vais également en profiter pour demander à Ahmed et à sa mère – puisque Mme Rahman était aussi à la maison alors qu'Osman était sorti et Mohammed alité – ce qui s'est passé exactement lorsque Targo leur a rendu visite huit ou neuf heures après avoir tué Andy Norton.

Les plats que Burden avait commandés par téléphone au restaurant Dal Lake – poulet *korma*, *aloo gobi*, riz et chutney à la mangue, ainsi que des *chapatis* – leur furent apportés par Lynn Fancourt, qui avait eu la bonne idée d'y adjoindre une carafe d'eau fraîche et un paquet de serviettes en papier imprimées d'un motif de gui et de houx.

— Les vestiges d'une fête organisée à Noël dernier, j'imagine, observa Wexford.

— Pas du tout, répliqua Burden. Les boutiques du centre vendent des décorations de Noël depuis septembre, figurez-vous ! (Il se servit une part de riz et de *korma*.) Pour en revenir à Targo, on sait au moins pourquoi il est allé chez les Rahman : il voulait commander ce logiciel qui permet de contrôler l'électricité et le chauffage chez soi…

— Possible. En même temps, ça ne vous paraît pas bizarre qu'un homme qui ne s'y connaît manifestement pas beaucoup plus que moi en informatique, et qui a besoin d'aide pour se servir de son matériel de bureau, veuille acheter un programme aussi sophistiqué ? Sa femme est à la maison toute la journée, elle peut très bien éteindre les lumières ou régler le chauffage… Et puis, pourquoi est-il resté aussi longtemps chez les Rahman ? Il est arrivé dans l'après-midi, vers deux heures et demie ou trois heures, et on est sûrs qu'il n'est pas parti avant huit heures et quart, puisque, à cette heure-là, la fille du bar à ongles a vu sa voiture encore garée dans la rue.

— Peut-être qu'il attendait la tombée de la nuit pour s'en aller ?

— Sauf qu'il commence à faire sombre vers dix-sept heures. Donc, ça ne répond pas à ma question.

— On a déjà envisagé qu'il ait pu aller s'acheter des vêtements, et peut-être aussi une valise, en laissant la Mercedes où elle était.

— Mais il n'a rien acheté, Mike ! Il n'a pas mis les pieds dans les boutiques de Kingsmarkham cet après-midi-là, et s'il avait voulu aller à Stowerton ou à Myringham pour faire ses emplettes, pourquoi n'aurait-il pas pris sa voiture ? À force d'y penser, je commence à entrevoir un scénario différent : supposez qu'il soit resté une heure ou deux seulement chez les Rahman, puis qu'il soit parti à pied jusqu'à une gare, ou qu'il se soit rendu à Gatwick en taxi…

— Impossible. (Burden se resservit des épinards, persuadé que sa femme l'y encouragerait si elle était là.) Il n'a pas pu partir à pied, vu que sa voiture a été retrouvée dans le nord de l'Essex.

— Ce n'est peut-être pas lui qui conduisait, Mike. Imaginez qu'il soit effectivement parti à pied, et que quelqu'un d'autre, plus tard dans la soirée pour éviter de se faire remarquer, ait emmené la voiture jusqu'à ce village proche de Stansted afin de laisser croire que Targo y était allé ?

— Un copain, vous voulez dire ? Un complice ? Ou Mavis, pourquoi pas ?

— Elle prétend ne jamais se servir de la Mercedes, mais c'est peut-être faux. On n'a relevé que ses empreintes et celles de Targo à l'intérieur – ce qui ne prouve pas qu'elle y soit montée ce jour-là, bien sûr. D'un autre côté, elle aurait aussi pu prendre la camionnette dans la soirée, vers neuf ou dix heures, la garer à proximité de Glebe Road et conduire la Mercedes hors de la ville.

— Attendez un peu, Reg… Même dans cette hypothèse, on en revient toujours au même problème : il a bien fallu que celui ou celle qui a abandonné la Mercedes dans ce village aille ensuite à Stansted ou, plus difficile encore, retourne à Londres. Admettons que Mavis ait quitté Glebe Road vers vingt et une heures ; de là, elle aurait emprunté l'échangeur de Dartford, puis l'autoroute M25 et la M11 qui passe devant Stansted, et enfin la A120 jusqu'à Thaxted ou Braintree. En gros, il faut compter trois heures de route. Donc, au mieux, elle serait arrivée à Melstead aux alentours de minuit. Et comment serait-elle rentrée ?

Wexford jeta un coup d'œil aux nuages uniformément gris au-dessus de la ville, mais noirs et menaçants à l'horizon. Un orage se préparait. Il reporta son attention sur Burden.

— Il y a bien des trains tôt le matin qui vont de Stansted à Londres… Mais le chauffeur de taxi que j'ai rencontré à Melstead n'a pas emmené de client à l'aéroport ce soir-là, ni le lendemain matin. Or, le lendemain matin, Mavis Targo était bien chez elle, à Stringfield, où on l'a vue. Non, vous avez raison, c'est impossible. De plus, je ne la crois pas capable d'entreprendre un tel périple. À mon avis, celui ou celle qui conduisait la Mercedes avait un complice qui le ou la suivait dans un autre véhicule pour pouvoir le ou la ramener après. Sauf qu'on ne sait toujours pas de qui il pouvait s'agir… En fait, on n'est pas plus avancés qu'il y a une semaine.

Un brusque coup de vent écarta la fenêtre entrouverte. Wexford la referma au moment où résonnait un premier coup de tonnerre.

— Pourquoi ai-je l'impression que dans ma jeunesse, les orages n'éclataient qu'en été ? marmonna-t-il.

— Comme je vous le dis souvent, vous avez trop d'imagination, répondit Burden.

# Chapitre 20

On ne déplorait ni toits arrachés ni bâtiments effondrés. Tout au plus une dizaine d'arbres déracinés, dont un bloquait la route de Kingsmarkham à Brimhurst, et un autre était tombé dans la rocaille du jardin de Burden. Les précipitations importantes avaient fait monter le niveau du Kingsbrook, qui était sorti de son lit, inondant un bout de terrain à l'extrémité du jardin de Wexford. De toute façon, rien n'y poussait.

— C'est comme cette blague sur le gros titre le moins racoleur qu'on puisse imaginer, dit Wexford. « Légère secousse sismique au Chili, pas de victimes. »

Burden se contenta de sourire poliment, signifiant ainsi qu'il n'était pas sensible à l'humour de son ami.

— Ça va me coûter une fortune pour faire enlever cet arbre, marmonna-t-il.

Wexford songea à son propre jardin de nouveau livré à lui-même, puis il pensa à Andy Norton qui, quelle que soit la façon dont on considérait les choses, était mort à cause de lui.

Tel un personnage dans un roman du dix-neuvième siècle se lançant sur les traces d'une femme déchue ou dévoyée, Hannah Goldsmith sillonnait Londres à la recherche de Tamima Rahman. Alors qu'elle quittait le domicile de Mme Qasi, à Kingsbury, pour aller chez Mme Clarke, à Acton, elle se disait que décidément, seuls les musulmans (voire peut-être aussi les juifs orthodoxes) accordaient encore une valeur telle à la virginité qu'une jeune fille risquait la mort en la perdant. Pourtant, elle avait entamé ses recherches avec un certain optimisme ; Wexford ne croyait pas à l'éventualité d'un mariage ou d'un crime d'honneur, et il fallait bien admettre qu'il avait souvent raison quand elle-même avait tort… Tout ce qu'elle souhaitait désormais, c'était retrouver l'adolescente vivante et bien portante, et découvrir qu'elle était avec Rashid Hanif. Elle avait beau éprouver un profond respect pour la culture musulmane, elle ne pouvait concevoir que l'on pût reprocher à une jeune fille ayant l'âge légal du consentement de vouloir passer une ou deux semaines seule avec son petit ami.

Rashid Hanif avait reçu de l'argent, peut-être pas beaucoup, mais suffisamment pour emmener Tamima dans un hôtel modeste pendant deux ou trois semaines. Les deux adolescents ne pouvaient pas s'être réfugiés chez un membre de leurs familles, qui ne les aurait jamais accueillis contre la volonté de leurs parents respectifs. En attendant, un de leurs proches savait peut-être où ils étaient… C'était avec cette idée en tête qu'Hannah avait décidé d'interroger les oncles et tantes de Tamima à Acton et la sœur d'Akbar Hanif à Ealing, même si une petite voix insidieuse lui soufflait : « Tu ne la retrouveras jamais. Tu le sais. Elle est morte. Rashid aussi, sans doute. Ce sont les Roméo et Juliette des temps modernes. »

Mme Clarke, née Rahman, habitait un petit pavillon mitoyen dans lequel elle vivait seule, apparemment. Âgée d'une cinquantaine d'années, c'était une belle femme un peu trop maigre aux yeux d'un brun velouté et aux cheveux d'un noir qui n'avait rien de naturel. Les couleurs de sa tenue – pantalon et haut en soie dans des tons arc-en-ciel – n'étaient pas les mieux choisies pour flatter son teint. Non, elle n'avait pas vu sa nièce Tamima depuis quatre ou cinq ans. Oui, sa fille Jacquie, dont elle était très proche, lui avait dit que Tamima avait logé un moment dans l'appartement qu'elle-même partageait avec une « copine de fac ». Dans la bouche de son interlocutrice, plutôt distinguée, l'expression écorcha les oreilles d'Hannah. Bon sang, je deviens aussi maniérée que le chef, se dit-elle. Ça doit être contagieux.

La maison voisine était occupée par Amran Ibrahim, le frère de Yasmin Rahman, et son épouse Asha. Tous deux affirmèrent catégoriquement à Hannah qu'ils connaissaient à peine Tamima et ne l'avaient pas revue depuis qu'elle était toute petite. Hannah prit ensuite le volant jusqu'à Ealing. La sœur d'Akbar Hanif, Amina, habitait une magnifique propriété datant des années 1920, bien différente du logement miteux où s'entassait la famille de son frère dans Rectangle Road, à Stowerton. C'était une femme corpulente frisant la cinquantaine, vêtue avec élégance, et qui ne voyait aucune objection à parler de sa famille. Elle-même sans enfants, elle était très attachée à ceux de son frère.

— Je serais très surprise que Rashid ait désobéi de cette manière, dit-elle en servant le café qu'elle leur avait préparé. Non seulement c'est un bon garçon qui travaille bien à l'école – il a d'ailleurs d'excellents résultats –, mais il a appris à respecter ses parents. Et même à les craindre, surtout sa mère… Ils arrangeront un mariage pour lui un jour, et il m'a dit que cette situation lui convenait parfaitement. De toute façon, ce ne sera pas avant la fin de ses études. Qu'est-ce qui vous fait penser qu'il ne campe pas dans le Derbyshire, comme vous l'a affirmé Fata ?

Quand Hannah avait téléphoné à ses collègues du Derbyshire pour leur demander de rechercher Rashid Hanif (tout en étant certaine qu'ils ne le trouveraient pas), elle s'était entendu répondre qu'ils n'avaient pas de temps à perdre en broutilles de ce genre.

— Je suis persuadée que votre neveu s'est enfui avec Tamima Rahman.

— Ça me paraît hautement improbable. Ce n'est pas dans son caractère.

Ce fut l'oncle de Rashid, le frère de Fata Hanif, à Hounslow, qui lui fournit un début de piste. Sa femme et lui s'étaient rendus deux fois à Brighton, où ils avaient séjourné dans un *bed & breakfast*.

— Un endroit charmant, dit-il. Et tenu par des gens très sympathiques. Vous savez, les hôteliers n'ont pas le droit de refuser des personnes sous prétexte qu'elles sont indo-pakistanaises – ma femme est originaire du sud de l'Inde –, mais si vous êtes basané, certains vous font comprendre que vous n'êtes pas le bienvenu. Eh bien, M. et Mme Peddar, au Channel View, n'ont pas du tout réagi comme ça. Ils nous ont accueillis fort aimablement.

— Et vous en avez parlé à votre sœur et à son mari ?

— En effet. Mais eux n'y sont jamais allés. Comment voulez-vous prendre des vacances quand vous avez sept enfants ? (Il éclata de rire.) On ne peut rien faire quand on a sept enfants !

Et si Rashid avait emmené Tamima dans cet établissement ? songea Hannah. Elle demanda l'adresse à l'oncle de Rashid, et, dans l'espoir que les deux adolescents y aient au moins été aperçus, elle téléphona au Channel View. Mme Peddar lui donna aussitôt l'impression d'être une pipelette.

— Oh, nous avons de nombreux hôtes indo-pakistanais, expliqua-t-elle. Je les apprécie beaucoup, ils sont tellement bien élevés ! En fait, mon mari et moi avons même pensé à les cibler comme unique clientèle. Malheureusement, c'est interdit par la loi.

— Les deux personnes auxquelles je pense, un garçon et une fille, sont très jeunes, précisa Hannah.

— Alors il s'agit peut-être de M. et Mme Khan. Pour tout vous dire, je ne pense pas qu'ils soient mariés, mais aujourd'hui tout le monde s'en fiche, n'est-ce pas ? Et puis, je trouve ça plutôt charmant qu'ils se donnent du « monsieur » et « madame ». Pour moi, c'est une marque de respect.

Hannah jugea la remarque pour le moins idiote.

— Me serait-il possible de venir les voir, madame Peddar ?

— Ils n'ont rien fait de mal, au moins ? J'ai peine à le croire.

— Non, ils n'ont rien fait de mal, lui assura Hannah.

— J'ai réfléchi à notre conversation d'hier, annonça Wexford lorsque Damon Coleman leur apporta du thé, à Burden et à lui. Et je dois bien avouer qu'il m'est venu à l'esprit des pensées très politiquement incorrectes.

— Oh, moi, j'en ai tout le temps, répliqua Burden d'un ton morose. Les vôtres portaient sur quoi ?

— Vous savez, quand je suis allé à Melstead, j'ai parlé à un Indo-Pakistanais nommé Anil Mansoor, qui tient le magasin d'alimentation générale et le bureau de poste. C'est dans la rue où la Mercedes de Targo a été retrouvée. Rien de ce qu'il m'a dit ne m'a vraiment été utile, et en tout cas rien ne m'a paru suspect. Mais une de ses remarques, que j'ai ignorée sur le moment, m'est revenue après coup. Il a dit : « Le Sussex ? J'ai des cousins là-bas. Vous les connaissez peut-être ? »

Burden s'employait désormais à sucrer son thé, une habitude nouvelle prise quelques mois plus tôt. Il avait envie de changement, avait-il expliqué lorsque Wexford l'avait interrogé à ce sujet – une réponse que ce dernier avait jugée insatisfaisante. Il avait donc surveillé son ami et collègue en espérant le voir grossir, mais, contre toute attente, Burden paraissait encore plus mince qu'avant. Comme par défi, ce dernier versa dans sa tasse trois cuillerées de sucre pleines à ras bord.

— Et ? s'enquit-il.

— C'est là que le politiquement incorrect intervient, déclara Wexford. S'il avait été blanc, j'aurais probablement rangé cette remarque dans un coin de ma tête. Il avait des cousins dans le Sussex ? Et après ? Mais parce qu'il est indo-pakistanais, j'ai aussitôt pensé aux Rahman.

— Je vous signale quand même qu'il y a des centaines, voire des milliers d'Indo-Pakistanais dans le Sussex !

— Je vous avais bien dit que c'était politiquement incorrect.

Burden avala avec un plaisir évident une gorgée de son breuvage sirupeux.

— Bon, où voulez-vous en venir, Reg ?

— Il est possible que Targo n'ait pas conduit lui-même la Mercedes, d'accord ? Supposons qu'un des Rahman ait pris le volant, et qu'il ait décidé d'aller à Melstead parce qu'il connaissait le village pour avoir rendu visite à son cousin l'épicier-postier…

— Pures conjectures, Reg.

— Comme une bonne partie de notre boulot.

— Vous êtes en train de dire que les Rahman et cet homme – comment il s'appelle, déjà ? Mansoor, c'est ça ? – étaicnt de mèche avec Targo, et qu'ils lui ont donné un coup de main pour s'enfuir ? Qu'ils se sont associés pour nous faire croire qu'il est monté dans un avion à Stansted, alors qu'en réalité il est parti d'une gare ou d'un autre aéroport, ou qu'il n'a jamais quitté le pays ?

Burden se resservit du thé. Puis, après avoir jeté à Wexford un coup d'œil que celui-ci interpréta comme une provocation, il le sucra abondamment.

— Pourquoi les Rahman l'auraient-ils aidé ? objecta-t-il. Ils n'ont pas l'air d'avoir besoin d'argent, pourtant…

— Bah, tout le monde en a besoin, pour une raison ou pour une autre.

— Si vous avez raison, et qu'il y a plus d'un membre de la famille impliqué, commenta Burden d'un air songeur, je comprends mieux ce qui s'est passé. Accompagné par un des fils Rahman – mettons, Osman –, Targo a pu conduire la Mercedes du Sussex jusqu'à Stansted. Ensuite, Osman l'a emmenée à

Melstead, où il l'a laissée, avant de se faire ramener par Ahmed ou leur père dans leur propre voiture.

— À ce stade, une nouvelle visite aux Rahman s'impose. Vous venez avec moi ?

Les quelques arbres abattus par l'orage avaient été enlevés, mais certaines des petites rues de Kingsmarkham restaient jonchées de branches cassées, de feuilles mortes et même de quelques tuiles tombées des toits. Wexford et Burden rencontrèrent Hannah devant le Webb & Cobb, dont une partie de la vitrine était exposée après qu'une planche avait été arrachée par la tempête de la veille. La jeune femme semblait fascinée par l'intérieur de l'ancienne boutique, dont, pour l'avoir déjà vu, Wexford savait qu'il contenait des caisses, des cartons, un escabeau et une table sur laquelle était posé un plateau rempli de vaisselle brisée.

— J'allais chez les Rahman, chef, dit-elle.

Au même instant, la porte du 34 s'ouvrit, livrant passage à Ahmed qui tenait un marteau et un sachet de clous. D'une voix étrangement enrouée – peut-être parce que la vue des policiers le rendait nerveux ? –, il expliqua qu'il n'en aurait pas pour plus de cinq minutes, il voulait juste remettre en place la planche manquante.

— Nous ne sommes pas pressés, répliqua Burden d'un ton froid.

Mohammed était assis dans le fauteuil que la famille semblait réserver à son usage exclusif, tandis qu'Osman arrosait les plantes dans le jardin d'hiver. Il abandonna son arrosoir quand les visiteurs entrèrent, puis rejoignit son père qui disait :

— Je suis heureux de vous voir, inspecteur. Nous nous inquiétons pour ma fille. Elle a disparu.

— Au moins, cette fois, vous l'admettez, souligna Wexford. J'avais peur que vous ne vous obstiniez à nous raconter qu'elle s'amusait toujours à Londres avec ses cousines…

Il prit le temps de considérer tous les membres de la famille : Yasmin assise dans une immobilité de statue, les mains posées sur les genoux, les cheveux couverts de deux foulards austères, un noir et un bleu ; Osman, aussi beau que son frère malgré sa barbe, et qui portait toujours sa tenue bleu foncé d'infirmier ; Ahmed, revenu dans l'intervalle, et son père, tous deux habillés tels des hommes d'affaires d'un costume noir sur une chemise blanche. Enfin, il jeta un coup d'œil à Hannah.

— Contrairement à moi, le sergent Goldsmith ici présent est persuadé que Tamima est à Brighton avec Rashid Hanif. Et vous, qu'en pensez-vous ?

Les Rahman seniors gardèrent le silence. Enfin, comme s'il ne pouvait pas différer plus longtemps ce moment fatidique, Osman déclara :

— J'ai parlé à Rashid aujourd'hui. Il était parti camper, mais il est revenu hier soir, et sa mère l'a amené aux urgences parce qu'elle craignait une fracture de la cheville. Il n'a pas revu Tamima depuis plusieurs semaines.

— Je le crois, intervint Yasmin Rahman avec réticence, comme si elle forçait les mots hors de sa bouche.

Wexford se tourna vers Ahmed.

— Il va falloir signaler la disparition de Tamima, dit-il. Mais je vous préviens, si vous savez où elle est, vous serez arrêté pour avoir fait perdre son temps à la police. C'est bien compris ?

Le jeune homme hocha la tête. Silencieux, il semblait comme hypnotisé, dans une sorte d'état second. Était-ce la peur qui le paralysait ainsi ? Ou le poids d'un secret trop lourd à porter ? Yasmin arborait l'une de ses expressions habituelles, une petite moue dédaigneuse. Elle contemplait ses mains comme si elle admirait la multitude de bagues qui les ornait.

— J'aimerais connaître la vérité sur ce qui s'est réellement passé quand M. Targo est venu cet après-midi-là, soi-disant pour commander un programme informatique, enchaîna Wexford. Quel était le véritable objet de sa visite, monsieur Rahman ?

Ahmed tenta de s'éclaircir la gorge. Il n'y parvint pas tout à fait, et lorsqu'il prit enfin la parole, sa voix rendit un son éraillé :

— Il voulait ce… ce logiciel.

— Mais il avait une autre raison de venir vous trouver, non ?

La voix de Yasmin Rahman s'éleva, claire, exempte de nervosité :

— Tu ferais mieux de tout lui dire, Ahmed.

Elle s'interrompit, regarda Wexford droit dans les yeux et ajouta :

— Ce n'était pas la faute de mon fils.

— Votre mère a raison, intervint Burden. Vous feriez mieux de tout nous dire, Ahmed. Ici ou au poste, sans votre famille, si vous préférez. Qu'est-ce que vous choisissez ?

— D'accord, je… je vais vous expliquer. (Ahmed prit une profonde inspiration, relâcha son souffle et s'exprima d'un ton plus assuré.) Mon père n'est pas au courant, mon frère non plus. Ma mère en revanche était là ; elle sait tout. Targo – je ne veux plus l'appeler

« monsieur » – est passé me parler de ce logiciel. Ensuite, il m'a dit qu'il avait vu ma sœur en compagnie d'un garçon qui ne plaisait pas à mes parents. C'était Rashid Hanif, bien sûr… Il a parlé d'un Blanc, mais Rashid a la peau claire, parce que sa mère est bosniaque.

— Et il ne s'est pas arrêté là, hein, Ahmed ? le pressa Wexford.

Celui-ci observa tour à tour tous les policiers présents comme s'il espérait une aide qui ne venait pas. Enfin, il baissa la tête d'un air résigné.

— Il… il était convaincu que nous voulions tuer ma sœur pour sauver l'honneur de la famille, et il s'est déclaré prêt à le faire à notre place. Il a dit qu'il voulait bien la tuer. Nous n'aurions pas à le payer. Il commettrait un crime d'honneur et personne ne le soupçonnerait si nous gardions le silence. Voilà, vous savez tout.

— Oh non, pas tout, rétorqua Wexford. Certainement pas. Vous ne pouvez pas en rester là, Ahmed. Vous devez nous raconter la suite.

Le jeune homme se cacha le visage derrière ses mains et chuchota à travers ses doigts :

— Impossible, c'est au-dessus de mes forces…

— Si, c'est possible, affirma sa mère.

En voyant l'expression stupéfaite et consternée sur le visage de Mohammed Rahman, Osman était allé s'asseoir près de lui. Wexford se demanda s'il avait déjà vu un adulte en prendre un autre par la main comme Osman le fit avec son père. Il existait décidément une solidarité dans cette famille dont il avait rarement été le témoin avant que les immigrants arrivent… Il reporta son attention sur Yasmin.

— Vous avez quelque chose à ajouter, madame Rahman ?

— J'étais là, confirma-t-elle. Ahmed vous a dit la vérité. (Son intonation changea presque imperceptiblement, et Wexford se demanda si c'était un effet du mensonge, censé faire augmenter la tension. Elle paraissait soudain survoltée.) Il était scandalisé par les paroles de cet homme. Moi aussi, d'ailleurs. Oh oui, moi aussi… Nous ne sommes pas de ces personnes ignorantes et cruelles prêtes à sacrifier leur fille au nom d'une espèce de code de l'honneur complètement dépassé ! Peuh, l'honneur… répéta-t-elle en crachant presque le mot.

De façon tout à fait incongrue, des vers d'Anne Finch, comtesse de Winchilsea, traversèrent l'esprit de Wexford, extraits du petit recueil qu'il avait donné à feu Medora : « Ceux qui sont pâles, qui sont tombés au combat, qui ont été sacrifiés avant leur heure / Sur l'autel inadéquat de votre fausse idole, l'honneur ! » Il se contenta de demander :

— Et ensuite ?

— Ahmed lui a ordonné de sortir, déclara Yasmin. Il a dit qu'il ne voulait plus rien entendre. « Allez-vous-en ! » a-t-il crié, et Targo a quitté la maison.

— Où est-il allé, madame Rahman ?

— Il est remonté dans sa voiture. Ensuite, il est parti.

Ahmed reprit la parole :

— Il s'est assis au volant de sa Mercedes et il a démarré, affirma-t-il. Je l'ai vu. Mais il a dû revenir plus tard.

À cet instant, Mohammed Rahman intervint d'une toute petite voix :

— Je n'étais pas bien, alors je m'étais couché. J'ai regardé par la fenêtre à dix-huit heures trente. Je sais qu'il était dix-huit heures trente, parce que j'ai jeté un coup d'œil au réveil. La voiture était toujours là.

— Très bien, déclara Wexford. Je veux que cette maison soit fouillée, et si nécessaire, celle d'à côté aussi. Ou vous me donnez l'autorisation de perquisitionner maintenant, ou je demande un mandat. Cette dernière possibilité ne fera que retarder les choses, mais la décision vous appartient.

— Nous sommes respectueux de la loi, répliqua Mohammed Rahman. Tout ce que nous voulons, c'est vous aider. Vous pouvez fouiller la maison.

— Vous cherchez le corps de ma sœur ? (Osman n'avait peut-être pas compris de quoi il retournait, ou alors il n'avait pas suivi la conversation. Il avait soudain l'air plus âgé qu'il ne l'était.) Vous croyez que Targo l'a tuée quand même ?

Damon Coleman et Lynn Fancourt procédèrent à la fouille en compagnie d'un agent en uniforme. Lynn raconta après coup qu'elle n'avait jamais vu d'habitation aussi propre : meubles cirés jusqu'à les faire briller, baignoires et lavabos étincelants, draps parfumés et impeccablement repassés… En entrant dans la chambre de Tamima, elle se sentit abattue à la pensée de ce qui avait pu lui arriver. Des posters de chanteurs pop ornaient les murs, et, sur la table de chevet, elle remarqua une petite radio rose ainsi qu'un panier doublé de tissu rose et blanc contenant toutes sortes de produits de beauté pour adolescentes. La chambre qu'Ahmed partageait avec son frère – la plus grande de la maison – était un véritable temple dédié à la technologie, où un ordinateur fixe et un portable se côtoyaient au milieu d'un fouillis de câbles et de gadgets informatiques. Apparemment, Osman, lui, n'avait pas cherché à s'approprier la pièce. Peut-être ne faisait-il qu'y dormir quelques heures par nuit dans le petit lit à une place qui lui était réservé dans un coin, comme s'il évoluait à des années-lumière du style de vie de son aîné… Alors qu'il inspectait les lieux pendant la perquisition, Wexford songea que s'il avait raison, et qu'Ahmed lui-même avait participé au meurtre de Tamima, les fils Rahman auraient bientôt une chambre chacun. Ou plutôt, l'un des deux disposerait de la chambre pour lui seul.

La nuit tombait quand les policiers étaient arrivés, et depuis il s'était mis à pleuvoir. La fouille du 34 Glebe Road ne donna rien. Durant tout le temps qu'elle avait duré, les Rahman étaient restés au salon en compagnie de Burden et d'Hannah Goldsmith ; pour une fois, Yasmin Rahman n'avait pas proposé de thé ou de café aux visiteurs. Toutes les lampes étaient allumées, et, au bout d'un moment, Ahmed Rahman avait pris le journal. Il le lisait toujours, constata Wexford en entrant dans la pièce. Ou peut-être se bornait-il à regarder le texte sans vraiment le voir… Yasmin se leva pour aller tirer les rideaux, occultant ainsi l'obscurité humide du dehors.

De son côté, Wexford réfléchit une fois de plus à l'incroyable énigme que représentait Eric Targo, dont il était sûr qu'il avait assassiné au moins trois personnes – Elsie Carroll, Billy Kenyon et Andy Norton. Il les avait toutes étranglées au motif que leur entourage souhaitait se débarrasser d'elles. Était-ce le cas pour Tamima Rahman ? Peut-être, si les siens estimaient qu'elle les avait déshonorés, et qu'elle devait mourir pour cela… Mais Targo l'aurait-il tuée sans l'accord des parties concernées ? Difficile à dire.

Songeur, Wexford se leva, et, sans un mot pour les personnes silencieuses dans la pièce, sortit dans le jardin, puis dans la rue. Il tombait désormais un fin crachin. Par une étrange ironie du sort, une Mercedes, mais noire celle-là, était garée le long du trottoir juste devant la maison des Rahman. Au fond, il n'était convaincu qu'en partie par le récit d'Ahmed. En tout cas, il comprenait maintenant pourquoi Targo n'était pas venu avec un de ses chiens : il avait prévu ensuite de se mettre en quête de Tamima et de l'assassiner. Si Ahmed et sa mère mentaient, s'ils avaient vraiment fait tuer la jeune fille pour laver l'honneur de la famille, ils ne l'avoueraient jamais… Et puis, Targo avait peut-être une autre raison de solliciter leur accord, en d'autres termes de leur dire ce qu'il avait l'intention de faire. Ainsi, eux seuls seraient mis en cause si la police découvrait le corps. Personne ne pourrait croire que lui, simple client d'Ahmed, était impliqué dans ce crime…

Il rentra au moment où Lynn, Damon et l'agent en uniforme descendaient l'escalier.

— On n'a rien trouvé, monsieur, annonça Lynn.

— D'accord. On va fouiller le magasin d'à côté.

Il pénétra dans le salon pour demander la clé à Mohammed Rahman.

Celui-ci la lui tendit en silence. Wexford la donna à Damon, et ils se rendirent tous devant la porte peinte en brun.

— *Cobb* et *webb*, ça veut bien dire « toile d'araignée », n'est-ce pas ? demanda Damon en déverrouillant le battant.

— Oui, quand c'est écrit en un mot et avec un seul *b*, répondit Wexford.

Ils entrèrent, accompagnés par Burden. À l'intérieur régnait une forte odeur de renfermé, mêlée à celle de la peinture et du salpêtre, mais ils ne distinguèrent aucune autre émanation. Les relents de moisi provenaient certainement de l'humidité qui avait fait se développer une sorte de champignon noirâtre sur les murs. Burden pressa l'interrupteur, révélant une suspension au plafond. Nulle part il n'y avait d'araignées ou de toiles. Le rez-de-chaussée, où se trouvait anciennement la boutique, comprenait trois pièces : une assez spacieuse en entrant, une plus petite derrière, et audelà de l'escalier, une sorte de cuisine délabrée. Tout était propre, et Wexford en conclut que Yasmin Rahman mettait un point d'honneur à entretenir les lieux presque aussi bien que sa maison. « Presque » seulement, car elle n'avait pas essayé de faire disparaître le salpêtre, ou alors elle avait échoué, et elle n'avait pas réussi non plus à ôter les taches gris foncé sur le carrelage de la cuisine.

Dans l'ancienne boutique, qu'on pouvait voir de la rue entre les planches clouées devant la vitrine, les deux placards encastrés ne révélèrent que des étagères vides, à l'exception d'une carafe fendillée et d'une théière qui avait perdu son bec verseur. Une vingtaine de gros cartons et autant de grandes caisses en bois s'entassaient sur le sol. Sur la table traînait toujours le plateau contenant des éclats de porcelaine. Les policiers ouvrirent cartons et caisses sans rien découvrir de suspect.

La cuisine était nue, mais dans la pièce du fond, où il n'y avait qu'un seul placard encastré, s'empilaient plusieurs caisses pareilles à celles qu'ils venaient d'inspecter. Elles aussi furent fouillées, cette fois par

Lynn, qui en sortit divers objets en porcelaine – entre autres, un service à thé fleuri et une douzaine de minuscules tasses à café enveloppées dans du papier de soie. Chaque fois qu'elle vidait une caisse, la jeune femme s'attendait à voir le corps de Tamima. Elle y songeait depuis qu'elle était partie de Brighton, laissant derrière elle un jeune couple indigné qui affirmait s'appeler Khan, certificat de mariage à l'appui.

Toutes les caisses ayant été examinées à présent, il ne restait plus qu'à remettre leur contenu en place. Wexford avait ouvert l'unique placard de la pièce en se demandant à quoi il pouvait servir dans la mesure où il était étroit, peu profond et dépourvu d'étagères. Chez lui, il y avait un espace de rangement semblable qui abritait le compteur électrique et la boîte à fusibles. Celui-là était totalement vide. La cloison de gauche n'était pas faite de briques, mais de panneaux de contre-plaqué. L'intérieur du placard aussi avait été repeint de frais, comme l'ensemble du local. Wexford reconnut même la nuance ivoire utilisée, baptisée « magnolia » et couramment vendue par les magasins de bricolage.

— Comment ce panneau a-t-il été fixé ? demanda-t-il à Damon.

— Avec des vis, je pense, monsieur. On ne les voit pas sous la peinture parce qu'elles doivent être recouvertes d'un enduit.

— Alors trouvez-les, d'accord ? Je veux qu'on abatte cette cloison. Juste cette partie-là, entre le placard et la fenêtre.

L'agent en tenue, un certain Moyle, se chargea de cette tâche. Comme l'avait prédit Damon, il ne tarda pas à mettre au jour les vis – huit au total. Puis il partit chercher un tournevis dans la fourgonnette qu'il avait utilisée pour venir. À son retour, Hannah fut saisie d'un long frisson. L'agent Moyle commença par ôter méthodiquement toutes les vis, puis il dégagea le panneau et alla le poser contre le mur d'en face, révélant un espace vide également fermé par un panneau au fond. Sans doute s'agissait-il à l'origine d'un placard encastré beaucoup plus profond.

— Vous voulez que j'enlève aussi ce panneau, monsieur ? s'enquit l'agent.

— S'il vous plaît, oui.

Hannah fut la première à déceler l'odeur ; si elle n'était pas encore très forte, elle dominait néanmoins celle de la peinture et du salpêtre. Elle se transforma en véritable puanteur quand Moyle retira le panneau du fond. Une pestilence de charnier, pensa Wexford, qui avait lu l'expression dans un livre. Hannah se couvrit la bouche et le nez tandis que Burden grimaçait. Devant eux, au fond du réduit que venait d'exposer l'agent, un paquet d'environ un mètre soixante-dix de haut, enveloppé dans du plastique vert maintenu par du fil électrique, était appuyé contre le mur.

Alors que Moyle coupait les liens, puis, aidé de Damon, commençait à arracher le plastique, Wexford entra dans le placard pour l'examiner rapidement. Il ne contenait rien d'autre. Une insupportable odeur de décomposition l'assaillit alors qu'il reculait dans la pièce.

Il se retrouva alors devant le visage convulsé d'Eric Targo, dont personne n'avait pris la peine de fermer les yeux écarquillés.

## Chapitre 21

La nuit était bien avancée. Sur le parking du poste de police, il n'y avait plus que les voitures de Wexford et d'Hannah Goldsmith. Ahmed Rahman ne rentrerait pas chez lui ce soir-là.

En descendant l'escalier pour se rendre dans la salle d'interrogatoire numéro 2, Wexford se sentait un peu déçu d'avoir été privé de l'arrestation spectaculaire à laquelle il avait rêvé de procéder durant presque toute sa vie. Targo ne ferait plus de victimes, il en était lui-même devenu une… Il ne laisserait que le souvenir d'un citoyen respectable dont la rubrique nécrologique ferait un portrait flatteur, mettant en avant sa réussite professionnelle, la beauté de sa maison et son amour pour les animaux.

Ahmed était assis d'un côté de la table devant une tasse de thé. L'agent Moyle s'était posté derrière lui, près du matériel d'enregistrement. Wexford repensa à l'époque où tous les suspects interrogés dans cette salle et dans celle d'à côté – où Yasmin Rahman serait questionnée par Burden et Damon – fumaient comme des pompiers, et où il fallait les approvisionner en paquets de Rothman King Size ou de Player en plus de leur apporter du thé et des sandwichs. En tant que non-fumeur, lui-même avait souffert, il avait toussé et s'était enroué pendant des années. Aujourd'hui, heureusement, il était interdit de fumer dans l'enceinte du poste.

Hannah entra, s'assit en face d'Ahmed, et, avec une lenteur délibérée, Wexford les rejoignit. La jeune femme avait eu un choc en découvrant que le cadavre enveloppé comme une momie était celui de Targo et non celui, fluet et pathétique, de Tamima. À présent, elle allait devoir reprendre ses recherches. Wexford espérait qu'elle n'avait pas menti en se disant immensément soulagée, mais connaissant son besoin d'avoir toujours le dernier mot autant que sa tendance à se raccrocher à des certitudes infondées, il se posait néanmoins des questions.

Après avoir précisé à l'intention de toutes les personnes présentes que l'interrogatoire serait enregistré, qu'il serait mené par l'inspecteur principal Wexford et par le sergent Goldsmith, et qu'il était vingt-trois heures trente-sept, il demanda une nouvelle fois à Ahmed de lui raconter ce qui s'était réellement produit au 34 Glebe Road l'après-midi où Targo était passé le voir.

— Épargnez-nous le laïus sur les logiciels et cette histoire comme quoi Targo serait parti une première fois et revenu avant dix-huit heures trente, ajouta-t-il. L'inspecteur Burden est en train d'interroger votre mère dans la salle voisine, et je ne pense pas qu'elle soit du genre à nous mentir…

— Non, elle ne mentira pas, confirma Ahmed.

— Alors, je vous écoute.

— Je n'ai pas le choix, je suppose. Est-ce qu'on m'enverra en prison ?

— Sans doute. Tout dépend de ce que vous avez fait.

— Je l'ai tué, c'est vrai, répondit Ahmed, mais je n'en avais pas l'intention. C'était un accident.

— Commencez par nous rapporter ce qu'il a dit exactement quand il a proposé de tuer Tamima, le pressa Hannah.

Ahmed hocha la tête, puis repoussa sa tasse à moitié vide.

— Ma mère était là, occupée à coudre, commença-t-il. Je crois que Targo aurait voulu que je lui demande de partir, mais je me voyais mal donner des ordres à ma mère dans sa propre maison ! Il a fini par hausser les épaules, l'air de dire : « OK, comme vous voudrez… » Après, il m'a posé des questions sur ce logiciel de domotique, et je lui ai montré une revue qui traitait du sujet. Il m'a chargé d'en commander un, et j'ai répondu qu'il faudrait compter environ dix jours. Plus précisément, j'ai répondu « entre huit et dix jours ouvrables ». C'est alors qu'il a lancé d'un ton plutôt aimable : « Votre sœur fréquente un jeune Blanc, n'est-ce pas ? »

« J'ai été tellement surpris que je me suis contenté de le regarder. Quant à ma mère, elle a posé son ouvrage sans un mot. Là-dessus, Targo a déclaré : "Ça ne doit pas vous plaire, j'imagine. C'est mauvais pour l'honneur de la famille, un truc comme ça…" Ce sont ses propres paroles : "l'honneur de la famille, un truc comme ça". Pour le coup, ma mère est intervenue : "Il est hors de question que nous en discutions avec vous." Targo n'en a pas tenu compte. Il a ajouté : "Vous seriez bien mieux sans elle, non ? Si elle disparaissait, ce serait la fin de vos soucis. Je peux régler votre problème sans que ça vous coûte rien."

— Et qu'avez-vous répondu ? demanda Wexford.

— Je l'ai prié de partir. Ma mère s'est levée. Elle portait le *hijab*, bien sûr, et aussi un châle autour des épaules. Quand elle a regardé Targo, elle a ramené son châle pour dissimuler en partie son visage. À mon avis, elle voulait se cacher de lui, c'était un tel monstre…

Oui, songea Wexford. C'était exactement ça : un monstre, une chimère, une abomination.

— Continuez, Ahmed.

— Mais Targo n'est pas parti, il a juste éclaté de rire. Il a dit à ma mère : « C'est ce que vous voulez, j'en suis sûr. J'ai vu votre fille embrasser ce garçon, ce n'est pas une attitude convenable pour une bonne petite musulmane, n'est-ce pas ? Et vous préféreriez qu'elle ne mette plus les pieds dans cette maison. Laissez-moi faire. Je la trouverai où qu'elle soit. »

« À ce moment-là, je l'ai frappé, avoua Ahmed. Il était assez âgé et plus petit que moi, et je sais que j'aurais dû me retenir, mais j'étais trop en colère. J'ai vu rouge, je vous assure, alors je lui ai expédié un coup de poing à la mâchoire qui l'a déséquilibré. (Le débit d'Ahmed s'accéléra.) En tombant, il s'est cogné l'arrière du crâne contre le coin de la cheminée, le… ah, je ne trouve plus le mot…

— Le manteau, déclara Wexford.

Dans la salle d'interrogatoire numéro 1, Yasmin Rahman en était à peu près au même stade de son récit. Elle semblait vouloir se dissimuler sous son voile, comme son fils venait de raconter qu'elle l'avait fait ce jour-là : elle avait ramené par-dessus son *hijab* un châle qui retombait sur son front, ne laissant voir que le bas de son beau visage volontaire au long nez droit et aux grands yeux sombres.

— Ahmed l'a frappé. Il l'avait bien cherché – n'est-ce pas ce qu'on dit dans ce pays ? Oui, il l'avait bien cherché. Cet homme, Targo, est tombé, et le sang a coulé de sa tête. J'ai pensé qu'il s'était tué. Je suis allée à la cuisine prendre de l'eau et quelque chose pour nettoyer le sang, et à mon retour, j'ai vu Ahmed lui tâter le pouls et écouter son cœur. Il m'a confirmé qu'il était mort.

— Durant tout ce temps, où étaient votre mari et votre autre fils ? interrogea Burden.

— Osman était au travail, et mon mari dans notre chambre. Il avait attrapé la grippe, alors il s'était couché. Quand il a entendu le bruit de la chute, il m'a appelée pour me demander ce qui se passait. Je suis montée et je lui ai raconté que ça venait de la rue. Il était quatre heures moins dix, et Ahmed a suggéré de cacher le corps en attendant de savoir ce que nous allions en faire. Il fallait le mettre quelque part où Osman ne risquait pas de le trouver, et nous avons décidé de le porter dans l'ancien magasin.

Elle était calme et posée. Burden songea qu'elle avait dû réagir avec beaucoup de sang-froid quand Ahmed avait frappé Targo et plus tard compris qu'il l'avait tué. Lui-même avait déjà eu l'occasion de remarquer l'extraordinaire dignité de cette femme, ainsi que la façon dont elle pouvait rester de longs moments assise sans bouger, sans même battre des cils.

— Qu'avez-vous fait ensuite ? demanda-t-il.

— Nous avons attendu la tombée de la nuit pour emmener la voiture loin de la ville, dans un endroit appelé Melstead, où un de mes cousins, M. Mansoor, est postier. Mais il n'est au courant de rien. Il n'était même pas là, il était chez lui, à Thaxted.

Dans la pièce voisine Wexford disait :

— S'il n'était pas mort après sa chute, pourquoi n'avez-vous pas appelé une ambulance ? Puisque, d'après vous, il s'agissait juste d'un accident…

— Il n'a peut-être pas été tué sur le coup, mais sa mort a été rapide. Je l'ai compris quand le sang s'est arrêté de couler ; ça signifie bien qu'une personne est morte, n'est-ce pas ? (Ahmed n'attendit pas la réponse.) J'ai pensé qu'on ne me croirait pas si je parlais d'un accident.

— Il nous arrive de croire ce que certaines personnes nous disent, répliqua Wexford d'un ton sec. Il nous est plus difficile en revanche d'accorder du crédit à des gens qui font disparaître un corps et se donnent beaucoup de mal pour nous envoyer sur des fausses pistes – je me réfère à vos petits trafics avec la voiture de M. Targo. Comment vous y êtes-vous pris ? Vous l'avez conduite jusqu'à ce village de l'Essex où habite un de vos cousins pour nous laisser croire que M. Targo avait quitté le pays par l'aéroport de Stansted ?

— Je vais vous expliquer. Dès que nous avons compris qu'il était mort, ma mère et moi avons emporté le corps dans la boutique voisine. Il y a une porte dans notre salon qui communique avec la pièce où nous l'avons caché ; elle a été installée à l'époque où nous avons fait faire des travaux. Après, nous avons attendu qu'il n'y ait plus personne dans les rues. J'ai pris le volant de la Mercedes de Targo, et ma mère a suivi dans notre voiture. Heureusement que mon père était malade, en un sens, parce que ma mère dormait dans la chambre de Tamima – elle avait peur de la contagion –, et par conséquent mon père n'a pas remarqué son absence.

— Pourquoi ne pas être allé à Gatwick ? s'étonna Wexford.

— Trop près, répondit Ahmed. La voiture risquait d'être repérée beaucoup plus vite.

— Qui a aménagé ce placard dans le magasin d'à côté ? Vous, je suppose…

— Oui. Après avoir enveloppé le corps dans un grand plastique, je l'ai glissé à l'intérieur et j'ai fabriqué un double fond à l'aide de panneaux de contreplaqué. Ensuite, j'ai tout repeint.

Cette fois, Wexford garda le silence. Ce fut Hannah qui demanda :

— Où est votre sœur, Ahmed ?

— Je l'ignore. Et croyez-moi, je donnerais cher pour le savoir. Targo ne l'a pas tuée, j'en suis certain. Au moins, j'ai réussi à l'en empêcher.

Sauf si Targo l'a assassinée avant de vous en parler, songea Wexford.

— C'est vous qui avez téléphoné à Mme Targo en vous faisant passer pour son mari ? reprit-il en se remémorant la voix familière mentionnée par Mavis Targo.

La voix de quelqu'un qui avait travaillé chez elle, avait-elle précisé.

— Oui, répondit Ahmed d'une voix lasse. Oui, c'est moi.

Dans la nuit, Yasmin Rahman fut libérée sous caution, mais son fils resta en garde à vue dans l'une des deux cellules du poste. Il serait de nouveau interrogé dès le lendemain matin.

# Chapitre 22

Compte tenu du rapport établi par le légiste, le Dr Mavrikian, le chef d'inculpation serait vraisemblablement l'homicide involontaire. La mort avait résulté d'une seule blessure profonde à la tête, qui correspondait à l'angle du manteau de la cheminée au 34 Glebe Road. Il y avait aussi des ecchymoses du côté gauche de la mâchoire de Targo – où s'étendait autrefois le nævus –, résultant du coup de poing d'Ahmed. Yasmin Rahman serait seulement accusée de complicité, et à ce titre, d'après Wexford, n'encourait sans doute qu'une peine avec sursis. Il espérait qu'Ahmed ne serait pas condamné à plus de deux ou trois ans d'emprisonnement, et si la sentence était plus légère, tant mieux pour lui. Après tout, le jeune homme avait débarrassé le monde d'un monstre qui, bien qu'âgé, était toujours en pleine forme et aurait pu vivre encore au moins vingt ans… Ces pensées-là, Wexford les garda cependant pour lui ; ce n'était pas ainsi que devait raisonner un officier de police.

Il se chargea lui-même d'informer Mavis Targo de la mort de son mari, et de lui fournir uniquement les explications qu'il jugeait utiles. Un certain sentimentalisme aurait voulu que Ming l'épagneul tibétain finisse par mourir de chagrin, mais comme Wexford put le constater en arrivant à Wymondham Lodge, l'animal semblait tout à fait remis de l'absence de son maître et s'employait, de concert avec Sweetheart, à ronger allègrement le tapis chinois. Quant à Mavis Targo, elle ne parut guère plus affectée par la disparition définitive de son époux ; elle ne manifesta en tout cas aucune émotion particulière, se bornant à évoquer la difficulté pour elle de se débarrasser de la ménagerie. Si presque tous les biens d'Eric Targo revenaient à ses enfants, elle restait propriétaire de la maison, qu'elle avait d'ailleurs l'intention de vendre à la première occasion pour acheter un appartement au centre de Londres.

— Vous m'avez demandé un jour si nous étions heureux en ménage, monsieur Wexford, ajouta-t-elle. Je n'allais pas vous dire le contraire, n'est-ce pas ? Mais le fait est que nous étions sur le point de nous séparer. Heureusement que nous n'en étions pas encore arrivés là… Sinon, il aurait sûrement modifié son testament.

Plus tard, Burden confia à son ami et collègue :

— Je ne m'explique pas comment toutes ces femmes ont pu accepter de l'épouser. Un type aussi vilain que lui, petit et affligé de surcroît de cette horrible marque de naissance… Franchement, ça dépasse mon entendement !

— Anthony Powell a dit que si certaines femmes se montrent difficiles sur le choix de leur partenaire au lit, elles sont en revanche prêtes à épouser n'importe qui, déclama Wexford, toujours prêt à se référer à ses lectures. Et puis, la gent féminine est censée apprécier l'autorité chez un homme, et Targo en avait à revendre.

Ils se rendaient pour la première fois chez les Hanif, dans Rectangle Road, à Stowerton. Il était seize heures trente, et Rashid devait bientôt rentrer du lycée d'enseignement avancé de Carisbrooke, où il suivait un programme intensif en maths, biologie et physique. Après avoir écouté pendant un bon quart d'heure Fata Hanif leur louer le parcours scolaire de son fils aîné en même temps qu'elle enfournait des cuillerées de compote de pommes dans la bouche du plus jeune, les deux hommes virent arriver Rashid qui, une jambe plâtrée jusqu'au genou, clopinait en s'aidant d'une béquille.

Avant même qu'ils n'aient pu dire un mot, l'adolescent entreprit de se justifier, aussitôt soutenu par sa mère.

— Je n'ai pas de nouvelles d'elle depuis des semaines, et même des mois, décréta-t-il. Je ne sais pas où elle est, alors ce n'est pas la peine de me poser la question.

— Bien sûr qu'il ne sait rien, renchérit Mme Hanif. Mon fils est un bon garçon. Il est obéissant, il respecte ses parents.

— Oh, je veux bien le croire, convint Wexford. En attendant, Tamima a disparu, et ni ses parents ni aucun autre membre de sa famille n'ont la moindre idée de l'endroit où elle a pu aller. Alors, écoute-moi bien, Rashid : des témoins ont affirmé l'avoir aperçue à plusieurs reprises avec toi. Ils ne sont peut-être pas fiables, pour l'instant je ne peux pas me prononcer. En tout cas, il est certain qu'elle a été vue en compagnie d'un Blanc, et toi, tu as la peau claire…

Mme Hanif posa sa cuillère, essuya le visage de l'enfant et déclara d'un ton cinglant :

— Les policiers sont racistes, c'est bien connu.

— Vous êtes une citoyenne britannique, non ? intervint Burden. Et qui plus est, une Blanche issue d'une famille originaire de l'ancienne Yougoslavie. Où est le racisme là-dedans ?

— Mon mari est indo-pakistanais, rétorqua son interlocutrice.

— Ce qui n'empêche pas Rashid d'avoir le teint clair et les yeux bleus, souligna Wexford. Si les témoins disent qu'ils ont vu Tamima avec un jeune Blanc, il y a toutes les chances pour que ce soit lui, mais votre fils prétend que non, et pour le moment nous sommes obligés de le croire sur parole. Rashid ? Tu veux qu'on retrouve Tamima, n'est-ce pas ?

— Il s'en fiche ! s'écria Mme Hanif.

Oubliant soudain son obligation de respect filial, Rashid répliqua d'une voix tout aussi forte :

— Oh, tais-toi, maman !

Le bébé fondit en larmes et se mit à taper des pieds sur la bordure de sa chaise haute.

— Bravo ! Regarde ce que tu as fait.

Malgré le ton réprobateur, Mme Hanif avait presque chuchoté tant elle semblait prise au dépourvu par la virulence inhabituelle de son fils.

— Je suis sûr que tu peux nous aider à découvrir où elle est, Rashid, reprit Wexford. Alors, j'aimerais que tu nous accompagnes au poste pour faire une déposition.

L'adolescent en resta bouche bée.

— À propos de quoi ?

— La dernière fois où tu as vu Tamima, les coups de téléphone éventuels que tu as pu recevoir d'elle, ce genre de choses… Si tu veux, on peut t'y conduire maintenant, ça t'évitera de marcher.

Wexford envisagea de demander à Mohammed et Yasmin Rahman de passer à la télévision pour lancer un appel à témoin concernant leur fille, avant de finalement y renoncer. Posé et raisonnable comme il l'était, Mohammed Rahman ferait sans doute bonne impression, mais peut-être pas sa femme. Les téléspectateurs risquaient d'être rebutés par son apparence austère, son regard sévère et son attitude rigide. Elle lui rappelait cette statue de la déesse Athéna qu'il avait vue un jour en Grèce, et dont le casque n'aurait pas déparé sur elle. Sans compter que dans l'esprit de tous, elle était associée au meurtre de Targo… Wexford préféra diffuser les photos de Tamima que les Rahman avaient fournies aux enquêteurs. C'était une jolie fille – peut-être un peu trop semblable à sa mère pour être vraiment belle –, mais avec son teint basané, ses yeux noirs et le *hijab* qu'elle portait presque toujours, une bonne partie de l'opinion publique ne la distinguerait probablement pas des autres musulmanes de son âge.

Rashid déclara dans sa déposition que Tamima et lui avaient autrefois été de bons amis, « rien de plus ». La dernière fois qu'il l'avait vue remontait à un mois, quand il lui avait parlé au Raj Emporium, le magasin tenu par son oncle. C'était juste avant qu'elle parte chez sa tante à Londres, Mme Qasi.

Les photos publiées dans les journaux n'eurent aucun effet, ou du moins pas celui escompté par Wexford : beaucoup de gens affirmèrent avoir vu Tamima, mais chaque fois il s'avéra que c'était une jeune fille différente. Il en vint de nouveau à se demander s'il était possible que Targo ait assassiné l'adolescente avant d'aller soumettre sa proposition à Ahmed, d'autant qu'il n'arrêtait pas de repenser aux paroles d'Osman : « Vous croyez qu'il l'a tuée quand même ? » C'était tout à fait envisageable. Targo avait très bien pu l'étrangler – et dans ce cas, où était le corps ? –, puis aller trouver Ahmed pour savoir si ce dernier souhaitait la mort de sa sœur. En cas de confirmation, il aurait répondu que c'était déjà fait. Wexford avait presque l'impression de l'entendre déclarer : « C'est fait. Je ne veux pas de paiement. Heureux d'avoir pu rendre service. »

L'hypothèse était tellement plausible qu'elle lui arracha un frisson. Puis il songea à la ménagerie de Targo, en particulier aux animaux carnivores, et il commença à se sentir nauséeux. Non, il ne devait pas se laisser emporter par son imagination. Jamais dans sa jeunesse il n'avait réagi de cette manière. Il était plus endurci à l'époque. Chasse les images odieuses, se dit-il, mets-les dans une boîte et enfouis le tout au plus profond de ton esprit… Malheureusement, cette faculté semblait l'avoir déserté.

Il se rendit à Londres pour voir Jacqueline Clarke et Clare Cooper, qui lui donnèrent plus d'informations qu'Hannah n'avait réussi à en obtenir de leur part. Au départ, apprit-il, Tamima était venue chez elles dans l'intention de trouver du travail et de rester plusieurs semaines, peut-être même jusqu'à Noël, mais elle était partie au bout de huit jours en disant qu'elle retournait à Kingsmarkham.

— A-t-elle mentionné un certain Eric Targo ? leur demanda-t-il.

— Non, ça ne me dit rien, répondit Clare. Je ne crois pas qu'elle nous ait parlé de quelqu'un en particulier, et de toute façon elle était constamment pendue à son mobile. Elle recevait beaucoup d'appels.

— Était-ce un garçon nommé Rashid Hanif qui lui téléphonait ?

— Je l'ignore. Nous ne voulions pas nous montrer indiscrètes.

Comme si elle venait juste de s'en souvenir, Jacqueline Clarke déclara :

— Un homme est passé chez nous, un jour. Il n'a pas voulu entrer, je ne sais pas pourquoi. Tamima est descendue lui ouvrir et elle est remontée chercher quelque chose. Elle l'a laissé attendre sur le seuil. J'ai regardé par la fenêtre et je l'ai vu, mais pas bien. Il faisait sombre.

— Comment était-il ? s'enquit Wexford.

— Jeune. Assez grand. Les cheveux châtains. Je ne pourrais pas vous dire la couleur de ses yeux.

Donc, ce n'était pas Targo, pensa Wexford. Rashid Hanif, alors ? Possible. Mais où qu'elle soit, et si elle était vivante, elle n'était plus avec le jeune garçon. De toute façon, il y avait un problème de chronologie, car dans sa logique perverse, Targo n'aurait pu la tuer que s'il était absolument certain qu'Ahmed sauterait sur l'offre et n'irait pas trouver la police.

Il avait pris l'habitude de passer tous les jours chez les Rahman – un comportement peu orthodoxe même s'il ne constituait pas une infraction au règlement. Yasmin, en liberté surveillée, ne quittait pas leur domicile, mais il ne la voyait jamais. Elle semblait savoir qu'il valait mieux rester à l'écart. Elle se contentait de préparer du thé ou du café qu'elle demandait à son mari ou à son fils de venir chercher dans la cuisine. Mohammed et Osman avaient tous les deux repris le travail, aussi Wexford s'arrêtait-il chez eux en début de soirée. Les trois hommes ne se disaient pas grand-chose – en tout cas, rien sur la mort de Targo ou la dissimulation du corps. Quand ils parlaient, c'était de Tamima. Parfois, lorsque Hannah venait aussi, les deux policiers interrogeaient leurs interlocuteurs, comme toutes les personnes que l'adolescente avait connues depuis sa plus tendre enfance, pour essayer de découvrir avec qui et où elle pouvait être – à supposer qu'elle soit toujours en vie.

Le Webb & Cobb n'était plus considéré comme une scène de crime. Mohammed avait prévu de redécorer la partie boutique pour tenter ensuite de la louer, puis de repeindre l'extérieur quand il aurait remplacé les fenêtres des appartements du dessus. Mais les événements survenus dans les lieux avaient différé ses projets, et Sharon Scott avait déménagé dans l'intervalle, laissant le bail à l'homme dont elle divorçait, Ian Scott.

Très stricte sur le chapitre des mœurs, Yasmin Rahman n'approuvait pas que celui-ci ait décidé depuis de faire venir dans le studio une femme à laquelle il n'était pas marié. Ce fut un soir le principal sujet de conversation entre Wexford, Hannah, Mohammed et Osman. Les hommes de la famille Rahman étaient d'avis que la vie privée de M. Scott ne les regardait pas, du moment qu'il payait le loyer ; Mohammed se refusait d'ailleurs à porter tout jugement.

— Les temps ont changé, il faut qu'on change nous aussi, dit-il.

Sauf qu'il ne savait pas comment raisonner sa femme. Une nouvelle fois, Wexford s'étonna de la nature malléable des critères de moralité : si Yasmin Rahman voulait bien aider son fils à cacher le corps d'un homme qu'il avait tué et à déplacer la voiture du défunt pour brouiller les pistes, elle jugeait en revanche inacceptable de louer son bien à un couple en concubinage.

Il n'avait pas l'intention de retourner voir Mavis Targo, mais un jour, peut-être une semaine avant Noël, il la rencontra dans la rue principale de Kingsmarkham. Immobile entre deux sacs de courses posés sur le trottoir, elle regardait la Mercedes qu'on lui avait rendue, et plus particulièrement le sabot jaune fixé à la roue arrière. Ming et Sweetheart, à l'intérieur du véhicule, aboyaient tous les deux comme des fous.

— Vous pouvez faire quelque chose ? demanda-t-elle à Wexford.

— Désolé, ce n'est pas mon rayon, madame Targo. Téléphonez au numéro qu'ils vous ont donné, payez l'amende, et les agents viendront vous la dégager au plus vite.

— Je savais que je n'aurais pas dû prendre cette satanée voiture ! Elle m'a toujours porté malheur.

Il ne lui demanda pas ce que devenaient les autres animaux ou si elle avait réussi à vendre la maison. Le simple fait de l'avoir vue lui rappelait son échec. D'accord, Eric Targo avait péri, mais par accident ; il n'y avait aucune forme de justice ou de châtiment dans ce décès, il aurait pu tout aussi bien se tuer au volant de sa voiture. Et même si on finissait par découvrir le corps de Tamima au fond d'une fosse ou d'un étang, ou encore mis en pièces pour être plus difficilement identifiable, il ne serait plus possible de le confondre. Pourtant, Wexford se sentait tenu de retrouver l'adolescente, morte ou vive. C'était terrible pour lui de constater que toutes les forces de police du pays s'étaient mobilisées en vain pour la chercher, que sa photo avait été diffusée dans tous les médias sans aucun résultat. Néanmoins, il continuait d'espérer en se disant qu'il est beaucoup plus facile de cacher une personne vivante, ou pour cette personne de se cacher elle-même, que de dissimuler un cadavre. Un mort ne se déplace pas, il ne se met pas en quête d'un nouveau refuge ; il gît à l'endroit même où il a été abandonné ou placé – mais parfois, cet endroit se situe plusieurs pieds sous terre.

Les fenêtres du Webb & Cobb furent finalement remplacées, et l'extérieur repeint. Ian Scott garda l'appartement ; de toute évidence, Yasmin Rahman avait d'autres préoccupations en tête que la vie privée de son locataire. Le procès de son fils Ahmed aurait lieu en février, et elle n'avait aucune raison de croire que sa fille serait retrouvée d'ici là, si elle devait l'être un jour.

Ce fut bientôt Noël. Mavis Targo vendit Wymondham Lodge et partit s'installer ailleurs. Dora Wexford contracta la grippe et fut obligée de rester alitée tandis que sa fille Sylvia passait s'occuper d'elle. Peut-être parce qu'il continuait courageusement d'aller à pied au lycée, quitte à boitiller, Rashid Hanif dut se faire opérer de la cheville, car sa fracture ne se remettait pas. Des travaux de rénovation furent entrepris au poste de police, requérant la présence d'artisans et de décorateurs qui désorganisèrent les journées de travail d'une bonne dizaine de policiers. À la fin du mois de janvier, alors que les températures avaient chuté, que les arbres étaient couverts de givre et que les trottoirs disparaissaient sous une fine pellicule de neige, Wexford rencontra Yasmin Rahman qui, venant de Glebe Road, s'apprêtait à traverser.

Lui-même avait rendez-vous avec Burden au Dal Lake pour déjeuner. Il la repéra sur le trottoir opposé, coiffée d'un épais foulard sombre et enveloppée d'un long manteau noir austère, ceinturé à la taille, qui ne laissait voir que ses grosses chaussures. Malgré tout, il était évident qu'elle avait été très belle autrefois, songea-t-il, avant de se dire que c'était stupide de raisonner ainsi – comme si la beauté était nécessairement réservée à la jeunesse.

Quand le feu de circulation passa au rouge, elle s'engagea sur la chaussée et se dirigea droit vers Wexford. Elle arborait une expression étrange qu'il ne put définir.

— Je viens de recevoir un choc terrible, expliqua-t-elle. Je ne sais pas quoi faire. (Elle fronça les sourcils d'un air accusateur.) Mais si vous êtes pressé, je ne veux pas vous retenir…

Tout en se demandant ce qui avait pu arriver, il jeta un coup d'œil alentour. Ils se trouvaient devant un petit restaurant spécialisé dans la cuisine bio, qui servait aussi du thé et du café.

— Laissez-moi vous offrir un café, madame Rahman. Vous m'en avez préparé tellement, ces derniers mois…

Si elle avait refusé, il n'aurait pas été surpris ; elle semblait se complaire dans la négativité. En l'occurrence, elle accepta d'un hochement de tête réticent.

— Est-ce que j'ai le droit de vous parler ? demanda-t-elle. Je suis une criminelle, maintenant, non ?

Il fut tenté de répondre qu'en effet, elle aurait bientôt un casier ; au lieu de quoi, il se contenta de dire :

— Pas de problème, ne vous en faites pas.

Puis il lui avança une chaise à une table près de la fenêtre.

Il n'y avait que deux autres clients dans la salle, mais Yasmin Rahman ne cessait de regarder par-dessus son épaule comme pour s'assurer que personne ne l'entendait. Wexford commanda deux cafés que la serveuse s'obstina à appeler des « express allongés ». Quand elle se fut éloignée, Yasmin Rahman déclara d'une voix ferme :

— J'ai vu ma fille. J'ai vu Tamima.

Wexford patienta.

— Je l'ai vue hier, je ne pouvais pas en croire mes yeux, énonça-t-elle lentement. J'ai cru qu'il s'agissait d'une hallucination, je vis dans une telle tension nerveuse…

— Je comprends.

— Et puis, je l'ai revue ce matin. Derrière la fenêtre. Elle était à moitié cachée par le rideau, pourtant je l'ai reconnue tout de suite. Évidemment, ma propre enfant…

Tout comme d'autres avaient accueilli avec incrédulité ses déclarations sur Targo, Wexford se montra sceptique envers celles de son interlocutrice.

— Vous en êtes sûre, madame Rahman ?

— Certaine. C'était Tamima.

— De quelle fenêtre parlez-vous au juste ? Où était-ce ?

La serveuse choisit ce moment pour apporter les cafés. Dès qu'elle apparut, Yasmin Rahman se ferma comme une huître et se figea dans une immobilité de pierre en contemplant les travaux sur la chaussée derrière la fenêtre. La jeune fille prit son temps pour disposer sur la table le lait et le sucre, puis elle se rappela que la coupelle remplie de sachets d'édulcorant était restée sur son plateau. Yasmin Rahman regardait toujours la tractopelle et l'homme au marteau-piqueur.

— De quelle fenêtre s'agissait-il ? répéta Wexford quand la serveuse se fut enfin éloignée.

Mme Rahman poussa un profond soupir en reportant son attention sur lui.

— Une de celles qui ont été remplacées dans l'appartement du haut – celui de M. Scott.

— Au-dessus du Webb & Cobb, vous voulez dire ?

— Oui… (Quand elle leva le bras, sa manche noire glissa, révélant plusieurs lourds bracelets en or autour de son poignet fin. Elle avait des doigts incroyablement fuselés, nota Wexford.) J'ai cru que cet homme, Targo, l'avait tuée. Quand il nous a fait cette proposition, à Ahmed et à moi, je me suis dit qu'il l'avait déjà assassinée… Et puis, tout à l'heure, j'ai encore vu Tamima derrière cette fenêtre.

— Et elle ? Elle vous a vue ?

— Je ne sais pas. Je n'ai rien dit à mon mari. Ça remonte à une heure seulement, et il est au travail.

Wexford termina son café.

— D'accord, allons-y. Je vais demander au sergent Hannah Goldsmith de nous retrouver.

Il revenait auprès d'elle après avoir réglé l'addition lorsqu'elle lança :

— Vous ne pourriez pas appeler un autre de vos collègues ? (Ses intonations d'ordinaire posées s'étaient faites cassantes.) Je n'aime pas cette femme. Je déteste ses manières condescendantes.

Hannah serait sans doute effarée par ces propos, songea Wexford, elle qui était si désireuse de traiter tout le monde sur un pied d'égalité… En même temps, il éprouvait une certaine admiration pour son interlocutrice, qui avait le cran d'essayer d'imposer sa volonté à la police. Pour finir, il céda. Burden, prévenu par téléphone, les rejoignit quelques minutes plus tard, et tous trois prirent à pied la direction de Glebe Road. En jetant un coup d'œil à la silhouette drapée de noir à côté de lui, Wexford se demanda si c'était la première fois que Yasmin Rahman sortait dans la rue accompagnée par deux hommes qui n'étaient pas des parents proches.

Un panneau « À louer », sur lequel figurait également le nom d'une agence immobilière à contacter, était apposé sur la vitrine du Webb & Cobb. Au premier, l'appartement avait l'air vide. Dans celui du dessus, chez Ian Scott, on distinguait de la lumière derrière les rideaux tirés.

— Il y a quelqu'un, observa Burden. C'est quelle sonnette ?

— Celle du haut.

Yasmin Rahman pressa elle-même le bouton, mais rien ne se produisit et personne ne vint leur ouvrir. Elle sonna une seconde fois. La lumière dans la pièce du haut s'éteignit, et il leur sembla que les rideaux s'écartaient légèrement. Il n'y avait pas d'interphone, juste une fente dans la porte pour le courrier. Wexford souleva le rabat métallique avant de lancer d'une voix forte :

— Police ! Ouvrez.

Toujours aucune réponse.

— Vous permettez que j'essaie ? demanda Yasmin Rahman d'une toute petite voix qui contrastait avec ses intonations habituellement impérieuses. Tamima ? C'est ta mère. Ouvre, s'il te plaît… (Elle se tourna vers Wexford.) Vous allez enfoncer la porte ?

— J'espère que nous ne serons pas obligés d'en arriver là.

Mais au moment où elle criait : « Tamima ! Ils vont enfoncer la porte ! », un jeune homme aux yeux bleus et aux cheveux châtains déverrouilla le battant. Vêtu d'un jean et d'un gilet blanc, il avait drapé une serviette sur ses épaules.

— Je me rasais, déclara-t-il. Bon sang, il fait un froid de chien dehors ! Qu'est-ce que vous voulez ?

— Vous le savez très bien, monsieur Scott.

Sans perdre un instant, Wexford s'avança vers l'escalier intérieur, suivi par Burden et par Yasmin Rahman. Ils passèrent le palier du premier, puis poursuivirent leur ascension. À peine Wexford avait-il posé le pied sur la seconde volée de marches qu'il aperçut au sommet la jeune fille qu'il avait vue des mois plus tôt revenir du lycée avec un cartable sur le dos.

## Chapitre 23

Dans l'appartement du haut, à peine meublé, Tamima s'assit à un bout du lit et sa mère à l'autre. Elles évitaient de se regarder. Wexford prit place sur la seule chaise de la pièce, Burden et Scott sur des tabourets que ce dernier leur avait apportés de la cuisine. Ce fut Wexford qui rompit le silence :

— Vous habitez ici depuis longtemps, monsieur Scott ?

— Je suis arrivé à la mi-novembre, répondit l'intéressé d'un ton maussade, avant d'ajouter avec plus de véhémence : J'ai le droit d'être là, je suis locataire.

— Et vous êtes restée tout ce temps avec lui ? demanda Wexford à Tamima.

L'adolescente haussa les épaules.

— Je l'ai rejoint, je sais pas, peut-être fin novembre… (Elle aussi parut s'animer.) Je m'ennuyais tellement ! Vous imaginez même pas à quel point… Il a dit qu'il m'emmènerait dans un appart luxueux, mais il l'a jamais fait, il m'a juste amenée dans ce trou à rats, et de nuit en plus, pour que personne me voie…

Elle se décida enfin à affronter le regard de sa mère. Toute de noir vêtue, jusqu'à son voile, Yasmin Rahman détaillait la tenue de sa fille. Sans doute ne l'avait-elle jamais vue habillée ainsi, à l'opposé de ce que portait toute jeune musulmane respectable : haut profondément décolleté, minijupe ultracourte, collants résille, escarpins rouges de mauvaise qualité… Au bout de quelques instants, elle redressa gracieusement la tête et se détourna.

— Vous n'avez pas lu les journaux ni regardé la télé, mademoiselle Rahman ? intervint Burden. Des recherches ont été organisées dans tout le pays pour vous retrouver, vous ne le saviez pas ? (Il reporta son attention sur Ian Scott.) Et vous non plus ?

— Elle avait peur de sa famille, déclara son interlocuteur.

— Je voulais leur dire, affirma Tamima. J'allais le faire. Sérieux. J'y pensais tous les jours. Mais je… je sais pas pourquoi je l'ai pas fait. J'avais peur que papa et maman me détestent, pas qu'ils m'éloignent de lui, oh non… Lui, j'en ai par-dessus la tête.

— Charmant, marmonna Ian Scott. Merci beaucoup.

— Je suppose que vous avez connu Mlle Rahman quand vous viviez encore ici avec votre femme, dit Wexford.

— C'est une façon de présenter les choses, admit Scott.

— Il y en a une autre ?

— Pourquoi m'interrogez-vous de cette manière ? rétorqua Ian Scott. Je n'ai rien à me reprocher ! (De toute évidence, une pensée effrayante lui traversa l'esprit.) Elle a plus de seize ans, hein ?

— Évidemment ! Combien de fois je te l'ai dit, bon sang ? (Brusquement, Tamima perdit son attitude crâne. Son visage s'empourpra, et sa lèvre inférieure se mit à trembler comme celle d'un enfant sur le point de pleurer.) Je veux rentrer à la maison… gémit-elle avant de se jeter dans les bras de sa mère et de l'agripper par les épaules.

Yasmin Rahman ne réagit pas tout de suite. Enfin, son expression s'adoucit et elle attira sa fille contre elle jusqu'à presser une joue contre la sienne. Elle lui caressa ses longs cheveux noirs en chuchotant dans une langue que Wexford supposa être de l'ourdou. Il les observa pendant quelques instants, puis se tourna vers Ian Scott qui, effectivement, n'avait rien à se reprocher ; ses frasques étaient mineures en comparaison du crime commis par Ahmed et Yasmin Rahman. Il se leva.

— On s'en va, dit-il à Burden.

Sur ces mots, les deux hommes redescendirent l'escalier jusqu'à Glebe Road.

— Jenny sera heureuse d'apprendre que la petite est saine et sauve, déclara Burden quand ils s'accordèrent un déjeuner tardif. Elle redoutait l'éventualité d'un mariage forcé ou d'un crime d'honneur.

Et du même coup, elle espérait se donner quelques sensations fortes, songea Wexford de façon fort peu charitable.

— Personnellement, je n'y ai jamais cru, souligna Burden.

— Bon, je vais prendre le *kedgeree*. À mon avis, ce n'est pas un plat indien, et encore moins cachemirien. Je me demande si ce ne serait pas plutôt une de nos inventions qui remonterait au temps de notre suprématie… (Ils commandèrent.) En attendant, on va pouvoir dire à Hannah qu'on avait raison.

— C'est sans doute Scott qu'elle a vu bavarder avec Tamima au Raj Emporium.

— Et c'est sûrement aussi en la surprenant avec Scott que Targo a conclu que les Rahman voudraient se débarrasser d'elle.

— Je suis désolée, mais nous n'avons plus de *kedgeree*, annonça la serveuse. Les clients se sont rués dessus.

— Dans ce cas, j'opte pour le poulet *tikka masala* – une autre invention coloniale, me semble-t-il.

— Pareil pour moi, déclara Burden. N'empêche, je serais curieux de savoir si les mariages forcés sont encore courants. Les crimes d'honneur aussi, d'ailleurs.

— J'ai bien peur qu'ils ne le soient en Asie, répliqua Wexford. Moins ici, je suppose. Avec un peu de chance, on ne devrait plus en entendre parler.

Il éprouvait cependant une sorte de malaise diffus, inexplicable, qui lui coupa l'appétit. Il laissa la moitié de son plat et ne prit pas de dessert. De son côté, Burden mangea avec autant d'entrain que d'habitude, en terminant par ce qu'il présenta comme une spécialité cachemirienne connue : une grosse part de tarte aux pommes noyée sous la crème. Ils sortirent du restaurant à quatorze heures trente. Pendant qu'ils étaient à l'intérieur, la température avait fraîchi et le vent du nord s'était levé, balayant avec force rues et ruelles. Wexford ne croyait ni à la télépathie, ni aux prémonitions, ni à la clairvoyance ou aux présages ; pourtant, à mesure qu'il avançait dans l'air glacé, il sentait grandir en lui un mauvais pressentiment, la certitude d'un drame imminent, et il accéléra l'allure, amenant Burden à demander ce qu'il y avait de si urgent.

La chaleur qui régnait dans le hall du poste de police leur fit tellement de bien que, durant un instant, ils oublièrent tout le reste. Puis Wexford vit Hannah foncer droit vers eux, son mobile à la main. À son expression, il comprit que le moment était mal choisi pour lui annoncer la bonne nouvelle au sujet de Tamima.

— J'allais vous appeler, chef, dit-elle.

Au même instant, le téléphone de Wexford sonna.

— Il y a eu un crime d'honneur, expliqua sa collègue. Une femme de Stowerton a été retrouvée égorgée dans la chambre qu'elle louait. Elle avait quitté le domicile conjugal un an plus tôt, et son mari et son père avaient juré qu'ils la tueraient. J'y vais tout de suite.

— On vous accompagne, décréta Wexford.

Et d'ajouter en son for intérieur : Cette fois, au moins, je sais que Targo n'y est pour rien.

# Plus tard

Deux ou trois années s'écoulèrent. Comme l'avait prédit Wexford, Yasmin Rahman avait écopé d'une peine avec sursis pour avoir aidé un criminel, ledit criminel n'étant autre que son fils Ahmed, condamné pour l'homicide d'Eric Targo. Ahmed passa la dernière année de sa sentence dans un centre ouvert, avant d'obtenir sa libération conditionnelle. Dans l'intervalle, ses proches avaient quitté Glebe Road, où certains de leurs voisins, en particulier Ian Scott – désormais en ménage avec une autre femme – et les occupants de l'ancienne maison de Burden, leur rendaient la vie difficile. Après avoir obtenu de bons résultats au lycée d'enseignement avancé de Carisbrooke, Tamima avait entamé un cycle d'études de quatre ans en sciences islamiques dans une université des Midlands.

Les Rahman vivaient désormais à Myringham, où Mohammed travaillait dans un service administratif, son directeur ayant estimé qu'il valait mieux ne pas l'exposer aux huées et insultes du grand public. Yasmin, elle, n'avait pas trop souffert de ses démêlés avec la justice ; ils n'avaient rien changé à sa vie. Quant à Osman, il avait abandonné son poste d'infirmier pour reprendre des études de médecine à l'université de Londres.

Ce fut par un beau dimanche d'été qu'Ahmed se présenta chez Wexford. Celui-ci, privé une fois de plus de jardinier, tondait la pelouse – ou plus exactement, après en avoir tondu la moitié, il avait renoncé, préférant s'installer confortablement sur la terrasse dans un fauteuil d'osier garni de coussins moelleux pour lire un roman d'Ivy Compton-Burnett. Ahmed avait dû l'apercevoir dehors en arrivant, car il n'avait pas sonné. Il s'avança jusqu'au fauteuil, puis s'éclaircit la gorge. Wexford leva les yeux.

— Je vous dérange, peut-être ? demanda le nouveau venu.

— Non, pas de problème. Comment allez-vous ?

— Pas trop mal. Mieux qu'à une certaine époque.

Wexford posa l'ouvrage sur la table à côté de lui.

— Qu'est-ce qui vous amène ?

— J'ai quelque chose à vous dire – ou plutôt, des aveux à vous faire. Vous permettez que je m'assoie ?

Durant un bref instant, le soleil parut s'assombrir, et Wexford eut l'impression qu'une troisième personne, invisible et pourtant bien présente, venait de pénétrer dans le jardin et remontait l'allée d'un pas arrogant. Il crut même entrevoir une silhouette trapue aux cheveux blancs qui portait autour du cou une grosse écharpe bleu et blanc. Ahmed dut répéter sa question :

— Vous permettez que je m'assoie ?

— Non, Ahmed. Je ne vous le permets pas, parce que je n'ai aucune envie d'entendre ce que vous voulez me dire.

— Attendez… Je vous assure, ça vous fera plaisir. Vous le détestiez, vous aussi. Quand ma mère est sortie du salon, j'ai…

— Ça suffit, l'interrompit Wexford d'un ton aimable mais ferme. (Il se leva.) Je ne veux pas vous écouter. Je ne vous ai même pas vu.

Il se dirigea vers les portes-fenêtres, entra dans la maison et les referma derrière lui.

Du coin de l'œil, il aperçut encore Ahmed qui articulait quelque chose, puis écartait les mains en un geste d'impuissance. L'ombre de Targo, elle, avait disparu. Ahmed s'apprêtait-il à me révéler ce que j'imagine ? se demanda Wexford. Sûrement. Qu'aurait-il pu avouer d'autre ? Peu importe, je ne veux plus y penser. Je vais remettre le diable dans sa boîte et la jeter aux ordures, où est sa seule et unique place.

*Bibliographie sélective*
*des enquêtes de l'inspecteur Wexford :*

LE PETIT ÉTÉ DE LA SAINT-LUC,
Librairie des Champs-Élysées, 1980

L'INSPECTEUR WEXFORD,
Librairie des Champs-Élysées, 1981

UN AMOUR IMPORTUN,
Librairie des Champs-Élysées, 1981

ET TOUT ÇA EN FAMILLE…,
Librairie des Champs-Élysées, 1992

LE GOÛT DU RISQUE,
Calmann-Lévy, 1992 ; Le Livre de Poche, 1996

SIMISOLA,
Calmann-Lévy, 1995 ; Le Livre de Poche, 1997

ESPÈCES PROTÉGÉES,
Calmann-Lévy, 1999 ; Le Livre de Poche, 2000

SANS DOMMAGE APPARENT,
Calmann-Lévy, 2001 ; Le Livre de Poche, 2002

PROMENONS-NOUS DANS LES BOIS,
Calmann-Lévy, 2005 ; Le Livre de Poche, 2006

TU ACCOUCHERAS DANS LA DOULEUR,
Éditions des Deux Terres, 2009 ; Le Livre de Poche, 2010

NI CHAIR NI SANG,
Éditions des Deux Terres, 2010 ; Le Livre de Poche, 2011

LA CAVE À CHARBON,
Éditions des Deux Terres, 2013.

PAPIER À BASE DE
FIBRES CERTIFIÉES

Le Livre de Poche s'engage pour
l'environnement en réduisant
l'empreinte carbone de ses livres.
Celle de cet exemplaire est de :
350 g éq. $CO_2$
Rendez-vous sur
www.livredepoche-durable.fr

Composition réalisée par NORD COMPO

Achevé d'imprimer en septembre 2013 en France par
CPI BRODARD ET TAUPIN
La Flèche (Sarthe)
N° d'impression : 3002149
Dépôt légal 1re publication : octobre 2013
LIBRAIRIE GÉNÉRALE FRANÇAISE
31, rue de Fleurus – 75278 Paris Cedex 06